너의 목소리를 보여 줘

2

표지 설명

새벽의 푸른빛이 도는 어스름 속에 두 소녀가 앉아 있다. 왼쪽에 앉은 소녀는 금빛 머리칼에 초록색 드레스를 입었다. 오른쪽에는 왼쪽 소녀보다 몸집이 조금 작고, 짙은 갈색 머리카락을 지닌 소녀가 앉아 있다. 황토색 드레스를 입었다. 나란히 앉은 두 사람 너머로 바다와 하늘이 펼쳐져 있다. 하늘은 에메랄드 빛깔로 가득 차 있고 듬성듬성 노란색 별들이 깜빡인다. 바다는 그 하늘빛과 별빛을 그대로 담아 푸르스름한 색을 뿜고 있다. 별똥별 하나가 두 소녀의 머리 위에서 긴 꼬리를 그리며 떨어진다. 그 광경을 바라보는 두 소녀는 각자 왼손과 오른손으로 빛을 비추는 모양을 만들고 있다. '빛'을 뜻하는 한국수어다. 두 사람은 남은 손을 서로 붙잡고 있다.

너의 목소리를 보여 줘

2 베일 저택의 비밀

앤 클레어 르조트 지음 | **조응주** 옮김

곰곰

코로나19의 영향을 받은

모든 농인 및 청각장애 청소년에게

이 책을 바칩니다.

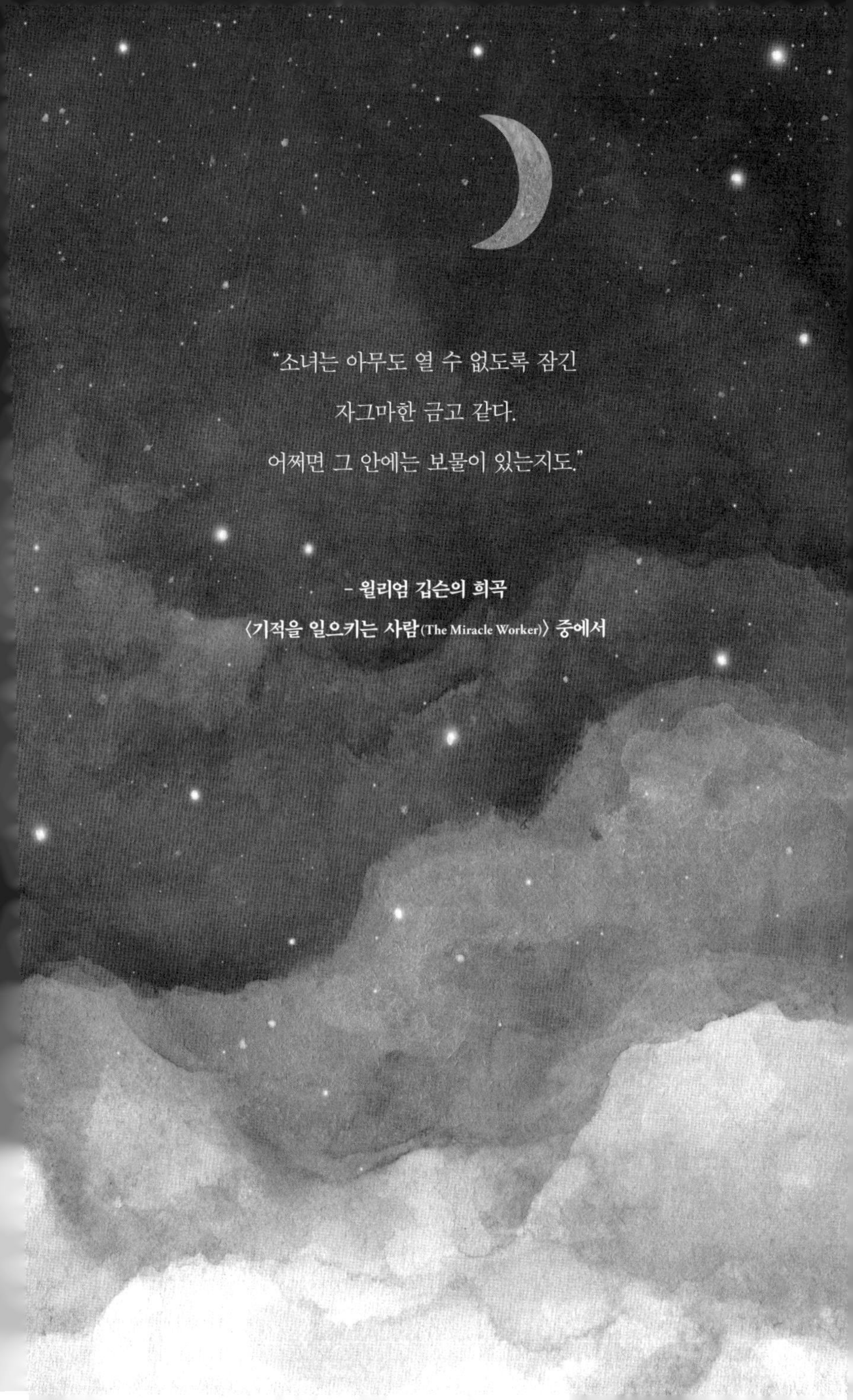

"소녀는 아무도 열 수 없도록 잠긴
자그마한 금고 같다.
어쩌면 그 안에는 보물이 있는지도."

- 윌리엄 깁슨의 희곡
〈기적을 일으키는 사람(The Miracle Worker)〉 중에서

일러두기

- 한국 사회에서 '수화'라는 단어가 널리 쓰여 왔으나, 2016년 〈한국수화언어법〉이 제정되며 '한국수화언어(약어로 한국수어)'가 공식 이름으로 채택되었다. 이에 따라 이 책에서는 '수어'를 주로 사용했다.
- '청각장애인(deaf)'은 청각의 손실 또는 상실이라는 의학적 진단에 초점을 맞춘 용어이며, '농인(Deaf)'은 음성언어가 아닌 수화언어(수어)를 사용하며 고유한 문화를 형성 및 공유하는 이들을 일컫는 사회문화적 용어다. 이 책에서는 주로 '농인'을 사용했고, 맥락에 따라 더러 '청각장애인'을 사용하기도 했다.
- 현재형 시제를 주로 사용하는 원서의 문체를 그대로 살려 옮겼다.
- 인물 간 필담이 이루어지는 부분은 필담의 내용을 작은따옴표로 표기했다.
- 주석은 모두 옮긴이 주다.

차례

1부

1장

나는 여전히 상륙증후군•에 시달리고 있다. 해안을 무겁게 덮치며 점점 더 불어나는 바다를 바라보다 바닷물이 육지를 집어삼킬 것 같은 공포를 느낄 때면, 나는 울렁거리는 속을 가라앉히려고 숨을 깊게 쉰다. 바다의 거대한 영향력에 갇혀 버린 미물들이 불쌍하다. 파도에 휩쓸리다가 바위에 부딪히면 어떡하지?

흰색, 황갈색, 자색, 검은색 모래알로 덮인 바닷가는 뱃사람들의 쓰레기장이 되어 버렸다. 가재 잡는 덫과 부러진 돛대, 닻을 올릴 때 쓰는 단검이 금이 간 채 모래밭에 뒹군다. 마치 낚

• land sickness. 오랫동안 배를 타다가 육지에 내렸는데도 여전히 배에 탄 듯 중심을 잡지 못하고 흔들리는 느낌이 드는 증상. 오늘날에는 모든 교통수단 이용 후유증을 가리킨다.

시 도구들의 무덤 같다. 내장 뽑힌 물고기를 수천 마리나 실어 나르느라 피로 얼룩진 손수레가 보인다. 무지갯빛 파리 떼가 손수레에 내려앉는다. 화사한 초록빛 풀이 내가 깔고 앉은 담요를 에워싼다.

나는 에즈라 브루어 아저씨네 집 뒤편에 있는 이 어울리지 않는 곳을 내 글쓰기 공간으로 택했다. 우리 섬, 매사추세츠 앞바다에 있는 마서스비니어드섬에 유독 많은 농인 인구의 역사에 관한 글을 쓰는 중이다. 우리 섬의 서쪽에 자리 잡은 칠마크 마을에서 태어난 주민은 네 명 중 한 명꼴로 청각이 없다. 매일 마을을 살피고 기록한 덕에 나는 마을 구석구석 모르는 곳이 없다. 그래서 새로운 것은 언제든 환영이다. 하지만 콸콸 쏟아지던 생각과 단어가 요즘 들어 졸졸 흐르는 물줄기로 줄었다. 게다가 나는 수어와 그림, 음악을 닮은 감정의 흐름을 조합해서 사고하기 때문에 생각을 글로 옮기는 데 시간이 꽤 걸린다.

나는 이제 열네 살이다. 열두 살에 학교를 졸업했으니 이제는 자유로운 시간이 더 많아졌을 것 같지만, 사실 나이를 먹으면서 많아진 건 집안일이다. 그리고 내 가정을 꾸릴 나이가 가까워지면서 살림을 잘해야 한다는 부담만 커진다. 내 꿈은 그것뿐일까?

처음 보는 낚싯대가 눈에 들어온다. 갯벌에 비스듬히 꽂혀 있다. 벼락을 맞았는지 새카맣게 탄 모습이다. 상상력을 발휘해 낚싯대를 신비로운 물건, 이를테면 화강암에 꽂힌 채 진정한 주인이 나타나 뽑아 주길 기다리는 중세의 검으로 둔갑시키고 싶지만, 내 호기심은 이내 사라지고 만다.

냅시가 부럽다. 나의 가장 친한 친구인 낸시는 보스턴 인근에서 삼촌 제러마이아 스키프와 같이 살면서 콘서트 피아니스트가 되기 위한 교육을 받고 있다. 낸시는 열과 성을 다해 피아노를 배우고 있지만 여러 취미도 즐긴다. 얼마 전에는 여성의 권리를 옹호하는 블루스타킹•이라는 단체에 들어갔다고 한다. 낸시가 설명해 준 자립이라는 개념은 무척 흥미롭다. 나는 왜 여성이라는 이유로 재산을 가질 수도, 투표할 수도 없는 걸까?

바람이 훅 불어와 내 손과 목을 간지럽힌다. 나를 에워싼 바람의 움직임이 거의 소리처럼 느껴진다. 소리가 들리지 않아도 바람이 지나가는 것을 알 수 있다.

낸시와 함께 모험을 즐기던 때가 그립다. 낸시가 섬을 떠난 후 우리는 겨우 한 번 만났다. 우리는 되도록 자주 편지를 주고

• Bluestockings. 1750년대 런던에서 교양을 갖춘 상류층 여인들이 만든 사교모임으로, 당시의 일반적인 옷차림과 달리 청색 모직 스타킹을 신는 사람 때문에 이런 이름이 붙게 되었다고 한다. 여성들이 주도하여 주로 문학과 사회 현안을 논했고, 나중에는 신념을 행동으로 옮기는 단체로 발전했다. 지금은 여성 지식인을 뜻하는 보통 명사로도 쓰인다.

받는다. 도시로 가는 어부를 찾으면 그 사람 편에 편지를 보내고 일주일 만에 답장도 받을 수 있다. 도시로 가는 사람이 없으면 몇 달씩 소식이 끊긴 채 외롭게 지내야 한다.

낸시의 삼촌을 떠올리면 어쩔 수 없이 속상해진다. 우리 오빠 조지를 죽음에 이르게 한 사고와 연관된 사람이기 때문이다. 그는 사고 이후 조사와 심문이 시작되기도 전에 도망갔다. 비겁한 행동이었다. 그래도 낸시가 자신을 학대하던 부모에게서 벗어날 수 있게 해 준 것을 생각하면 고마운 마음도 든다. 언젠가는 낸시가 사는 곳을 찾아가고 싶다.

하지만 보스턴을 생각하면 몸이 으슬으슬 떨린다. 지금도 가끔 보스턴이 꿈에 나온다. 낯선 도시에 포로처럼 붙잡혀 집으로 돌아갈 수 있을지 알 길이 없던 나날로 돌아가는 것이다. 그런 꿈을 꾸다가 깨어나면 어떨 때는 손이 움직여지지 않고, 보스턴에 있을 때처럼 다시는 말을 못 할 것 같은 공포에 사로잡힌다.

내 손에 있는 펜에서 잉크가 떨어져 치마에 묻는다. 나는 섬유지•로 잉크 자국이 번지는 것을 막아 보려고 한다. 이게 다 무슨 시간 낭비람? 아빠에게 정오까지 목장으로 가겠다고 약

• rag paper. 펄프 대신 넝마나 면섬유로 만든 고급 종이.

속했다. 나는 실눈을 뜨고 중천에 오른 해를 올려다본 뒤 필기 도구를 챙겨 집으로 향한다.

에즈라 브루어 아저씨네 집을 돌아 앞쪽으로 가 보니 아저씨는 자신이 제일 좋아하는 고리버들 의자에 앉아 있다. 아저씨는 군살 없는 근육질의 체형이지만 천식을 앓고 있고, 걸을 때 살짝 다리를 전다. 구부러진 손에 맞춰 최소한의 동작으로 변형한 군더더기 없는 수어를 구사한다.

아저씨는 내 걱정스러운 기색을 눈치챘는지 수어로 쏘아붙인다. "꼬마 아가씨, 나 학질 걸려서 기력이 쇠하긴 했어도 표독스러운 건 여전하거든?"

작년에 고열과 오한을 동반한 학질이 우리 섬을 휩쓸었다. 신의 은총으로 우리 가족은 전염병을 피했다. 왐파노아그족 사람들이 제일 큰 타격을 받았다. 왐파노아그 민족에 속한 네 부족인 아퀴나, 채퍼퀴딕, 타케미, 누네포그 모두 고생이 심했다. 최초로 영국 출신 이주자들과 접촉했을 때는 4,000명 정도였던 왐파노아그족 인구가 지금은 1,000명도 안 된다.

"저 금이 간 단검은 어느 배에서 나온 거예요?" 나는 아저씨가 옛날이야기를 해 주지 않을까 싶어 묻는다.

"몰라. 기억 안 나." 아저씨가 대꾸한다. 늘 품고 다니는 칼로 물고기 비늘을 벗기느라 아저씨의 손가락은 은빛을 띤 채 반짝인다. 아저씨 발치에 양동이가 있다. 아저씨가 기르는 애꾸눈 고양이 스미시가 자기 몫의 대구를 건지려고 양동이에 앞발을 넣는다. 스미시는 내가 키우는 고양이 옐로레그의 어미다. 아저씨가 스미시를 들어 무릎에 앉히자 그제야 주인처럼 하얗게 센 녀석의 수염이 보인다.

"어차피 들을 시간도 없으니 잘됐네요. 헛간에 가봐야 해서요." 내가 아저씨에게 말한다.

아저씨의 얼굴에 짓궂은 미소가 번진다. "거참 좋겠다고 말할 수도 없고……. 그래도 지금은 청춘을 위한 시대라고 봐야겠지. 아일랜드에서 온 어린 것들이어도 말이야."

얼마 전 아일랜드에서 온 우리 목장 일손 에이먼의 조카들을 두고 하는 말인 듯하다.

"아저씨의 편견이 지겨워요." 내가 수어로 쏘아붙인다.

"내가?" 아저씨가 자신을 가리키며 되묻는다. "나를 해치지 않는 사람에게 편견이든 뭐든 가질 필요가 있나?"

아저씨가 주머니의 파이프 담배와 의자 옆의 술병을 찾는다. 둘 다 그 자리에 없자 아저씨는 인상을 찌푸린다.

아저씨가 다시 수어로 말한다. "내가 건강해서 뭘 하게? 지금은 청춘을 위한 시대라니까. 너도 어서 가." 나에게 에즈라 브루어는 나이가 없는 존재다. 젊지도 늙지도 않은, 바다 같은. 그런 아저씨가 갑자기 웬 나이 타령이지? 나는 아저씨를 뒤로하고 집으로 향한다.

나는 걸으면서 이야기를 지어내곤 했다. 상상의 나래를 펼치는 것이다. 하지만 구출되어 섬으로 돌아온 뒤로는 이야기의 샘이 말라 버렸다. 이제는 머릿속에 해야 할 일을 목록으로 정리해 놓고 일을 마칠 때마다 목록에서 지운다. 규칙적인 일상은 안전하니까.

큰길에 다다른 나는 신발에 들어간 모래를 털고 익숙한 길을 밟는다. 허리를 굽혀 석화된 유목(流木) 한 조각을 줍는다. 옆면은 이상하리만치 반들반들하고 윗면에는 결정체가 맺혀 있다. 이 조각이 형성되는 데 몇백만 년이 걸렸을 것이다. 내 안에 영감이 작은 불씨처럼 피어난다. 하지만 지금 내가 가는 곳에서는 아무 글도 못 쓸 게 분명하다.

2장

아빠는 에이먼과 밭에서 일하고 있다. 에이먼의 세 조카는 밤에 에이먼과 함께 헛간에 돗짚자리를 깔고 잔다. 나는 아이들을 한 시간 정도 돌봐 주기로 약속했다. 그건 붉은여우 세 마리와 씨름하는 것이나 마찬가지다. 내가 헛간에 들어서자 녀석들은 삼촌이 시킨 대로 헛간 바닥을 쓸고 있다. 먼지구름을 일으키고 있다는 게 더 정확한 표현이겠지만. 삼촌이 떠나자 아이들은 헛간 안을 뱅글뱅글 돌며 새끼 양을 쫓는다. 나는 뛰어다니는 아이들을 막으려다가 자빠질 뻔한다.

나는 양을 도살하는 작업대 위에 있던 연장을 치우고 그 자리에 필기도구를 펼쳐 놓는다. 펜을 잉크에 담갔다 빼서 쓰기 시작한다.

역사는 걸인을 위한 것이다. 우리는 시간의 식탁에서 떨어진 부스러기로 주린 배를 채우려 한다. 우리는 누가, 무엇을, 어디서, 언제, 어떻게, 무엇보다 왜 했는지를 알고 싶어 한다. 이 석화된 유목만 해도 그렇다. 이것은 이 목가적인 섬에서 만들어진 걸까? 아니면 조류에 떠밀려 이곳으로 흘러온 걸까?

바닥에서 발을 쿵쿵 구르는 진동이 느껴진다. 꼬맹이 리엄이 나타나 내게 따라오라고 손짓한다. 리엄이 짓궂은 미소를 지으며 바닥에 깔린 건초를 발로 찬다. 빨간 곱슬머리와 대조되는 우윳빛 피부에 주근깨가 뿌려져 있다. 앞니 두 개가 빠진 틈으로 혀를 밀어내는 모습이 여간 수상쩍은 게 아니다.

꼬맹이들은 어제만 해도 촛불을 들고 다락으로 올라가다가 건초더미에 불을 지른 전적이 있다. "또 왜?" 내가 짜증스럽게 수어로 묻는다. 리엄은 알아듣지 못한다.

리엄이 제자리에서 깡충깡충 뛴다. 나머지 두 녀석이 헛간의 다른 칸에서 키득키득 웃고 있는 게 틀림없다. 옆 칸은 양털에 붙는 기생충을 잡기 위해 양을 약물에 담글 때 쓰는 공간이다. 내가 글 쓰는 데 정신이 팔린 동안 녀석들이 또 무슨 짓을 벌였는지 알기가 무섭다.

나는 종이 위에 유목을 놓고 의자로 쓰던 나무통에서 일어난다. 리엄이 모퉁이를 돌더니 내가 따라오는지 확인하려고 다시 고개를 빼꼼 내민다. 내가 직접 만든 새 치마는 전에 입던 옷보다 거추장스럽지만, 나는 애써 속도를 내서 리엄을 따라간다.

"가고 있어." 나는 아무도 없는데 수어로 중얼거린다.

내가 보인 반응은 녀석들이 원한 거였나 보다. 나는 바들바들 떨고 있는 새끼 양을 입이 떡 벌어져서 바라본다. 큰 갈색 눈부터 지푸라기 같은 머리카락까지 똑같이 생긴 쌍둥이 크리스티와 핀이 새끼 양의 옆에 서 있다. 손발이 양과 똑같이 빨갛게 물든 채. 나는 얼른 나무통 안을 들여다본다. 으깬 크랜베리와 물이 가득하다. 녀석들은 배를 잡고 미친 듯이 깔깔대며 바닥을 뒹군다. 나는 고개를 절레절레 흔들며 깨끗한 헝겊을 찾는다. 하지만 새끼 양의 빽빽한 털을 아무리 닦아도 빨갛게 물든 얼룩을 지울 수 없다. 누군가 이번 크리스마스 선물로 깎기도 전에 염색부터 된 빨간 양털 스웨터를 받을 거란 예감이 든다.

빨간 새끼 양을 헛간에서 데리고 나와 양 떼가 있는 곳으로 돌려보내지만, 어미는 자기 새끼를 못 알아볼 뻔한다. 나도 모르게 웃음이 난다.

바람이 돌풍으로 변한다. 내가 양의 우리에서 헛간으로 몸을 돌리는 순간, 원고지가 잉크 묻은 새 떼처럼 나를 향해 날아든다. 사방으로 흩어진 종이를 주우려 하지만, 양 떼는 풀과 함께 종이도 씹어 먹는다. 아, 몇 달 만에 쓴 글다운 글이 첫 평론가

들에게 씹혀 거름으로 전락하다니…….

나무통을 치우려고 다시 헛간으로 들어간다. 꼬맹이들은 이미 몸을 피했다. 부리나케 사다리를 타고 다락으로 올라가서 사다리까지 끌어 올린 다음 말간 얼굴과 까만 눈으로 나를 내려다보고 있다. 창피하지만 나는 잠깐 발작을 일으킨다. 아무리 지금은 청춘을 위한 시대라지만, 통제되지 않는 사내아이는 도저히 참아 줄 수가 없다. 에이먼이 아일랜드 시골에서 데려온 조카들이 여자아이였다면 이 정도로 나를 화나게 하진 않았을 것 같다. 손으로 열변을 토하며 악을 쓰고 건초더미를 발길질하는 내 모습이 얼마나 우스꽝스러울까?

내 악쓰는 소리가 들렸는지 에이먼이 달려와 소리를 지르며 동시에 수어로 말한다. "예수님, 성모님, 요셉님!"

나는 헛간에서 뛰쳐나와 가까운 울타리를 붙잡고 진정할 때까지 50부터 거꾸로 센다.

하필 딱 이때를 골라 동창 세라 힐먼이 어머니와 함께 마차를 타고 지나간다. 세라의 약혼자 너새니얼 해밀턴은 큰길 위쪽에 산다. 약혼자 가족과 차를 마시러 가는 모양이다. 리 목사님도 합류하실지 모른다. 세라와 너새니얼은 예배당에서도 서로 눈빛을 주고받느라 예배는 안중에도 없다. 세라네 마차를 끄는 말이 멈춰 서는 동안, 나는 얼룩진 드레스를 펴고 올림머리에서 빠져나온 머리카락을 정돈한다.

세라가 구어와 수어로 말한다. "메리, 왠지 정신없어 보인다? 복장도 흐트러졌고. 도움 필요한 일 있니?"

나는 목소리의 어조를 들을 수는 없지만 표정은 기가 막히게 잘 읽는다. 지금 세라의 표정은 우쭐해 보인다.

나는 세라의 시선을 피하지 않고 수어로 받아친다. "아무 일 없는데?"

세라가 콧방귀 뀌는 게 보인다. "메리, 네 나이에 맞게 품행을 좀 갖출 수 없겠니?"

내가 대꾸한다. "너 나보다 겨우 한 살 더 많거든?"

"그 한 살이 이렇게도 차이가 난다!" 세라가 풋사과 같은 초록 눈을 번뜩이며 수어로 받아친다.

"네네, 반가웠어요, 힐먼 여사님." 나는 마음에도 없는 인사를 건네고 자리를 뜬다. 우리 집으로 걸어가다가 문득 이런 생각이 든다. 혹시 엄마도 나를 데리고 젊은 신사의 집을 방문하고 싶어 하는 건 아닐까? 엄마가 기대하는 내 앞날은 그런 것밖에 없을까?

나는 집에 들어서자마자 현관문 안쪽에 흙 묻은 신발을 벗어 놓는다. 내 방은 집 뒤쪽 부엌과 나란히 있다. 필기도구와 유목을 서랍에 넣어 둔 뒤 나는 다시 엄마가 있는 부엌으로 간다.

에이먼의 조카들이 한 짓을 엄마에게 알리는데 엄마는 환하게 웃기만 한다. 잔뜩 찌푸린 내 얼굴을 보더니 엄마가 수어로 말한다. "너랑 낸시가 하던 짓이랑 비슷하네 뭐."

"우린 절대 그런 짓은 안 했어." 내가 대꾸한다.

"생각을 못 했으니까 안 했겠지." 엄마가 고개를 흔들며 대답한다.

나는 접시의 물기를 닦아내며 어릴 적 낸시와 했던 장난을 떠올려 본다. 리틀우즈에서 침대보를 몸에 감고 귀신 놀이를 하던 때가 떠오른다. 그 사건 때문에 우리 둘은 다퉜지만 곧 화해했다. 우리 사이에 늘 있던 일이다. 참나무 위에 올라타서는 지나가는 사람들에게 도토리를 던지던 때도 있었다. 그리고 조지 오빠가 살아 있을 때는 셋이 겁도 없이 바닷가에서 파도를 타기도 하고 절벽을 기어 오르기도 했다.

"난 이제 모험심을 잃은 걸까?" 내가 엄마에게 묻는다.

엄마는 닦던 접시를 내려놓고 수어로 답한다. "아니. 철이 든 거지. 그 많은 일을 겪었으니 조심성이 생긴 건 당연한 거지, 나쁜 게 아니야."

지금도 그때의 기억은 생생하고 불편하다.

"엄마 말이 맞아. 그래도 가끔은 내 생활이 너무 안정적인 것 같아."

"엄만 안정적인 게 좋아." 엄마가 수어로 말한다.

엄마는 내가 엄마를 닮길 바란다. 내가 엄마의 기대에 못 미치면 어떡하지? 나는 한곳에 정착해서 살아도 만족할 수 있을까?

우리는 설거지를 마치고 빨래를 개기 시작한다.

내가 수어로 중얼거린다. "낸시한테 편지 받은 지 한참 됐네."

엄마가 나와 눈을 맞추지 못하고 약간 급하게 수어로 말한다. "식탁에 큰 받침대 올려놓을래? 스튜를 큰 솥에 만들었거든. 아빠 들어오실 때 다 됐다." 혹시 엄마가 나한테 감추는 게 있나?

식탁을 차리고 있는데 시원한 바람이 내 등을 스친다. 아빠가 부엌 쪽으로 난 뒷문으로 들어왔나 보다. 무릎 뒤쪽에 무언가 닿는 걸 보니 양치기 개 샘도 아빠를 따라 들어온 모양이다.

샘을 쓰다듬으려고 뒤로 돌아 쪼그려 앉는다. 내가 목덜미를 긁어 주려고 하니까 샘은 몸을 돌려 엉덩이를 내민다. 나는 양손으로 샘의 엉덩이를 시원하게 긁어 준다. 올려다보니 엄마가 콧등을 찡그리고 있다. 샘을 문으로 끌고 가 밖으로 내보낸다. 아빠가 세면대에서 팔을 팔꿈치까지 씻고 있다. 옐로레그는 벽난로 가까이 놓인 의자에 앉아 있다. 다리를 접어 깔고 앉은 모양이 식빵과 똑같다.

우리는 각자 접시에 음식을 담고 식사 기도를 한다.

아빠가 말한다. "오늘 희한하게 생긴 새끼 양이 무리에 들어왔던데?"

나는 환하게 웃는 엄마를 바라본다.

그리고 수어로 말한다. "두 분 손주 볼 생각은 안 했으면 좋겠는데."

아빠가 폭소를 터뜨린다.

"메리!" 엄마가 오른쪽 손가락으로 뺨을 쓸어내려서 내 수어 이름을 부른다. "식사하면서 하기엔 부적절한 대화야. 그리고 벌써 단정하지는 말자. 넌 아직 어리잖니."

나는 당근을 씹으며 계속 말한다. "엄마, 어느 쪽이 맞는 거야? 아까는 내가 철이 들었고 모험심이 줄었다며? 근데 세라가 나 보고 그러더라. 나이에 맞는 품행 좀 갖추라고."

엄마가 수어로 말한다. "네 품행이 어때서? 그 말은 기분 나쁘네. 우린 널 잘 키웠어. 지금 넌 유년기와 성년기 사이에 있는 거야. 엄마도 그 시기가 얼마나 어색했는지 기억한단다."

나는 한숨을 쉬며 의자를 뒤로 뺀다.

"난 아직 바다를 바라만 봐도 어지럽단 말이야. 옛날에는 파도 타는 걸 얼마나 좋아했는데. 그 일을 겪으면서 그걸 빼앗긴 거야. 난 아직도 내가 누군지 알다가도 모르겠어."

“당연한 거야.” 엄마가 나를 안심시키려는 듯 말하지만, 눈에는 근심이 가득하다.

아빠가 한 손에 잔을 들고 다른 손으로 말한다.

“아름다운 모순덩어리 메리를 위하여! 주님이 우리 딸을 늘 보호하고 인도하시길!”

그 말에는 ‘아멘’으로 답할 수 있다.

나는 엄마를 도와 부엌을 치우고 내 방으로 들어와 낮에 헛간에서 썼던 몇 줄을 얼른 다시 적어 둔다. 그리고 침대에 올라 옐로레그를 쓰다듬는다. 창문 너머로 젊은 여인의 환한 얼굴 같은 달이 우리를 내려다본다. 나는 바로 잠들지 않고 내일 할 일을 계획한다. 계획을 감행할 용기가 내게 있을까?

3장

이른 아침부터 나는 싱그러운 풀과 때 이른 낙엽을 밟으며 우물에서 부엌으로 물을 퍼 날라 솥에 채운다. 바닥을 쓸고 가구에 내려앉은 먼지를 털자, 티끌이 사과주스를 닮은 초가을 햇살을 받으며 빙글빙글 떠다닌다. 엄마도 나와 함께 집안일에 열중한다. 리듬을 타듯 움직이는 걸 보니 노래를 흥얼거리나 보다. 집안일을 하면서 엄마처럼 기분이 좋아진 적은 단 한 번도 없다. 가끔 글을 쓰면서는 흥이 난다. 하지만 지금처럼 빗자루질할 때는 전혀 즐겁지 않다. 나는 집 안의 흙먼지를 쓸어서 문턱 너머 마당으로 다시 내보내려다가 내 치마에 발이 걸려 넘어질 뻔한다. 결국 집 안에 먼지바람을 다시 일으킨 꼴이다.

교사가 되겠다는 꿈은 아직 포기하지 않았다. 해먼드 선생님은 대장장이 매슈 파이 아저씨와 결혼하고 임신하면서 은퇴했는데, 출산 후 바쁜 시기가 지나면 나를 수습생으로 받아 주기로 약속했다. 그때까지 나는 조지 오빠가 남긴 책으로 꾸준히 혼자 공부하는 중이다. 하지만 시간이 지날수록 내 마음이 점점 들썩이고 조급해지는 게 느껴진다.

생각에 너무 깊이 잠긴 나머지 숯을 모아 놓은 통을 실수로 떨어뜨린다. 재가 사방으로 흩어진다. 내가 당황하며 빗자루를 집어 들자, 엄마가 내 손에서 빗자루를 뺏는다. 엄마가 온화한 표정을 유지하려고 애쓰는 게 느껴진다.

엄마가 수어로 말한다. "산책하러 나가는 게 어때? 넌 산책하고 나면 활력이 생기고 머리도 맑아지잖니." 엄마는 지금 점잖은 말로 나를 내쫓는 것이다. 인내심이 바닥나면서 수증기가 뿜어져 나오기 직전의 주전자처럼 발그레 달아오른 엄마의 얼굴을 보면 안다.

나는 청소하려고 입은 옷 그대로 집을 나서기로 한다. 바닷물이 빠졌을 때 빨리 가서 갯벌을 탐색할 계획이다. 무기력해진 일상을 깰 무언가가 필요하다.

꼬맹이들 눈에 띄지 않길 간절히 빌면서 목장을 잰걸음으로 지나친다. 자작나무 가지를 주워 큰길 옆으로 늘어선 돌담을 두드리며 걷는다. 매슈 아저씨의 대장간을 지난다. 망치로 쇠를 내리칠 때 생긴 진동이 가슴으로 느껴진다. 멈춰 서서 한 가지 음으로 이루어진 그 노래를 감상한다.

갑자기 작은 돌멩이들이 날아와 나를 친다. 나는 몸을 돌려 나를 습격한 녀석들과 맞서기로 한다. 녀석들은 몰래 나를 염탐하려고 쫓아온 거겠지만, 사방에 흔적을 흘려 놨다. 돌담 위로 빼꼼히 올라온 적갈색 머리는 눈에 안 띌 수가 없다. 꼬맹이들을 달고 다니지 않으려면 내 손으로 이 놀이를 끝내야 한다.

나는 양손을 짐승 발톱처럼 치켜들고 으르렁거리며 꼬맹이들에게 달려든다. 꼬맹이들이 사방으로 흩어지며 달아난다. 나는 뿌듯한 미소를 지으며 가던 길을 계속 간다.

하구로 가는 좁은 길은 무성하게 자란 쇠풀에 가려져 있다. 푸르던 쇠풀 줄기가 계피 색으로 변하면서 가을을 알리고 있다. 이 길은 인적이 드물다. 물이 빠졌을 때 드러나는 갯벌에서 굴을 캐는 어부들은 있다. 낸시의 사촌 젭 스키프는 갯벌을 둘러보겠다고 나갔다가 영영 돌아오지 못했다.

길 위에는 이런 표지판이 있다.

위험: 썰물 때 갯벌로 나가지 마시오. 밀물로 바뀌었을 때 늪처럼 변해 매우 위험합니다.

나는 침을 꼴깍 삼킨다. 낸시도 이런 곳을 탐험하자는 제안은 안 했을 것이다. 우리가 어린 객기로도 시도하지 못했던 것을 나 혼자 해낼 수 있을까? 만약 해낸다면 내가 더 용감한 사람이 되는 걸까?

나는 풀숲을 헤치며 비탈길을 따라 갯벌로 내려간다. 해안선에 다다르자 바닷물이 제일 가까이 들어왔다 빠진 경계선을 따라 늘어선 해초와 조개가 보인다. 엉켜 있는 해초의 비릿한 냄새가 코를 찌른다. 해초를 건너 눈을 들어보니 청아한 하늘 아래 고운 모래로 뒤덮인 광활한 갯벌이 펼쳐져 있다. 그야말로 바닷물 없는 바다 바닥이다.

나는 신발과 스타킹을 벗는다. 맨발로 진흙을 밟는다. 진흙이 의외로 단단하다. 바닥은 매끈하기보다는 파도가 빚어낸 물결 모양이다. 나는 열 걸음을 걷고 나서야 몸이 진흙에 빨려 들어가지 않을 거라는 믿음이 생긴다. 바닷물이 다시 밀려와도 나는 그 소리를 듣지 못할 것이다.

눈이 부시지 않게 손으로 햇빛을 가리며 앞을 바라본다. 이 순간만큼은 해야 할 집안일로부터도 마을 사람들의 시선으로부터도 자유롭다. 나는 들뜬 기분으로 무릎까지 치마를 추켜올린 채 깡충깡충 뛰고 빙글빙글 돈다. 엄지발가락으로 진흙에 내 이름을 쓴다.

뒤돌아보니 벗어 놓은 신발과 스타킹이 더 이상 보이지 않는다. 그럼에도 나는 이 광활함 속 무언가에 홀린 듯 계속 걸어 나간다. 자꾸만 멀어지는 수평선을 따라잡을 수 있다는 듯이.

썰물에 드러난 암초의 거친 표면에 굴이 뭉쳐서 붙어 있다. 허리를 굽혀 굴 껍데기를 관찰한다. 말벌 집과 비슷한 흰색에 가까운 회색이다. 나는 굴을 건드리지 않기로 한다.

가느다란 물줄기가 내 발바닥과 젖은 모래 사이를 비집고 흐르는 게 느껴진다. 시간이 얼마나 흘렀는지 모르겠다. 해의 위치가 바뀌고 그림자가 길어졌다 사라지는 것도 보지 못했다. 나는 바닷물이 찰랑찰랑 발가락을 덮기 시작할 때는 무시하다가 거의 발목까지 차오르고 나서야 놀란다. 어쩌다 이렇게 부주의해진 거지? 어릴 적 바닷가에서 돌을 줍느라 시간 가는 줄 모르다가 피부가 쓰릴 정도로 햇볕에 탔던 때와 똑같다. 지금도 혼자만의 모험에 정신이 팔려 바닷물이 밀려오는 것도 눈치채지 못했다!

뒤를 돌아보니 저 멀리 해안선이 보인다. 여기까지 오느라 밟아온 길은 점점 물에 잠기고 있다. 심장 박동이 조금씩 빨라진다. 한 걸음을 떼자 발자국이 모래에 찍힐 만큼 발이 푹 들어간다. 한 걸음 더 나가려고 발을 떼서 앞에 있는 발과 모으려는데 모래가 발바닥을 빨아들인다.

마음이 점점 다급해진다. 뛰려다가 발이 진흙에 푹 들어가는 바람에 엎어질 뻔한다. 한쪽 무릎이 꺾인다. 다시 일어나서 더 조심스럽게 발을 내디디면서도 걸음을 재촉하려고 기를 쓴다.

허벅지까지 물에 젖은 상태다. 나는 젭 스키프의 이야기를 애써 기억에서 지우려 한다. 에즈라 브루어 아저씨가 들려준 이야기에 따르면, 다른 어부들이 젭의 외침을 들었을 때 그는 이미 가슴까지 모래 속으로 빨려 들어간 상태였고 물은 빠르게 밀려들고 있었다고 한다. 어부 한 명이 밧줄을 자기 허리에 묶고 나머지 어부들이 뭍에서 밧줄을 붙잡고 있는 동안 차가운 바닷물을 헤치고 나갔다. 그렇게 젭을 빼내려고 계속 잡아당기다가 힘이 빠져서 놓치고 말았다. 다시 물이 빠졌을 때 젭의 한쪽 어깨만 모래 위에 작은 바위처럼 솟아 있었다.

이제는 엉덩이까지 바닷물에 잠긴 상태다. 다리는 자꾸 모래 속으로 빨려 들어간다. 하지만 바로 앞에 뭍이 보인다. 난 왜 날 따라오던 꼬맹이들을 쫓아 버렸을까? 녀석들은 왜 더 끈질기게 날 따라오지 않았을까?

나는 몸 전체를 앞으로 기울이려고 안간힘을 쓰다가 발작적으로 기침하기 시작한다. 이때 눈앞에 밧줄이 떨어진다. 나는 필사적으로 밧줄을 붙잡는다. 밧줄이 당겨지자 머리가 물에 처박힌다. 밧줄을 손목에 감고 매달려 있자니 몸이 파도에 휩쓸려 뒤틀리고 돌아간다. 그러다 배가 모래에 끌리고 등에 시원한 공기가 닿자 드디어 뭍으로 나온 걸 알아차린다.

고개를 들어보니 아무도 없다. 잠시 후 가죽 신발과 양복지로 만든 치마 밑단이 눈에 들어온다. 밧줄이 느슨해지면서 누군가 내 손을 잡더니 나를 일으켜 세운다. 나는 금가루를 뿌린 듯한 갈색 눈동자를 마주한다. 샐리 리처즈다.

"고마워." 내가 수어로 말한다.

샐리가 수어로 "말"이라고 말하며 해변 끝에 서 있는 갈색 말을 가리킨다. 한때는 조지 오빠의 망아지였던 베이어드다. 아까는 샐리가 밧줄을 나한테 던져 놓고 베이어드를 몰아 밧줄을 당겼던 모양이다.

나는 완전히 젖은 옷과 헝클어진 머리카락이 몸에 달라붙은 채 덜덜 떤다. 신발과 스타킹은 바닷물에 떠내려간 지 오래다. 샐리가 베이어드의 등짐에서 담요를 꺼내와 내 어깨에 둘러 준다. 나는 다리가 풀려 비틀거린다. 우리는 서로의 허리에 팔을 두르고 베이어드가 있는 곳으로 천천히 걷는다. 나는 늘 베이어드를 무서워했었다. 눈을 희번덕이고 발을 구르고 콧방귀를 뀌는 신경질적인 녀석이었으니까. 하지만 오늘은 샐리와 함께 나를 구해 준 고마운 친구다. 샐리가 먼저 베이어드에 올라타고 나도 샐리 뒤에 올라탄다. 나는 온몸이 쑤시는 걸 느끼며 샐리의 곧게 편 등에 기댄다. 샐리가 고삐를 당기자 베이어드가 해안 길을 따라 빠르게 걷기 시작한다.

샐리가 아무것도 묻지 않아서 다행이다. 나도 말 안장에 달린 굴로 꽉 찬 그물망을 못 본 척한다.

샐리는 처음 보는 곳에 멈춘다. 이런 곳이 있는 줄은 전혀 몰랐다. 말에서 내려 둘러보니 모닥불 피우는 구덩이가 있고 그 주위에 앉을 만한 통나무가 몇 개 놓여 있다. 마을 사람들한테 알리지 않을 생각이다. 나는 앉아서 샐리가 부싯돌과 철로 불 피우는 모습을 지켜본다. 내 수중에는 쓸모 있는 게 하나도 없다. 샐리가 안장 가방에서 작은 무쇠 주전자와 주석 잔, 말린 허브가 든 주머니를 가져온다. 그리고 근처 샘에서 물을 퍼와 모닥불 옆에 주전자를 놓고 물을 데운 뒤 말린 노루발풀이 주원료인 허브를 넣어 따뜻한 차를 만들어 준다. 차는 부드러운 박하 향과 씁쌀한 뒷맛이 섞인 미묘한 맛이다. 하모니 할머니도 전쟁 당시 영국에서 홍차를 들여오기 힘들 때 많은 식민지 정착민이 그랬듯 노루발풀로 차를 만들곤 하셨다.

긴장이 조금씩 풀리기 시작한다. 샐리는 열세 살에 이미 약초에 해박한 데다 동물을 고치는 의사가 되려고 수련 중이다. 왐파노아그족 사회에서 여성들은 지도자 역할을 한다. 낸시의 블루스타킹 단체도 이런 사실을 알고 있나 모르겠다.

"다시 한번 고마워. 정말 시간 딱 맞춰 나타나 줘서." 내가 수어로 말한다. 샐리가 조금만 늦게 나타났으면 어떻게 되었을지 생각하자니 너무 끔찍하고 무섭다. 가슴이 조여 온다. 나까지 잃었으면 우리 엄마 아빠는 어떻게 되었을까? 엄마는 조지 오빠의 죽음을 가까스로 견뎌냈다. 어렸을 때는 내가 무슨 행동을 하든 나쁜 결과가 따를 수 있다고 생각해 본 적이 없지만 이제는 모든 것이 달라졌다.

샐리가 미소를 짓는다. "천만에. 스키프네 목장에 들렀다가 큰길 대신 남쪽 해안 길을 따라 돌아가기로 한 게 다행이었지 뭐."

"낸시 부모님은 안녕하셔?" 내가 묻는다.

샐리가 고개를 젓는다. "스키프네 목장은 갈 때마다 기분이 좋지 않아. 양 떼 일부가 블루텅에 걸렸어."

나는 이해하지 못하고 샐리를 바라본다.

"발굽에 상처가 생기는 병인데, 무는 곤충이 옮기는 전염병이야. 스키프 아저씨에게 병에 걸린 양을 따로 가두어 놓고 물을 충분히 먹이고 보호막 없는 야외에 두지 말라고 조언했어. 그리고 상처는 갖가지 약초로 만든 찜질제를 붙여서 치료하면 된다고도 했고. 근데 아저씨는 부제병이라고 단정하고 병 걸린 양들을 도태시키겠대!"

내가 걱정하며 묻는다. "네 처방을 따르지 않겠대?"

샐리가 수어로 대답한다. "진료비도 주지 않고 가라던데?"

"너 그런 취급받는 거 보면 화가 나." 내가 수어로 말한다.

"난 엄마를 닮아 피부가 옅은 갈색이지만 머리는 직모가 아니거든. 누가 봐도 우리 아빠가 아프리카에서 끌려온 노예 출신이고 조상 중에 유럽인 피도 섞였다는 걸 알 수 있지. 그래서 칠마크에 올 때마다 '그냥 인디언'과는 다른 종족으로 취급받아. 가끔은 아퀴나에서도."

내가 수어로 말한다. "부모님의 결혼 때문에 네가 핍박받는 것은 불공평해. 진료해 주고도 돈을 못 받는 것도."

"인디언은 다 똑같이 생겨야 한다는 생각부터가 정말 짜증 나. 백인들은 혈통이 섞인 사람을 너무 편협하게 대해." 샐리는 몸을 앞으로 숙이고 앉아 허공을 바라본다.

"아무튼 진료비는 바닷가에서 알아서 챙겼어." 샐리가 눈을 찡긋하며 굴이 든 그물망을 가리킨다.

"네 어머니도 저걸로 스튜 만드시니?" 내가 꾸르륵거리는 빈 속을 의식하며 묻는다.

"메리, 우리 엄마 돌아가셨어." 샐리가 대답한다. 그 말에 나는 깜짝 놀랐다가 몸을 둥글게 웅크리고 엉엉 울고 싶어진다.

헬렌 리처즈는 오랫동안 스키프네 집에서 허드렛일을 해주며 살았지만 솜씨가 뛰어난 보석 장인이기도 했다. 내가 헬렌을 알고 지낸 세월 내내 헬렌은 허약했다. 한때는 우리 농장에서 남편과 함께 지낸 적도 있었다. 세라 힐먼보다 덜 거만하고 더 우아한 모습으로. 인디언에 대한 우리 엄마의 편견을 알면서도 헬렌은 조지 오빠가 죽고 엄마가 몸져누웠을 때 우리 집에 음식을 가져다주었다. 헬렌이 한동안 안 보였을 때 안부를 물어야 했다.

"아무도 내게 말해 주지 않았어." 내가 수어로 말한다. 샐리네 가족과 계속 연락하고 지내지 못한 게 죄스럽다. 나와 샐리가 각각 속한 공동체는 서로 거리를 두며 지내고 긴장이 높아질 때도 종종 있다. 최근에는 칠마크에서 왐파노아그족 남자가 말을 훔치려 했다는 의심을 받고 등에 총을 맞은 사건이 있었다. 우리 마을 의회는 백인 정착민이 총을 쏜 것은 정당방위였다고 판결했다.

나는 수어로 대화를 이어 간다. "사랑하는 사람을 잃는 것만큼 견디기 힘든 슬픔은 없는 것 같아. 난 오빠를 잃었잖아. 엄마나 아빠를 잃으면 어떨지 상상도 못 하겠어. 학질 때문이었니?"

샐리가 눈물이 그렁그렁해지며 고개를 끄덕인다. "엄마가 너무 보고 싶어. 그래도 지금 엄마는 조상에게로 가는 중일 거야. 아빠는 슬픔을 잊으려고 또 고래잡이배를 탔고. 빨리 돌아오면 좋겠어."

샐리의 아빠 토머스 리처즈는 고래잡이가 되기 전에는 우리 목장 일손으로 일했다.

“넌 누가 돌보고 있니?” 내가 묻는다.

“아빠가 돌아올 때까지는 이모랑 이모부 집에서 지내고 있어.”

내가 수어로 말한다. “난 너보다 한 살 더 먹었는데도 인생의 방향을 못 정했어. 근데 넌 나보다 훨씬 더 자기 미래에 대한 확신이 있는 것 같아.”

샐리는 내 칭찬을 외면한다. “갯벌에서 뭘 하고 있었어?”

“옛날처럼 아찔한 모험을 하고 싶었나 봐.” 내가 고백한다. 갑자기 내가 유치하다는 생각이 든다.

“성장하면서 대범해지는 방법도 달라져야지.” 샐리가 내게 말한다.

“세라 힐먼과 약혼자 네이트처럼?” 내가 묻는다. “난 그런 쪽으로는 영 흥미가 없단 말이지.”

샐리가 웃으면서 대꾸한다. “난 그 사람들 모르는데. 어쨌든 죽기 직전까지 가지 않고도 담력을 키울 방법은 분명히 있을 거야.”

나는 손가락을 날개처럼 퍼덕여서 “그러면 좋겠어.”라고 말한다.

“배가 좀 고프네?” 샐리가 자기 배를 두드리며 수어로 말한다.

샐리가 굴이 든 그물망을 가져온다. 나는 물에 헹군 그릇에 굴을 담고 굴 껍데기가 열릴 때까지 모닥불 위에서 굴린다. 우리는 통통하고 쫄깃한 굴 살을 허겁지겁 먹는다.

해가 지기 시작한다. 우리는 베이어드를 타고 해안선을 따라 우리 목장 뒤 목초지를 거쳐 집으로 향한다. 말에서 내린 나는 손바닥을 펼쳐 턱에 댔다가 내려 샐리에게 고맙다고 다시 한번 인사한다.

"너한테 빚졌어. 언제든 말만 해. 빚 갚을게." 내가 샐리에게 말한다.

"그러려고 도와준 거 아닌데."

"그래도." 내가 수어로 대꾸한다.

4장

물에 빠진 생쥐 같은 내 꼴을 꼬맹이들에게 보이고 싶지 않다. 나는 얼른 집으로 뛰어가서 앞문으로 조용히 들어가 까치발을 하고 부엌 쪽으로 걷는다. 엄마는 위층 바느질하는 방에 있나 보다. 나는 내 방으로 들어가서 옷을 다 벗고 깨끗한 속옷을 입고 숄을 두른다. 거울을 들여다본다. 얼굴에 긁힌 상처가 났다. 묶은 머리를 풀고 솔빗으로 힘껏 빗어 모래를 털고 엉킨 머리카락을 풀어 준다. 어느 정도 멀쩡한 모습을 되찾은 뒤 부엌으로 간다.

엄마가 뒷문으로 장작을 끌고 들어온다. 장작 들여오는 일은 평소 엄마 담당이 아니다. 나는 얼른 가서 엄마를 거든다.

"메리! 돌아왔구나!" 엄마가 한쪽 손으로만 말한다. 그래서 뭐라고 하는지 이해하기가 어렵다.

나는 난롯가에 장작을 쌓으며 엄마한테 어디까지 얘기할지 고민한다. 그런데 엄마가 내게 등을 돌리고 수어 없이 구어로 말하고 있는 것 같다. 엄마와 눈을 맞출 수 없다. 무슨 일이지?

나는 엄마의 손을 붙잡아 나를 보게 하고 엄마의 표정을 살피려 하지만, 엄마가 내 눈을 똑바로 보지 않는다.

내가 수어로 애원한다. "엄마, 제발 무슨 일인지 말해 줘."

엄마는 두리번거린다. 아마 아빠를 찾는 듯하다. 아빠는 아직 농장에 있는 모양이다.

엄마의 손이 속삭인다. "너 안 돌아오는 줄 알고 겁이 났어."

내가 더듬거리며 수어로 말한다. "시간이 이렇게 많이 지난 줄도 모르고……. 너무 오래 밖에 있었지……. 나 괜찮아, 엄마."

"받은 지 한참 됐는데, 너한테 바로 얘기 못 했어. 해야 했는데……. 앞치마 주머니에 넣어 두고 없어지길 빌었나 봐. 아니면 받은 것 자체가 착각이었길 빌었거나."

"못 알아듣겠어." 내가 수어로 말한다.

뒷문이 확 열린다. 아빠가 장화에 묻은 흙을 털려고 발을 구르는 익숙한 진동이 위안이 된다.

"메리한테 줬어?" 아빠가 엄마에게 묻는다.

"아직." 엄마가 수어로 대답한다.

아빠가 엄마를 안심시키려는 듯이 고개를 끄덕인다.

그리고 다정하게 손으로 뺨을 쓸어 내 수어 이름을 부른다.
"메리, 진지하게 생각하고 답장해야 한다."

"편지 왔어?" 내가 엄마에게 묻는다. 낸시가 보낸 편지가 아닐까? 내가 용감하고 쓸모 있는 사람임을 보여 줄 기회가 왔다고 알려 주는 편지라면 좋겠다.

엄마가 고개를 끄덕인다. 하늘색 눈동자가 어두워 보인다. 엄마가 앞치마 주머니에서 접힌 종이를 꺼내자 아빠가 엄마의 손에서 빼어 내게 건넨다. 내 앞으로 온 편지인데 엄마가 이미 뜯어서 읽은 모양이다. 엄마답지 않은 행동이다. 보아하니 낸시의 글씨체가 아니다. 엄마도 그걸 알아봤었나 보다. 편지에 무엇이 적혀 있길래 엄마가 이렇게 겁내는 걸까? 나는 난롯가에 있는 아빠의 의자에 앉아 편지를 읽는다.

친애하는 메리에게.

이 편지가 너에게 반가운 소식이면 좋겠다. 우리가 마지막으로 본 지 3년이 지났네. 너의 섬으로 무사히 돌아갔길 빌어. 내 전 고용주인 비컨 힐의 마이넛 박사님도 네 소식을 듣지 못했다고 하셨어.

나는 얼마 전부터 베일•이라는 저택에서 일을 시작했어. 주인 가족은 여름에만 이곳에서 지내고, 하인들은 일 년 내내 있는 곳이야. 여주인의 조카가 이곳에 사는데 위층 방에 갇혀 있어. 여덟 살쯤 된 것 같아.

아이는 정신이 이상한 데다 사납다고 들었어. 큰 소리로 씩씩대고 이상한 딸깍거리는 소리도 내. 그래서 이 집에 가둬 놓은 거래. 동네 의사가 정기적으로 와서 약으로 안정시키는 모양이야. 내 생각에는 아이가 농아자인 것 같아.

네가 가르쳐 준 손으로 말하는 법을 난 거의 잊어버렸어. 그런데 그걸 아이에게 가르쳐 주면 혹시 괴로움을 덜어 줄 수 있지 않을까 싶어. 여기 집사님에게 아이를 가르칠 만한 가정교사를 안다고 말했어. 집사님은 조련사가 더 도움이 될 거라고 했지만.

넌 사람을 겉모습만 보고 판단하면 안 된다는 것과 절대 희망을 버리면 안 된다는 것을 내게 가르쳐 준 사람이야. 이곳 주소를 동봉할게. 너에게 가정교사 자리를 제안해도 된다고 허락받았어. 네가 제안을 수락하면 숙식은 제공할 거고, 약간의 보수도 지급하겠대. 난 네가 오길 기도하고 있어. 마지막으로 꼭 일러둘 말이 있는데, 이곳 상황은 내가 생각하는 것보다 훨씬 더 문제가 많은 것 같아.

너의 친구,

노라 오닐 보냄

나는 엄마 아빠를 바라본다. 둘 다 손을 빠르게 움직이고 있다.

- 'vale'은 울창한 계곡이라는 뜻의 보통 명사이기도 하다.

엄마가 부엌 난로 앞을 서성이며 수어로 말한다. "이건 함정이야. 메리를 그 집에 다시 끌어들이려는 거야."

아빠가 말한다. "감히 그러진 못할 거야. 그 사람들도 노블이 거짓말했다는 걸 알고 나서는 메리를 도와줬잖아." 엄마와 나는 그 이름에 다르게 반응한다. 엄마는 어쩔 줄을 몰라 하고 아마 약간 죄책감도 느끼는 것 같다. 나는 공포가 솟구치면서 악몽 같던 기억이 몰려든다.

앤드루 노블은 우리 섬에 청각장애인으로 태어나는 사람이 유독 많은 이유를 밝히겠다고 찾아온 과학자였다. 우리 가족은 당시 조지 오빠의 죽음으로 슬픔에 잠겨 있었는데, 앤드루는 엄마의 환심을 사려고 아부를 떨다가 어느 날 나를 납치해서 보스턴으로 끌고 갔다. 보스턴에서 나는 잔인한 실험에 '살아 있는 표본'으로 이용되었다. 신의 섭리와 내 기지, 우리 섬의 사람들과 연결된 선원들의 협조 덕에 나는 그 대혼란에서 살아남아 집으로 돌아올 수 있었다.

아빠가 나와 눈을 맞추며 수어로 말한다. "이제 넌 스스로 결정할 수 있는 나이가 됐으니 이건 너의 선택이어야 한다."

나는 노라 언니를 처음 만난 후 꽤 오랫동안 속으로 팽이 언니라고 불렀다. 지금도 언니가 움직일 때마다 마치 해야 할 일이 방금 생각난 사람처럼 무릎을 굽혔다가 펴고 몸을 휙 돌리고 손을 허공에 던지듯 올리던 모습이 생생하다. 내가 홀로 겁에 질려 있을 때 언니는 나를 따뜻하게 대해 줬다. 비록 당시의 잘못된 상황에 동조하긴 했지만 말이다. 언니가 일부러 나를 속이거나 해칠 것 같지는 않다. 오히려 나를 구조하려는 작전을 도왔던 사람이다. 언니가 지금 또 다른 아이를 구조하려는 거라면…….

엄마가 애원하는 눈빛으로 나를 바라본다.

"자러 가야겠어." 나는 고개를 옆으로 기울여 손바닥에 뺨을 댄다. "지금은 피곤해서 어떻게 받아들여야 할지 모르겠어." 나는 편지를 손에 꼭 쥔다.

"저녁 안 먹고?" 엄마는 과거의 유령이 덮치는 것을 막고 싶었는지 애써 할 일을 찾는다. 나는 편지를 감춘 엄마를 탓할 수가 없다. 갯벌 위로 무섭게 밀려드는 바닷물에 수없이 몸이 내동댕이쳐지던 때보다 이 편지의 내용이 더 충격적이다.

나는 수어로 답한다. "아까 뭐 좀 먹었어. 그냥 차나 한 잔 방에서 마시면 될 것 같아. 지금은 쉬고 싶어. 아무 생각도 할 수 없어."

"그래." 엄마가 작은 주먹을 끄덕인다. 그리고 잠시 후 진한 홍차 한 잔을 침대 옆 탁자에 가져다준다. 나는 차를 몇 모금 마시지만, 졸음을 쫓기에는 역부족이다. 마지막으로 떠오른 생각 한 자락이 다른 세계로 흘러간다. 베개가 꿈의 무게로 푹 꺼진다. 턱까지 끌어다 덮은 누비이불 위로 내 손가락이 춤춘다. 날이 밝으면 내리게 될 결정을 위해 밤새 고민을 이어 가려는 듯이.

5장

나는 아침 일찍 일어나 어제 입었던 옷을 살펴본다. 드레스의 윗부분을 만져 보니 진흙투성이일 뿐만 아니라 심하게 찢어진 상태다. 최근에 조금 작아져서 일할 때만 입는 옷이 있다. 옷을 새로 만들 때까지는 입을 만할 것이다. 아무래도 예전에 신던 신발은 꽤 작아서 발가락이 아프겠지만. 나는 난롯불을 더 지핀 뒤 망가진 옷을 불 속으로 던진다. 그리고 한 조각이라도 남아서 엄마 아빠의 의심을 사지 않도록 옷이 다 탈 때까지 부지깽이로 뒤적인다.

씻고 나서 새로 만든 초록색 드레스로 갈아입는다. 목까지 올라오는 옷깃에 딱 붙는 긴 소매가 달린 옷이지만 깃털처럼 부드럽다. 엄마는 이 옷을 입으면 내 녹갈색 눈이 더 빛난다고 한다. 두세 번 시도한 끝에 숱 많은 머리를 꼬아서 원하는 모양으로 고정한다. 헬렌 리처즈가 선물한 목걸이를 건다. 드레스와 잘 어울린다. 헬렌의 정성이 깃든 작품이다. 세라 힐먼이 해 준 숱한 조언 중에 내가 유일하게 받아들인 것은 모든 일에 용모를 최선으로 가꾸고 임하라는 조언이다. 오늘 나는 여러 사람을 찾아뵐 생각이다. 엄마에게 메모를 써서 부엌 식탁에 올려 둔다.

집을 나선 나는 폭풍이 지나간 흔적을 보고 놀란다. 마당에 부러진 나뭇가지들이 흩어져 있다. 흙도 흠뻑 젖은 상태다. 물에 잠긴 땅속 보금자리에서 기어 나온 지렁이들이 여기저기서 꿈틀댄다. 피리새들이 땅으로 내려와 지렁이를 잡아먹고는 밤새 망가진 둥지를 고치느라 다시 분주해진다. 공기가 상쾌하다.

대문 걸쇠를 잠그고 있는데 소달구지를 타고 지나가던 버틀러 아저씨가 멈춰 선다.

"전 한 번도 깨지 않고 잤는데 아저씨는요?" 내가 수어로 인사한다.

귀가 들리지 않는 마을 사람들이 주고받는 우스갯소리다. 남들은 큰 소리가 나면 놀라서 깨지만 우리는 잘만 자니까. 하지만 아저씨는 농담을 받아 주기에는 너무 지쳐 보인다.

아저씨가 수어로 간밤에 있었던 일을 생생하게 묘사한다. "하늘에서 벼락. 번쩍. 헛간. 맞았어. 불에 탔어."

“가축. 탈출?” 내가 수어로 묻는다.

아저씨의 안도하는 표정에 나도 안심한다. 우리는 고개를 끄덕이며 “좋은 하루 보내세요.”라고 인사한다. 우리 섬 말고는 그 어디에서도 이 정도의 유창한 수어로 누군가와 대화할 수 없다. 납치 사건이 있기 전에는 나도 수어로 쉽게 소통하는 것이 당연하다고 생각했다.

목사관을 지나친다. 리 목사님은 보이지 않는다. 나는 연철로 만든 울타리를 지나 계속 걷는다. 조지 오빠의 묘지에 너무 오랜만에 왔다. 몇 년만 더 지나면 내가 오빠보다 더 나이가 많아질 것이다. 시 한 구절이 떠오른다.

> 할 수 있을 때 장미꽃 봉오리를 모아라.
> 오래된 시간은 지금도 날아가고 있으니.•

나는 비석에 묻은 흙먼지를 닦으며 수어로 말한다. “오빠, 오빠라면 나한테 어떤 조언을 해 줄까?” 오빠의 실용적인 대답이 마음속에 떠오른다. “과학적 접근법. 합리적으로 차근차근 생각을 정리한다. 해당 분야 전문가의 조언을 구한다.”

• 17세기 영국 낭만파 시인 로버트 헤릭의 시 〈처녀들에게, 시간을 잘 쓰길 바라며(To the Virgins, to Make Much of Time)〉의 첫 두 줄.

나는 오빠의 조언대로 큰길을 따라 매슈 파이 아저씨네 농장으로 내려간다. 여름 장미의 향기보다 더 좋아하는 바다 공기를 마시며. 머리 위로 거위 떼가 V 자를 그리며 날아간다. 매슈 아저씨 대장간 옆에 붙은 집은 아저씨가 총각이던 때보다 더 깔끔하고 따뜻해 보인다. 현관은 새로 칠해졌고, 문에는 화환이 걸렸다. 나는 케이크나 라벤더 비누라도 선물로 들고 오지 않은 것을 후회하며 문을 두드린다.

이제는 해먼드가 아니라 파이로 성이 바뀐 선생님은 처녀 때보다 통통해졌고 얼굴에서 빛이 난다. 선생님이 지난 3월에 출산한 아기 리시를 옆구리에 걸치듯이 안고 나를 집으로 들인다. 그리고 아기를 내려놓고 수어로 묻는다. "어쩐 일로 온 거야?"

나는 노라 언니의 편지를 선생님에게 건넨다. 선생님이 편지를 읽는 동안 나는 리시를 무릎에 앉히고 소리 내서 웃는 게 느껴질 때까지 가볍게 통통 튕겨 준다. 순한 아기라면 좋은 언니가 될 자신이 있다.

파이 선생님이 대화를 연다. "세상에나, 흥미로운 이야기네. 그런데 나한테 뭘 물어보러 온 거야, 메리?"

나는 생각에 잠긴 채 미간을 찌푸리며 적절한 말을 찾는다.

"아무 언어도 배우지 못한 아이도 가르칠 수 있는지 알고 싶은 것 같아요." 내가 수어로 대답한다.

선생님이 난감하다는 듯이 웃으며 고개를 절레절레 흔든다. "메리, 넌 내 제자 중에서 항상 제일 어려운 질문만 골라서 했어."

나는 고개를 살짝 숙이며 미소를 짓는다.

선생님이 수어로 말을 이어 간다. "간단하게 대답하자면 나도 잘 모르겠어. 상식적으로 보면 못 가르친다고 해야겠지. 우리 모두 언어 없이 태어나서 영아기를 보내잖아." 선생님이 리시를 가리키며 말한다. 리시는 손가락으로 수어를 흉내 내며 옹알이한다. "그리고 주변 사람들의 말을 듣거나 보면서 세상을 알아가지. 그런데 이미 자란 아이라면……." 선생님이 어깨를 으쓱한다.

"어쩌면 그 아이가 내는 소리가 그 아이만의 언어는 아닐까요?" 내가 묻는다. 나처럼 귀가 안 들리는 아이가 나는 당연하게 여기는 모든 것을 전혀 다른 방식으로 이해할지도 모른다고 상상하니 기분이 묘해진다.

선생님이 내 표정 변화를 읽었는지 더 부드럽고 자상한 표정으로 수어를 이어 간다. "좀 더 고민해 보자. 편지 쓴 사람이 너한테 기대하는 것은 경력이 많은 교사에게도 어려운 도전이야. 연구해 볼 시간을 좀 주겠니? 내 경험이나 그동안 해 온 연구를 되짚어서 내 생각을 글로 정리해 볼게. 되도록 빨리. 어때?"

나는 고개를 끄덕이며 고맙다고 하지만, 머리는 이미 생각으로 꽉 차기 시작했다. 이 일이 과연 가능하긴 할까? 그리고 내가 이 일에 도전할 적임자일까? 내 잘못으로 그 아이가 더 퇴보하면 어쩌지? 그런데 또 내가 그 아이의 유일한 희망이라면? 여러 감정이 뒤엉킨 이 순간이 낯설다. 내가 어떤 기분인지도 잘 모르겠다. 불안과 흥분이 뒤섞인 이 묘한 기분이 내가 교사가 되면 느낄 기분일까?

선생님 댁을 나서는데 선생님이 내 어깨에 손을 얹으며 수어로 말한다. "메리, 필요한 게 있으면 뭐든지 말해. 내가 최대한 도울게. 너에겐 조력자가 많다는 걸 잊지 마."

내가 가는 길이 외롭지 않을 거란 생각에 마음이 든든해진다. 앞으로도 선생님의 연륜에 기댈 수 있으리란 확신이 든다. 스승과 작별 인사를 한 나는 이제 영적 조언을 구하기로 한다. 다시 큰길로 돌아가 우리 집을 지나서 목사관으로 향한다. 이번에는 리 목사님이 마당에서 낙엽을 쓸고 계신다.

"어서 들어오렴." 목사님이 호리호리한 몸을 굽혀 집 안으로 들어가며 내게 손짓하신다.

목사관 응접실에 들어선 나는 붉은색 소파에 앉고, 목사님은 나무 의자에 앉으신다. 나는 구겨진 편지를 주머니에서 꺼내 다시 읽는다. 목사님께 건네려는데 목사님이 손사래를 치신다.

"메리, 네 아버지가 이미 다 말했단다." 목사님이 약간 어색해하며 수어로 말씀하신다.

나는 한숨을 쉬며 편지를 무릎에 내려놓는다. 목사관 가정부로 일하는 틸턴 할머니가 차와 비스킷이 담긴 쟁반을 들여와 목사님과 나 사이에 내려놓으신다. 나는 정중하게 거절한다. 목사님이 차를 젓더니 잔 받침에 찻숟가락을 내려놓으신다.

나는 목사님이 잘 알아보시도록 수어를 천천히 한다. "파이 선생님에게 조언을 구했어요. 저를 위해 생각을 글로 정리해 주시겠대요. 저는 오래전부터 교사가 되는 게 꿈이었어요. 이런 구체적인 상황까지는 생각 못 했지만요."

목사님이 수어로 말씀하신다. "지금 그 아이의 영혼이 위태롭구나."

나는 어리둥절해지지만, 이어지는 목사님의 말씀에 집중한다.

"여기서 우리가 고민할 문제는 이 일이 추구할 가치가 있느냐가 아니라 네가 소명에 답할 자격이 있느냐란다."

내가 기분 상한 표정을 짓는 걸 보셨는지 목사님이 설명을 이어 가신다. "네가 겪었던 그 시련은 누구라도 영혼까지 흔들릴 만큼 험한 일이었어. 그런데도 넌 잘 회복해서 마음을 다해 공동체로 돌아왔지. 하지만 난 아직도 가끔 너의 두려움과 불안이 느껴지는구나."

나는 신발의 코를 깔개에 비비며 어떻게 대답할지 고민한다.

"보스턴으로 납치돼서 감금당했던 일이 저에게 지울 수 없는 상처를 남긴 건 부인할 수 없어요. 지금도 바다를 바라보면 무섭고, 아무리 짧은 기간이라도 섬을 떠나 있을 생각을 하면 머뭇거리게 돼요. 그런데 전 지금 멈춰 있어요. 제 또래는 다들 앞으로 나아가는데 저만 여전히 제자리걸음을 하고 있잖아요."

"유혹이 큰 건 알겠지만, 이 일을 현실 도피의 기회로 보면 안 된다. 그 불쌍한 아이를 돕겠다는 의지가 있는지, 심지어 네 안위보다 그 아이의 유익을 더 중시하겠다는 결심이 섰는지 스스로 물어보렴. 그럴 수 있겠니?"

"모르겠어요. 생각할 거리를 주셔서 감사해요. 노라 언니에게 답장하기 전에 신중하게 고민하겠다고 아빠랑 약속했거든요."

"암, 그래야지! 자, 이제 가 보렴. 목사님은 힘든 숙제를 해야 해서. 너도 이해할 게다. 이번 주일 설교를 글로 옮기는 게 좀 어렵구나. 여기엔 들어 있는데……." 목사님이 머리를 손가락으로 톡톡 치신다. "그걸 단지……."

"꺼내면 되는데." 내가 목사님의 문장을 완성한다.

"그러게 말이다." 목사님이 대꾸하시면서 몇 가닥밖에 남지 않은 흰머리를 앙상한 손으로 쓰다듬으신다.

목사관을 나서기 전 목사님이 내 손을 잡으신다. 축도는 아니지만 목사님의 조언만으로도 축복받은 것 같다. 아직 집으로 돌아갈 마음의 준비가 안 됐다. 내가 갈 만한 곳이 더 있으려나?

나는 결국 어릴 적 낸시와 함께 오르던 사과나무에 올라 어색한 자세로 가지에 걸터앉는다. 이제는 내가 너무 커버려서 가지가 많이 휜다. 게다가 옷이 옛날보다 더 치렁치렁해서 나무에 오르기가 힘들다. 이런 중차대한 일을 의논할 상대로 남은 사람은 낸시뿐이다.

낸시와 함께 이 나무에 오르던 시절, 나는 낸시가 삼촌 제러마이아 스키프가 만들어 준 리코더를 부는 모습을 바라보기도 하고, 둘이서 이웃 사람들을 염탐하기도 했다. 낸시라면 노라 언니의 초대를 모험으로 여겼을 것이다. 나는 머릿속으로 낸시에게 편지를 쓰기 시작한다. 사랑하는 친구에게 조언을 구하는 기분으로.

나는 속으로 '사랑하는 낸시에게, 나한테 엄청난 기회가 찾아왔어!'라고 편지를 시작한다. 그리고 낸시의 구미를 당길 만한 방식으로 상황을 설명하고 인적 드문 동네의 저택을 묘사한다. '저택 이름은 베일이고, 다른 집들과 멀리 떨어져 있어서 자연스럽게 고립되었대. 주인 가족은 여름에만 그 집에서 지내기 때문에 공간 대부분은 지금 쓰지 않고, 하인들만 몇 명 남아서

집을 관리하나 봐.'

어린 아씨를 둘러싼 수상쩍은 상황은 이렇게 묘사한다. '어쩌다 지금 같은 비극적인 상황에 이르렀는지는 아무도 모른대. 내가 밝혀내야 할 비밀이겠지.' 그리고 미지의 세계로 떠날 여정에 대해서는 호기심을 표현한다. '어떤 배를 타고 가게 될까? 배에서 내렸을 때 무슨 일이 나를 기다릴까?'

내 편지를 읽고 흥분해서 악동처럼 미소 지을 낸시를 상상하니 마음이 한결 가벼워진다.

나는 그 모습을 계속 떠올리며 엄마 아빠가 기다리는 집으로 돌아간다. 말없이 집안일을 돕는 나를 궁금하면서도 걱정스럽게 지켜보는 엄마 아빠의 시선이 느껴진다. 아직 내리지 못한 결정에 대해 의논할 준비가 안 된 나는 내 방으로 가도 되냐고 묻는다. 엄마는 내게 뭔가 묻고 싶은 표정이지만 억지로 미소를 지으며 고개를 끄덕인다. 그리고 방으로 향하는 나를 잠깐 멈춰 세우더니 어렸을 때처럼 내 머리에 입을 맞춘다.

방으로 들어온 나는 책상 앞에 앉아 낸시에게 편지를 쓴다. 아까 머릿속에 띄운 말을 글로 옮기는 동안, 뱃속에서 흥분이 또다시 꿈틀대고 부풀어 오른다. 예전부터 나는 이렇게 불안과 기대가 뒤섞인 감정을 동력 삼아 앞으로 나아갔다. 나는 내가 이미 결정을 내렸음을 깨닫는다. 오늘 안에 노라 언니에게 답장을 써서 보내기로 한다. 낸시에게는 이제부터 베일로 연락하라고 해야겠다.

6장

내 결정을 알리자 엄마는 표정이 굳어 버린다. 입술을 굳게 다문 채 아빠를 바라본다. 아빠가 고개를 끄덕인다.

엄마가 말한다. "오닐이라는 여자에게 하루빨리 기별을 보내야겠네. 너의 안전을 책임질 수 있는 사람인지 확인하게."

내가 일어서면서 수어로 말한다. "내가 답장할게." (사실은 이미 답장을 썼다.) "그리고 내 보호자로는 리 목사님이 동반하시는 게 적절할 것 같아. 적어도 보스턴까지는." 엄마가 조금은 안도하는 표정을 짓는다.

엄마가 앞치마를 풀고 누군가 문을 두드린다고 수어로 말한다. 나는 부엌에서 고개를 내밀고 복도 끝에 있는 현관문을 바라본다. 엄마가 파이 선생님을 반긴다.

둘 다 청인인데도 엄마는 선생님에게 수어로 말한다. "메리가 가겠대요."

선생님이 엄마의 손을 토닥이고는 수어로 대답한다. "그럴 것 같았어요. 지금 우릴 엿보고 있는 것 같으니 이리로 부릅시다."

나는 엄마나 선생님이 나를 데리러 오지 않아도 되게 응접실 쪽으로 가서 문간에 기대 두 분을 바라본다. 선생님은 파란색 의자 중 하나에 앉았고, 엄마는 소파에 걸터앉았다.

선생님이 손가락으로 내 이름을 철자한다. "메리, 어제는 얼굴에 난 상처를 못 봤네."

엄마가 끼어든다. "난 어젯밤에 보긴 했는데 다른 일로 너무 속상해서 물어보지도 못했네."

나는 얼른 뺨에 수염을 그린다. '고양이'를 뜻하는 수어다. 더 추궁이 없자 안도의 한숨을 내쉰다.

선생님이 말한다. "너를 위해 몇 가지를 좀 적어 봤어. 어제 리시가 낮잠 잘 때 한 시간 정도 여유가 생겨서. 네가 빨리 결정할 것 같아서 서두르긴 했는데, 사실 이런 결정은 차라리 빨리 내리는 게 나을 수도 있어."

"난 메리가 좀 천천히 결정하면 좋겠어요. 우리 젊을 때도 그랬잖아요." 엄마가 수어로 말한다.

"그랬나요?" 선생님이 대꾸한다. "전 아버지의 허락 없이 교사가 되었어요. 겁 없이 저지르니까 청춘이죠. 무모할 수도 있지만 멋지기도 하고요. 난 메리를 믿어요."

"나도 당연히 우리 딸을 전적으로 믿죠. 그래도……."

"이번엔 메리가 정확히 어디에 있는지 우리 다 알고 있을 거잖아요." 선생님이 주먹을 흔든다. "혹시라도 문제가 생기면 우리가 쳐들어가면 돼요."

"그 아이가 위험해 보여요." 엄마의 손가락이 펄럭거리며 목으로 간다.

선생님이 수어로 대꾸한다. "그 아이는 짐승처럼 취급받고 있어요."

내가 무슨 소리를 냈나 보다. 엄마와 선생님이 내가 옆에 같이 있다는 사실을 다시 의식한다. 선생님이 웃으며 내게 손을 뻗는다. 나는 선생님의 손에 들린 종이를 받는다.

선생님이 수어로 설명한다. "어떤 부분은 수업을 시작한 뒤에야 제대로 이해할 수 있을 거야. 맨 위에 세 가지 기본 원칙을 적어 뒀어. 이 세 가지 원칙을 꼭 염두에 두렴. 아무리 답답하고 포기하고 싶어져도."

나는 바로 세 가지 원칙을 외운다.

1. 사람은 언어가 없어도 지능은 있다.

2. 네가 어디 출신인지보다 무엇을 이뤄내는지가 더 중요하다.

3. 선생은 절대 학생을 포기하지 않는다.

내가 감사하다고 인사하자 선생님은 행운을 빈다는 뜻으로 말없이 내 손을 꼭 잡는다. 나는 계속 이야기를 나누는 엄마와 선생님을 뒤로하고 방으로 간다. 선생님은 불안해하는 엄마를 진정시킨다. 내가 선생님에게 무한한 고마움을 느끼는 이유 중 하나다.

나는 책상에 앉아 선생님이 정리해 준 글을 계속 살펴본다. 어떤 부분은 잘 이해가 되지 않아 갸웃거리고, 아래와 같은 문단을 읽으면서는 바로 알아차리고 고개를 끄덕인다.

글을 쓰고 읽는 문해력은 ABC로 시작되지만, 수어는 사물을 가리키거나 몸으로 보여 주면서 해당 수어를 알려 주는 게 더 도움이 된다. 농아가 사물마다 명칭이 있다는 사실을 아직 깨우치지 못했다면, 더더욱 반복해야 한다. 반복은 아이의 마음과 머릿속 언어의 문을 여는 열쇠다.

이어지는 한 주 동안 나는 노라 언니의 답장을 기다리며 떠날 채비를 한다. 한편으로는 언니가 제안을 취소하길 내심 바라기도 한다. 언니가 말한 저택은 고립되어 있다. 보스턴에서 그랬던 것처럼 탈출해서 아군을 찾을 확률이 훨씬 낮다. 나를 계속 실험 대상으로 이용하려고 제 발로 오게 하려는 속임수면 어떡하지? 나는 지나치게 예민하고 흥분한 상태로 하루하루를 보낸다.

나는 여행용 트렁크가 없다. 아빠의 트렁크는 내가 쓰기에는 너무 거칠어 보인다. 베일 같은 호화로운 저택에 어울릴 만한 고급 트렁크를 가진 사람이 이 섬에 누가 있을까? 답은 뻔하지만 나는 속으로 신음을 낸다.

힐먼네 가족이 내가 촌스러워 보이지 않도록 트렁크를 빌려주기로 한다. 아빠가 트렁크를 가지러 같이 가겠다고 한다. 힐먼네 집 앞에 도착해서 나는 아빠에게 소달구지에서 내리지 말라고 손짓한다. 현관문을 두드리자 힐먼 아주머니가 나와서 집 뒤에 있는 헛간으로 가 보라고 한다. 유감스럽게도 세라가 나를 따라나선다.

세라가 코를 위로 치켜들며 수어로 말을 건다. "난 하인으로 취급받는 건 못 견딜 것 같아. 그래도 아버지 말씀이 월섬에는 영국 조지 왕조 양식의 영향을 받은 훌륭한 건축물이 많다더라. 제퍼슨 대통령이 선호하는 양식이래. 네가 그런 집에 적응할 것 같진 않지만. 아무튼 그 지방은 영국 충성파가 많이 산다는데, 너 정체를 숨기고 사는 반역자들과 어울려 지낼 수 있겠어?"

“감수해야지.” 내가 통명스럽게 대꾸한다.

“세라, 아빠가 한 말 옮기지 말랬지?” 힐먼 아저씨가 수어로 말하며 뒤에서 다가온다. 아저씨는 마서스비니어드섬의 기준으로는 품위가 넘치는 신사다. 안경을 쓰고, 세라가 물려받은 빨간 머리가 인상적이다.

세라는 화난 기색이 역력하지만 입을 다문다. 우리 아빠와 힐먼 아저씨가 트렁크를 달구지에 싣는다.

“널 위해 기도하마.” 힐먼 아저씨가 두 손을 모으며 말한다. 나는 무탈한 여행을 기원하는 아저씨에게 감사를 표한다. 세라도 속으로는 내게 행운을 빌어 주면 좋겠다.

집으로 돌아와 보니 엄마가 리 목사님과 얘기를 나누고 있다. 목사님이 엄마를 위로하면서 재미 삼아 마을에 도는 소소한 소문들을 들려주시는 모양이다.

우리 넷은 9월의 쌀쌀함을 덜어 줄 따끈한 닭고기 수프를 먹는다. 식사 후 목사님은 우리 여정을 보여 주는 지도를 펼치신다. 낸시는 보스턴에서 남쪽으로 16킬로미터쯤 떨어진 퀸시에 살고 있다. 존 애덤스의 고향이기도 하다. 대통령 선거에서 토머스 제퍼슨 대통령에게 참패당한 뒤 피스필드라는 자기 농장이 있는 퀸시로 귀향했다고 들었다. 낸시의 삼촌 제러마이아 스키프는 조선업으로 돈을 벌었다. 비니어드 어부 출신으로는 크게 출세한 셈이다. 그를 다시 만나면 어떤 기분일지 모르겠다.

나는 다시 지도에 집중한다. 우리는 대서양을 건너 코드곶으로 향할 예정이다. 나는 가슴이 덜컥 내려앉는다. 에즈라 브루어 아저씨의 블랙도그호에 다시 탈 수 있을까? 하지만 나는 아저씨가 우리를 목적지까지 무사히 데려다주리라 믿는다. 코드곶에 도착하면 가장 짧은 육로를 달구지를 타고 가로지른 다음 보스턴까지 다시 배를 타고 가는 경로다. 목사님의 지인들이 경로 중간중간 도움을 줄 예정이다.

그 지인들은 나를 어떻게 대할까? 바깥세상은 나를 어떻게 바라볼까? 나는 섬 밖으로 딱 한 번 나갔었다. 타의에 의한 외지 생활이었고, 구박과 멸시의 대상이 되었다. 이번 여행은 상황이 다르다. 목적지에서 사람들이 내가 오길 기다리고 있고, 내가 그들과 다르다는 것을 안다. 물론 두렵다. 나는 두려운 건 당연하다고 자신을 다독인다. 혹시 남들과 다른 사람을 만나게 될까? 나랑도 다르고 세상 사람들과도 다른?

그리고 기이한 행동이며 비밀스러운 감금이며 모든 게 신비에 싸인 그 아이는 또 어떻게 대해야 하나? 내가 애초에 고향을 떠나기로 한 건 그 아이 때문이다. 아이에 대해서 나는 무엇을 밝혀낼 수 있을까?

이런 생각에 잠긴 채 나는 짐을 싸러 방으로 간다.

내게는 낸시가 지난 12월에 잠깐 돌아왔을 때 선물한 비버의 털로 만든 멋진 검정 모자가 있다. 그리고 엄마의 도움을 받아 최고급 메리노 양모로 지은 검정 외투도 있다. 실용적인 드레스와 속치마, 스타킹과 함께 이런 격식을 갖춘 정장도 필요할 것 같다.

아이를 가르칠 때 사용할 도구가 베일에 있는지 알 길이 없으니 예전에 쓰던 개인용 석판과 분필을 헝겊에 싸서 챙긴다. 종이와 잉크는 베일에도 있을 것 같다. 은혜와 지혜를 구하기 위해 하모니 할머니의 성경책도 가져갈 생각이다.

아이를 위해 선물을 준비해야 할까? 아이는 장난감을 가져본 적이 있을까? 우리 집에는 장난감이 사라진 지 오래다. 더 고민하려는 순간, 엄마가 나에게 헛간으로 가 보라고 한다. 내가 무슨 잘못을 했길래 이런 벌을 받는 거지? 꼬맹이들이 키 순서대로 나란히 서서 나를 맞이한다. 억지로 엄숙한 척하는 게 보인다. 에이먼이 뭐라고 하면서 양손을 등 뒤에 숨긴 리엄에게 손짓한다. 나는 의심의 눈초리로 꼬맹이들에게 다가간다.

리엄이 알아들을 수 없는 말을 늘어놓는 동안 쌍둥이는 수줍은 듯 고개를 숙이고 있다. 리엄이 이야기를 끝내고는 등 뒤에 감추고 있던 것을 내 손에 쥐어 준다. 놀랍게도 양에게 먹이는 건초로 만든 작은 인형이다. 인형은 손수건을 묶어 만든 모자와 드레스를 입고 있고, 머리에는 양털 한 줌이 머리카락처럼 붙어 있다. 나는 넋을 놓고 인형을 뒤집어 가며 살펴보다가 "고마워."라고 수어로 말한다.

리엄은 평소보다 더 얼굴이 빨개지면서 또 뭐라고 하더니 '천만에'라는 뜻으로 고맙다는 내 수어를 따라 한다. 그리고 내 뺨에 입을 맞추고는 부끄러워하며 달아난다. 쌍둥이도 형과 똑같이 하고 얼른 형을 쫓아간다. 나는 눈썹을 치켜올리고 에이먼을 바라본다. 에이먼이 싱글벙글 웃으며 고개를 절레절레 흔든다.

건초를 둥글게 뭉쳐서 만든 인형은 눈 코 입이 없는데도 상냥한 표정으로 나를 올려다보는 것처럼 느껴진다. 몸은 폭신폭신하고 손수건 옷은 닳고 색이 바랬다. 누구에게도 위협이 될 수 없을 것 같다.

또 무엇을 가져가야 하나? 그동안 쓰고 있던 우리 마을 역사는 두고 가기로 한다. 조지 오빠가 쓰던 책상에 앉아 창밖에 있는 우물을 바라보며 생각을 정리하고 수어를 종이에 옮기던 시간이 그리울 것이다. 어쩌면 베일에서 새로운 영감이 떠오를지도 모르겠다.

옐로레그가 짐 정리가 덜 끝난 트렁크 안으로 뛰어든다. 엄마는 빨강 머리 사고뭉치들이 있는 헛간에 옐로레그를 보내지 않겠다고 약속했다. 지금은 그 녀석들의 장난에 웃을 수 있다. 내가 보모보다는 교사로서 자질이 더 뛰어나길 바랄 뿐이다. 내 첫 학생이 저 삼 형제보다 더 다루기 힘들진 않겠지? 녀석들은 우리 가족과 지낸 석 달 동안 겨우 수어 몇 단어밖에 배우지 못했다.

며칠이 더 지난다. 기다리는 동안 나는 바쁘게 지낸다. 긴 산책을 하며 자기 의심에 빠지지 않으려고 마음을 다잡는다. 엄마와 나 사이에는 긴장이 흐른다. 아마도 엄마는 베일에서 답장이 오지 않길 바라고 있을 것이다. 아니면 답장이 오더라도 나를 고용할 의사가 없다는 내용이거나.

그러던 어느 날 오후, 노라 언니의 편지가 드디어 도착한다. 산책하고 집으로 돌아온 나는 부엌 식탁에 놓인 편지 봉투를 얼른 뜯는다.

친애하는 메리에게.

베일에 오기로 했다니 너무 기뻐! 네 기백이 아이에게 큰 도움이 되리라 믿어. 나도 옆에서 수어를 다시 배우면 정말 좋겠다. 네가 어려운 일에 도전할 용기가 있을 줄 알았어.

해 질 즈음 항구에 도착하면 너를 월섬의 베일로 데려올 마차가 기다리고 있을 거야. 이곳에 오면 으리으리한 저택과 정원에 놀랄걸.

빨리 보고 싶다, 메리. 하지만 이곳에 오면 나랑 너무 친해 보이지 않는 게 좋을 것 같아. 이곳은 눈에 보이는 게 전부가 아니거든.

너의 친구,

노라 오닐 보냄

엄마가 식탁 맞은편에 앉는다. 나는 편지를 엄마에게 건넨다. 엄마는 편지를 빠르게 읽고 내려놓는다.

"우리 곁에 있을 줄 알았는데." 엄마가 수어로 말한다.

"영원히 있을 순 없잖아." 내가 대꾸한다.

"그 많은 일을 겪었는데도? 이 사람 편지 내용이 뭔가를 숨기는 것 같아서 엄마는 불안해 미치겠단 말이야."

"내가 계속 공포에 사로잡혀 살면 좋겠어?" 내가 묻는다.

"당연히 아니지. 하지만 내 옆에 있으면 좋겠어." 엄마가 대답한다.

"돌아올 거야." 내가 엄마에게 말한다.

"정말? 교사로 성공해도?" 엄마가 묻는다.

"돌아온다니까." 내가 단호하게 말한다.

"그래, 알았다." 엄마가 대꾸하더니 빨래를 개기 시작한다. 설거지하려고 돌아서는데 엄마가 소리 없이 우는 게 보인다. 엄마가 눈가를 닦는다. 우리는 몸에 밴 동작으로 조용히 집안일을 한다. 앞으로 타지에서 위로가 필요할 때 집을 떠올리며 마음이 따뜻해지면 좋겠다.

아빠는 늘 그렇듯 자상하게 나를 대한다. 목장 일을 도와 달라는 아빠 옆에서 양에게 먹이를 주고 있는데 나를 지켜보는 아빠의 시선이 느껴진다. 아빠는 나와 눈이 마주치자 수어로 말한다. "우리 딸 어떻게 생겼는지 눈으로 외우는 거야."

더는 못 참겠다. 나는 아빠에게 뛰어가 아이처럼 안긴다. 아빠를 떠나는 게 제일 힘들다. 우리 아빠. 나의 반석. 내가 넘어지기 전에 붙잡아 줄 만큼 늘 가까이 있으면서도 내가 스스로 실수를 겪을 수 있게끔 거리를 지키는 아빠. 뱃사람의 영혼을 가진 농부, 수평선 너머의 세상에 대한 갈망을 이해하는 사람. 우리는 둘 다 야외가 더 편하다. 나는 아빠의 냄새를 간직하려고 아빠의 셔츠 주머니에서 담배를 한 꼬집 꺼내 내 치마 주머니에 넣는다.

"샐리 보면 나 어디로 갔는지 알려 주세요." 내가 부탁한다.

아빠가 눈 옆을 손가락으로 톡톡 친다. 아빠는 샐리가 칠마크에 들를 때마다 보호자 노릇을 한다. 내 소식도 전해 줄 것이다.

출발하는 날 아침, 나는 언제 돌아올지 기약이 없는데도 이웃 사람들에게 작별 인사를 하지 않는다. 예의범절을 무시하는 게 아니다. 목적지에 무사히 도착해서 한 아이를 돕겠다는 사명에만 오롯이 집중하려는 것이다. 내가 지금과 다른 환경에서 태어났다면 겪었을지도 모를 비참한 운명에 놓인 그 아이를. 어쩌면 나는 사랑하는 사람들과 석별의 정을 나누다가 그 아이를 돕겠다는 결심이 흔들릴까 봐 두려운 건지도 모르겠다.

바닷가에 도착하자 아빠는 한쪽 팔로 나를 껴안고 나는 아빠의 큰 손을 꼭 쥔다. 우리는 아무 말 없이도 참 많은 말을 나눈다.

엄마가 내 목에 스카프를 둘러서 조심스럽게 묶어 주고 비버털로 만든 모자를 고쳐 씌워 준다. 엄마는 숙연하고 비통한 표정으로 연신 사소한 것에 신경을 쓴다. 혹시 조지 오빠를 떠올리는 걸까? 오빠가 살아 있었다면 멀리 떠나려 하지 않았을 것이다. 고향으로부터든 가족으로부터든.

엄마가 나를 찬찬히 훑어본다. 그리고 수어로 말한다. “가끔은 네가 조금만 더 날 닮았으면 좋겠다고 생각해.”

엄마의 말은 내게 상처가 되고 자신을 의심하게 만든다. 나는 엄마와 포옹하고 눈물을 닦는다.

건널 판자를 건너 배에 탄다. 힘이 예전 같지 않은 에즈라 브루어 아저씨 대신 선원이자 아저씨의 친구가 내 트렁크를 들고 뒤따라와 배에 실어 준다.

에즈라 아저씨가 수어로 인사한다. "이게 누구신가? 꿈을 찾아 홀로 떠나는 메리 램버트 아니신가? 너 또 어디 수렁에 빠지면 이번엔 안 데리러 간다."

"기대도 안 해요." 내가 대꾸한다. 얌전하게 행동하려는 의지가 잠깐 무너지면서 나는 혀를 날름 내민다. 아저씨는 내 반응이 웃겼는지 고개를 갸웃하며 입을 뻥긋거린다.

아저씨의 커터•가 출항하는 동안, 나는 부엌으로 돌아가 콩을 다듬을 엄마와 난롯가에서 졸고 있을 옐로레그와 다시 밭을 갈러 나가기 전에 차를 마저 마실 아빠를 떠올린다. 그리고 갑판에 서서 멀어지는 우리 집과 우리 섬을 향해 손을 흔든다. 미래로 나아가고 있지만 과거에서 벗어나지 못한 채.

• cutter. 소형 쾌속정.

7장

키를 잡은 에즈라 브루어 아저씨가 기세등등해 보인다. 육지에서 벗어나서 신이 난 모양이다. 뱃머리에 튀어나온 봉에 뛰어오를 기세다. 나는 배의 출렁거림에 다시 적응하려고 애쓰는 중이다.

파도가 별 저항 없이 배를 비껴간다. 마치 보이지 않는 손이 우리가 순탄하게 건널 수 있도록 회색빛 바닷길을 터 주는 것 같다. 나는 이것을 내 여정이 신의 뜻이라는 계시로 받아들인다.

에즈라 아저씨가 수어로 으스댄다. "내가 그랬지? 사이렌•이든 적군이든 어떤 위협도 난 무섭지 않다고."

나는 이 모험에서 아저씨가 위험에 처할 일은 없다는 말은

• Siren. 바다에 살면서 아름다운 노랫소리로 선원들을 홀려 위험에 빠뜨리는 그리스 신화 속 요물.

차마 못 한다. 물론 그렇다고 가만히 있을 아저씨가 아니다. 아저씨는 양팔을 차례대로 팔꿈치에서 손등까지 세게 문지른다. 수어로 무언가 읊으려는 준비 운동이다.

무당벌레야, 무당벌레야,
집으로 날아가렴.
집이 불타고 있단다.
너의 아이들은 모두 떠났단다.
한 아이만 남아서……

"그걸 지금 왜 읊는 거예요?" 가을바람만으로는 설명할 수 없는 오싹함을 느끼며 내가 묻는다.

"맞는 말 아니야?" 아저씨가 수어로 대꾸한다.

"뭐가 맞는다는 거예요?" 내가 또 묻는다.

"네가 가르치려는 꼬맹이. 걔만 남았잖아. 가족이 걔만 혼자 두고 다 도망갔잖아."

"아저씨는 그 아이에 대해 아무것도 모르잖아요!" 내가 고집스럽게 따진다.

"너도 아는 거 없잖아." 아저씨가 대꾸한다.

…… 기어들어 가는구나

이불 난로• 속으로

"그만해요!" 내가 허공에 양손을 흔든다.

리 목사님이 나를 달래신다. "그냥 누구나 다 아는 동요 같은 거잖니, 메리. 네가 하려는 고귀한 일과는 아무 상관 없는."

아저씨가 고개를 젖히고 폭소를 터뜨린다. 신성모독이다! 내가 아저씨를 질책하며 왜 웃었는지 따지기도 전에 목사님이 재빨리 화제를 바꾼다.

"에즈라, 항상 검은 고양이랑 다니지 않나요?" 목사님이 수어로 물으신다.

아저씨가 대답한다. "아직 살아서 잘만 돌아다녀요. 나랑 똑같은 쭈그렁바가지이지요." 아저씨가 뱃머리에 서서 눈곱이 낀 애꾸눈으로 바다를 내려다보는 스미시를 가리킨다. 물고기를 잡으려는 걸까? 아니면 물에 비친 구름을 건지려는 걸까?

"왜 자꾸 나 겁주려는 건데요?" 내가 수어로 따진다. 아저씨가 일부러 내 신경을 긁는 걸 알고 있지만, 그냥 웃어넘기기가 힘들다. "지금은 청춘을 위한 시대라면서요?"

• warming pan. 과거 겨울날 침대의 찬기를 없애기 위해 숯불을 넣어 이불을 데우던 팬 모양의 난로.

자기가 했던 말로 공격당하자 아저씨가 나에게 눈을 흘긴다.

아저씨는 손가락을 풀려고 주먹을 쥐었다 폈다 하다가 다시 수어로 말한다. “너 붙잡혀 있을 때 한 번이라도 비명은 질러 봤냐? 가슴에서부터 힘을 끌어올려 목 속의 성대를 제대로 진동시키고 잘 쓰지 않는 혀를 움직여서 소리를 내 본 적 있냐고.”

“무슨 뜻이죠?” 내가 묻는다. 목사님이 긴장한 채 우리 둘을 지켜보신다.

“네 아빠한테 들었어. 그 애가 씩씩대고 딸깍거리는 소리를 낸다며? 구제 불능인 거야. 갠 가망이 없다고.”

내가 수어로 묻는다. “그럼 우리랑 똑같이 청각이 없을 뿐인 사람을 그냥 포기하라고요? 그것도 어린아이를?”

“어린 짐승이지.” 아저씨가 대꾸한다.

나는 숨이 넘어갈 것처럼 헉 소리를 낸다. 목사님이 내가 아저씨한테 달려들지 못하게 붙잡는다.

나는 아저씨에게 물을 뿌리듯 양손의 손가락을 털어 “끔찍해.”라고 말한다.

아저씨의 파란 눈이 한밤중의 하늘처럼 짙은 색으로 변한다. “이것아, 네가 처음일 것 같지? 그 집안의 슬픈 사연을 들은 게? 그 아이의 영혼이 살아 있다는 증거, 심지어 유대감을 느낄 만한 실마리를 애써 찾으려던 인간이 너뿐이었겠냐? 그 영혼이 침묵하는 건 자연의 섭리가 아니라 태어날 때부터 기대와 달리 정상이 아니라서 버려졌기 때문이라는 걸 모르겠냐?"

리 목사님이 〈요한복음〉 1장 5절을 읊으신다. "빛이 어둠에 비치되 어둠이 깨닫지 못하더라."

목사님 덕분에 진정된 내가 아저씨에게 말한다. "아저씨가 다 아는 거 아니잖아요."

"맞아. 그래서 난 모든 사람에게 미리 경고하는 임무를 자처하는 거지. 내가 아끼는 사람일수록." 아저씨가 말한다.

나는 아저씨에게 말한다. "난 해낼 거예요."

"그래, 그건 믿어." 아저씨가 인정한다.

목사님이 수어로 축복하신다. "주님이 우리 메리와 함께하실 게야."

바로 이때 비가 오기 시작한다. 레이스 커튼처럼 가벼운 부슬비지만, 그래도 모든 것이 축축하게 젖는다. 아저씨가 하늘을 향해 눈동자를 굴리며 껄껄 웃는다. 나는 실눈을 뜨고 저 멀리 육지를 바라본다.

반스터블 카운티 해안에 배를 대는 동안 나는 팔짱을 끼고 있던 팔을 푼다. 마지막으로 까탈스러운 스미시를 쓰다듬고 아저씨의 어깨를 손끝으로 스친다. 또 말씨름에 휘말리지 않고 고마움을 표하고 싶어서다. 그런 다음 목사님과 함께 배에서 내린다.

“비니어드로 혼자 돌아갈 수 있겠어요? 쉬엄쉬엄 가세요, 에즈라.” 목사님이 말한다.

“목사님이랑 메리나 쉬엄쉬엄 가쇼!” 아저씨가 보이지 않는 적과 육탄전을 벌이는 것처럼 자기 얼굴 앞에 팔을 휘저으며 대꾸한다. “블랙도그호가 나와 내 일등항해사를 안전하게 집으로 데려다줄 테니. 그것도 전속력으로. 목사님이야말로 조심하쇼.”

나는 아저씨를 등지고 바위로 덮인 해변에서 길이 있는 쪽으로 올라간다. 맞은편에서 오던 한 사내가 나를 지나쳐 내려간다. 나는 길에 세워 둔 그의 소달구지 옆에서 기다린다. 사내가 곧 내 트렁크를 들고 다시 나타나 달구지에 싣는다. 목사님이 그 옆에서 활기를 띠고 얘기하신다. 나는 달구지를 끄는 소 두 마리를 쓰다듬는다. 소가 얼마나 큰지 팔을 끝까지 뻗어야 코가 닿는다. 소에게 인사한 뒤 운전석 옆자리에 올라탄다. 뒤를 돌아보니 목사님이 농부와 함께 기도하고 계신다. 우리는 모자를 살짝 기울이는 농부의 인사를 받고 출발한다.

코드곶의 풍경은 마서스비니어드와 비슷하다. 우리는 모래언덕과 솔밭을 지난다. 목사님은 소달구지보다는 고급 마차를 모는 게 더 익숙하신 분이다. 소가 목사님의 지시를 거부한다. 아마 고삐를 잡은 사람이 농부가 아니라는 것을 눈치챈 모양이다. 트렁크를 끌게 해서 기분이 나쁜 건지도 모르겠다. 달구지가 길에서 벗어나 크랜베리 밭에 처박힐 위기에 처하자, 나는 목사님이 잡은 고삐를 잡아 내 쪽으로 당긴다. 목사님이 고맙다는 표시로 고개를 끄덕이고는 대체로 곧게 난 길을 따라 계속 달구지를 모신다. 그래도 안심이 되는 것은 목사님의 겸손한 면모와 검은 사제복 덕분에 누구를 만나든 우리에게 무례를 범할 사람은 없을 거라는 점이다.

달구지를 모는 목사님과 수어로 대화할 수 없는 나는 앞으로 내가 맡을 임무에 골몰한다. 우아하게 차려입었지만 의사소통을 할 수 없는 아이를 상상해 본다. 노라 언니가 보낸 두 장의 편지도 되짚어 본다. 편지의 내용이 너무 빈약했다. 언니는 어쩌다 무당벌레가 귀가 안 들린다는 걸 발견했을까? 아이의 진짜 이름을 알아낼 때까지는 무당벌레라고 부르기로 한다. 언니는 무당벌레에게 수어 단어를 몇 개나 가르쳤을까? 아이가 자신이 속한 세상을 묘사할 수 있게 더 많은 단어를 가르쳐야겠다. 파이 선생님의 지침을 잘 따르기만 한다면, 덮쳐 오던 밀물에서 샐리가 나를 구했듯이 나도 무당벌레를 자유롭게 해 줄 수 있을 것이다.

달구지 바퀴의 덜컹거림에 정신이 몽롱해지면서 먼 옛날의 추억 속으로 빠져든다. 나는 내가 생생하게 되살아난 옛날 장면을 수어로 묘사하고 있다는 사실도 거의 의식하지 못한다.

내가 다섯 살일 때쯤이었다. 겨울이었고, 눈 쌓인 마당에서 놀고 있었다. 그러다가 개울의 살얼음에 던질 돌을 줍느라 조금씩 마당에서 벗어나 집에서 멀어졌다.

"아빠, 어떤 아저씨가 언 개울에 자루를 던지는 걸 봤어요!" 내가 집으로 뛰어 들어가 다급하게 수어로 말한다. "가라앉기 전에 빨리 가서 건져야 해요."

나는 아빠가 장화를 다 신기도 전에 다시 뛰쳐나간다. 너무 겁에 질려 추위도 느껴지지 않는다. 꽁꽁 언 다리를 건너다가 미끄러져 넘어진다. 개울은 내가 물에 잠기지도 않을 만큼 얕다. 나는 물속을 기어다니며 바닥을 더듬는다. 죽은 나뭇잎과 가지들이 급물살을 타고 떠내려간다. 나는 물 위로 뻗은 나뭇가지에 걸린 자루를 발견한다. 아빠가 자루를 꼭 끌어안은 나를 힘센 팔로 물에서 건져낸다.

아빠가 난롯가 깔개 위에 나를 내려놓는다. 엄마가 담요를 가지러 뛰어간다. 조지 오빠는 꼼짝도 하지 않고 서 있다. 나는 온몸이 바들바들 떨려서 손가락이 말을 듣지 않는다. 너무 답답한 나머지 헉헉대는 중간중간 악을 쓴다.

오빠가 내 애원을 알아차리고 자루를 내 손에서 빼내어 가져간다. 그리고 내게 등을 돌리고 자루를 연다. 나는 몸을 비틀며 오빠 가까이 간다. 오빠는 무언가를 조심스럽게 꺼내서 자기 옆에 내려놓는다. 차가운 돌멩이다. 돌멩이가 나오고 또 나온다. 그리고 마지막으로 자루에서 나온 자그맣고 까만 털 뭉치가 고개를 들려고 바동댄다.

엄마가 깨끗한 수건에 털 뭉치를 감싸서 내 손에 들려준다. 그리고 찻잔 받침에 죽을 담아서 가져온다. 새끼 고양이가 애꾸눈을 뜬다. 나는 따뜻한 입김을 머리에 살살 불어 준다.

한배에서 태어난 새끼 중 제일 작고 약한 데다 기형까지 가지고 있지만, 익사할 운명에서 가까스로 살아남은 녀석. 고양이는 금방 자라고, 온전히 내 것이 되길 거부한다. 어느 봄날, 엄마가 열어 준 문으로 나간 고양이가 끝내 돌아오지 않자 나는 울음을 터뜨린다.

아빠가 나에게 수어로 말해 준다. "그 고양이가 아빠 친구 에즈라 브루어의 어깨를 타고 돌아다니는 거 봤어. 메리 넌 상상도 못 했겠지만, 그 녀석이 글쎄 해변에서 파도를 쫓고 에즈라의 배에서 놀더라니까." 나는 아빠의 말에 웃는다. 홀로 버려졌던 아이가 스스로 보금자리를 찾을 때까지 살아남을 수 있게 내가 도와준 거로 생각하기로 한다.

리 목사님이 내 손을 만지신다. 그제야 나는 달구지가 멈춘 것을 깨닫는다. 목사님이 눈가를 훔치며 수어로 말씀하신다.

"메리의 영혼은 정말 자선으로 가득하구나."

내가 수어로 묻는다. "하지만 자선은 남을 업신여기는 마음도 있지 않나요? 존경받는 사람이 되려고 불쌍한 이들에게 부스러기나 던져 주는 거 아닌가요?"

"우리 친구 에즈라 브루어처럼 말하는구나." 목사님의 말씀에 나는 움찔한다. "그래, 어쩌면 부유한 이웃이 자선을 베푸는 건 이기심 때문일 수도 있겠지. 그래도 목사님은 그들을 단죄하고 싶지 않다. 어쨌든 좋은 일을 하는 거니까."

내가 수어로 대화를 이어 간다. "그 불쌍한 아이를 도울 사람은 나뿐이라고 믿는 게 얼마나 교만한지 알아요. 그리고 성공하면 찬사를 받을 꿈에 부푼 적도 있어요."

목사님이 부드러운 미소를 지으며 수어를 이어 가신다. "그건 지극히 자연스러운 거야. 자신의 의도를 성찰한다는 것 자체가 네 바른 도덕성의 증거란다."

나는 고개를 끄덕이다가 수평선에 코드곶의 만이 나타나자 구역질이 인다. 달구지에서 내려 머리를 무릎 사이에 넣고 속으로 생각한다. '현재에만 집중하자. 앤드루 노블의 유해는 바다 밑바닥에 흩어져 있어. 다시는 날 해치지 못해.'

나는 다시 똑바로 허리를 펴고 설 수 있을 때까지 깊게 숨을 들이쉰다.

근방에 있는 농부가 달구지와 소를 주인에게 돌려줄 예정이다. 리 목사님이 선원 차림의 사내와 수어 없이 대화하고 계신다. 나는 두 분이 나에게 걸어오는 동안 정신을 가다듬는다.

목사님이 수어와 구어로 동시에 말씀하신다. "메리 램버트, 마틴 선장님에게 인사드리렴. 교회를 위해 봉사하는 마음으로 우리를 해안에서 항구까지 데려다주실 분이란다."

나는 무릎을 굽혔다 펴며 "안녕하세요."라고 수어로 인사한다. 목사님이 내 수어를 통역해 주신다. 납치 사건 이후 처음으로 본토 사람과 대화하는 순간이다. 나는 선장의 눈을 똑바로 바라본다. 태어날 때부터 막힌 내 귀를 뚫을 수는 없다. 하지만 저택에서 가정교사로 본분을 다하려면 누굴 만나든 존중받을 수 있게 행동해야 한다.

마틴 선장의 살짝 찌푸린 눈이 호기심으로 가득해지지만, 그는 내 손을 잡고 "안녕하세요."라고 인사한다.

나는 참았던 숨을 내쉬고 미소 짓는다. 마틴 선장과 농부가 내 트렁크를 들고 옥수수밭을 지나 온갖 크기의 알록달록한 바위와 자갈로 뒤덮인 해변으로 내려간다. 두 사람은 트렁크를 배에 싣는다. 무언가 내 눈길을 끈다. 나는 허리를 굽혀 매끄러운 까만 바탕에 하얀 점이 있는 돌멩이를 주워 외투 주머니에 넣는다. 손에 쥐고 계속 돌리니 집중력이 올라가는 것 같다.

배는 양쪽 끝이 뾰족하다. 나는 외투를 더 여미고 배의 가로판에 앉는다. 선장이 조타용 노를 잡는다. 목사님도 노를 잡으신다. 나는 노를 젓지 않아도 되지만, 그래도 제일 가까운 노에 손을 얹는다. 배에는 무거운 화물도 없고, 우리는 해안선에서 멀리 벗어나지 않을 예정이다.

목사님과 나는 서로 등을 보이고 있으니 수어로 대화할 수 없다. 가끔 보이는 눈빛이나 몸짓도 해석이 안 된다. 목사님과 선장의 어깨 각도와 배의 흔들림으로 보아 두 분은 이야기를 나누는 것 같다.

'거의 다 왔어.' 나는 생각한다. 노라 언니가 항구로 마중 나와서 나와 같이 마차를 타고 갈까? 혹시 대화할 때 필요할지 몰라 개인용 석판과 분필은 짐 맨 위에 넣었다. 예전에도 언니는 수어를 금방 익혔다. 언니의 열의가 언니를 모범적인 학생으로 만든 것이다. 내 학생은 어떨까? 머리카락이 까만 아이를 상상해 본다. 지금 아이는 잠자리에 들었을까? 아니면 내가 도착할 때까지 깨어 있을까? 흥분이 번개 치듯 내 몸을 관통한다.

배가 보스턴항에 들어서자 나는 또 속이 울렁거린다. 마지막으로 이 항구에 들어왔을 때 나는 앤드루의 스쿠너에 태워진 포로였다. 오물을 뒤집어쓴 채 얼어 죽기 직전이었다. 나를 둘러싼 광경이 황홀하긴 했지만, 위험천만한 곳처럼 느껴졌다. 그리고 나는 환영받지 못한 방문객이었다. 지금 나는 여전히 시골 쥐지만, 그래도 숙녀의 품위를 갖추고 있다.

출항 중인 다른 배의 갑판에서 벌어지는 소동이 내 눈길을 끈다. 한 무리의 사람들이 쫓기듯 갑판 위를 걸어간다. 나는 고개를 홱 돌려 눈으로 그들을 쫓는다. 한 사람이 나머지 사람들을 뒤에서 가축처럼 몰고 있다. 사람들은 담요를 뒤집어쓰고 있어서 얼굴이 보이지 않는다. 발을 끌며 걷다가 비틀거리기도 한다. 저 사람들 발이 왜 저렇게 쇳덩이처럼 무거워 보이지?

목사님도 지켜보고 계신다. 나는 양손 손목을 맞대어 "족쇄?"라고 묻는다. 내 얼굴이 괴로움으로 일그러진다.

"죄수겠지." 목사님이 너무 빨리 수어로 받아치신다. 목사님이 목에 걸린 십자가를 만지시는 게 보인다.

나는 경악하며 또 묻는다. "자유를 빼기고 납치된 거면 어떡해요? 저 사람…… 노예 사냥꾼일지도 모르잖아요!"

우리 농장 일꾼이었던 토머스 리처즈는 오빠와 나에게 노예 시절 이야기를 들려주곤 했다. 토머스는 수백 명의 아프리카 사람과 함께 공포와 질병에 시달리며 노예선의 인간 화물이 되어 미국으로 끌려왔었다. 세월이 흘러 토머스는 자유의 몸이 되었지만, 지금도 바다에서 붙잡혀 노예로 팔릴 위험을 감수하고 고래잡이로 일한다. 비니어드에 처음 정착한 식민주의자 중에도 왐파노아그족을 잡아서 노예상에게 팔아넘긴 사람들이 있었다. 심지어 샐리 같은 어린아이들도 팔았다고 한다. 비니어드 주민 대부분은 우리 섬에 농인 공동체를 만든 창립자이자 나의 고조부인 조너선 램버트가 퀘벡에서 미국으로 죄수들을 귀향시킨 범선 타이럴호의 선원이었다고 지금도 굳게 믿는다. 하지만 사실 조너선 램버트는 해방된 노예를 다시 속박하여 노예로 팔아 이익을 취하는 노예상이었다. 우리 중 완전히 결백한 사람은 아무도 없다.

노예 매매만큼 큰 죄악은 아니었지만, 나도 삼 년 전 인신매매와 크게 다르지 않은 일을 당했다. 그리고 당시 상황이 다르게 전개되었다면, 나는 여기서 멀지 않은 부두에서 에즈라 브루어 아저씨의 따뜻한 품에 안기는 게 아니라 앤드루 노블의 잔악한 손아귀에 다시 붙잡혔을지도 모른다.

나는 저 불쌍한 사람들을 도울 길이 없어 속상한 마음에 벌떡 일어난다. 그 바람에 배가 뒤집힐 뻔한다. 노예 사냥꾼의 배는 이미 멀어지고 있다. 마틴 선장이 호기심 가득한 눈으로 나를 바라보다가 우리가 정박할 곳을 가리킨다.

망할 보스턴이다!

2부

8장

도시 전용 마차가 나를 기다리고 있다. 이렇게 우아한 마차는 난생처음 본다. 사면에 매끈한 유리창이 달렸고, 외부는 하얀 페인트로 깔끔하게 칠한 바탕에 파도치듯 화려한 곡선의 금줄 세공으로 장식되었다. 이 마차에 비하면 예전 보스턴에 붙잡혀 있을 때 봤던 마차들은 달구지처럼 느껴질 지경이다.

운전석에는 운전사가 고삐를 잡고 있고, 그 옆에는 검정 제복을 말끔하게 차려입은 마부가 앉아 있다. 나는 노라 언니가 마중하러 오지 않아서 실망한다. 마부가 운전석에서 내려오면서 나를 찾은 모양이다. 리 목사님이 허리를 곧게 펴고 수어와 구어로 “이분입니다.”라고 하신다. 그리고 운전사와 마부의 이름을 손가락으로 철자하며 나에게 소개하신다.

스티븐은 호명되자 응답하더니 내 트렁크를 끌고 와 마차 뒤에 단단히 묶는다. 그리고 성큼성큼 걸어와 마차 문을 열고는 한 팔로 뒷짐을 지고 동상처럼 미동도 없이 서서 기다린다. 하지만 근엄한 자세와 달리 친근한 표정으로 나에게 윙크한다. 그와 달리 운전사 월터는 앞만 보고 있다. 꼿꼿한 자세와 깡마른 체형이 거드름 피우는 메뚜기를 떠올리게 한다.

목사님이 내 어깨에 손을 얹으며 자상한 미소를 지으신다.

"그 아이는 새끼 고양이가 아니란다. 짐승도 아니고. 나는 세상 모든 영혼은 구원받을 수 있다고 굳게 믿는다. 인내심을 길러야 한다. 남의 말에 기분 상하지 않는 법도 배우고. 네 임무에 주님의 은총이 함께하길 기도하마, 메리."

나는 목사님을 껴안는다. 내 키는 이제 목사님의 가슴까지 올라올 만큼 컸다. 나는 지금부터 펼쳐질 시간에 설레면서도 목사님을 놓기가 무척 힘들다.

나는 스티븐에게 무릎을 굽혀 인사를 건넨 뒤 호화스러운 마차에 올라탄다. 마차 안의 의자를 덮은 천은 어찌나 부드러운지 천국이 이런 촉감일 듯싶다. 나는 몸을 돌려 사방에 난 유리창으로 밖을 한 바퀴 둘러본다. 창밖 풍경이 비현실적으로 느껴진다. 마치 커다랗고 다채로운 그림을 보는 듯하다.

마차가 덜커덩하며 출발한다. 마차의 움직임과 창밖으로 빠르게 지나가는 풍경이 낯설고 심지어 마법처럼 느껴진다. 내 눈의 초점이 풀리자, 창밖 풍경은 흐릿해지면서 푹신한 창틀에 갇힌 차갑고 어두운 녹색 물결로 변한다.

나는 손가락을 빠르게 움직이며 혼잣말한다. 마차 안에 아무도 없으니 부끄러워하지 않아도 된다. "여기까지 왔잖아. 돌아가기엔 너무 멀리 왔어. 파이 선생님도 초보 시절이 있었을 거야. 만일 내가 임무를 수행할 준비가 안 됐으면 빨리 배우는 수밖에 없어. 무당벌레는 우리가 똑같다는 걸 이해할까?"

마차가 방향을 틀어 베일로 가는 기다란 진입로로 들어선다. 질주하던 말들이 속도를 늦추는 게 느껴진다. 나는 목을 길게 빼고 베일이 시야에 나타나길 기다린다. 베일은 이름에 걸맞게 진짜로 계곡에 파묻혀 있다. 은색 달빛을 받아 하얗고 섬뜩하게 빛난다. 우아한 양식의 커다란 본관 양옆에 작은 별관이 있다. 여러 개의 창문과 현관문이 무표정한 얼굴처럼 대칭을 이룬다.

나는 내리려고 준비하면서 심호흡한다. 지금 내가 알고 있는 것을 납치되어 갇혀 지냈을 때 알았더라면 내 대처가 어찌 달라졌을지에 대해 그동안 길고 깊이 생각해 왔다. 그러면서 첫인상이 얼마나 중요한지를 깨닫게 되었다. 농인의 경우에는 첫인상이 성패를 가를 수도 있다. 사람들은 호기심이 많다. 첫 만남에서는 상대방이 편안해 하도록 보통 사람과 똑같이 행동하는 게 제일 좋다. 그래서 이번에는 사람들이 내가 어떤 사람인지 파악할 때까지 먼저 이상한 소리를 내거나 빠르게 수어를 하지 않을 생각이다.

마차가 멈추자 나는 숨을 천천히 내쉰 뒤 모자를 고쳐 쓰고 고개를 똑바로 든다. 그리고 살짝 미소를 짓는다.

스티븐이 마차에서 내리는 내 손을 잡아 준다. 월터는 여태 내게 눈길 한 번 주지 않았다. 저택 3층의 한 창문 안쪽에서 누군가 움직이는 게 언뜻 눈에 띈다. 누가 나를 훔쳐보고 있나? 스티븐이 내 어깨를 살짝 건드리는 바람에 나는 움찔한다. 스티븐이 팔을 뻗어 통통한 아주머니 한 분이 기다리고 있는 현관 쪽을 가리킨다.

나는 마차 뒤에 묶여 있던 트렁크에서 석판과 분필을 꺼낸다. 첫 만남부터 몸짓으로 대충 의사를 전하기보다는 글로 소통하기 위해서다. 아주머니가 짜증스럽게 짝다리를 짚고 서 있지 않은 것을 보니 자신감이 조금 생긴다.

나는 타원형의 로비로 아주머니를 따라 들어간다. 현관문 위에 부채 모양의 유리창이 나 있다. 덕분에 한낮에는 채광이 아주 좋을 것 같다. 건물 외부의 기하학적 구조가 내부에서도 반복된다. 검은색과 흰색의 정사각형 체크무늬 바닥은 티끌 하나 없이 깨끗하고, 양쪽 끝에 초록색 의자가 놓여 있다. 위층으로 올라가는 계단의 난간은 광이 난다. 이 완전무결한 공간에서 내 청각장애는 흠처럼 느껴진다. 하지만 잡동사니를 마구 쑤셔 넣은 벽장이나 헐거운 마룻장 하나 없는 집은 없다. 게다가 나는 무당벌레를 돕기 위해 이곳에 온 사람이다.

가정부일 것 같은 아주머니가 귀빈을 맞이하듯 나에게 무릎을 굽혀 인사한다. 나도 편안한 마음으로 똑같이 인사한다.

나는 석판에 분필로 이렇게 쓴다. '메리 램버트라고 합니다. 만나서 반가워요. 성함이?'

아주머니가 석판을 받아 들더니 희끗희끗한 머리를 가로젓는다. 나는 그제야 아주머니가 글을 못 읽을지도 모른다는 생각이 든다. 내가 가슴에 주먹을 대어 "미안해요."라고 말하는 순간, 노라 언니가 나타난다. 언니는 별로 달라진 게 없다. 불꽃 같은 머리나 잰걸음은 여전하다. 언니가 나를 껴안더니 내 어깨를 잡고 한 걸음 물러서서 싱글벙글 웃으며 나를 위아래로 훑어본다. 몇 년 사이 나도 꽤 컸기 때문에 이제는 언니와 키가 비슷하다.

언니는 뿌듯한 표정을 지으며 손가락으로 자기 가슴을 가리켰다가 자기 이름을 철자한다. 나는 웃으며 고개를 끄덕인다. 언니가 석판을 보더니 재빨리 집어 들어 내가 쓴 글을 읽고 표정이 밝아진다.

언니도 석판에 글을 쓴다. '이분은 이 집 가정부 콜린스 아주머니. 난 이분 밑에서 하녀로 일해.' 두 사람은 신나게 말을 주고받는다. 언니가 석판을 뒤집어서 또 글을 쓴다. '메리, 건강해 보여서 반가워. 콜린스 아주머니가 물으시네. 차랑 간단한 저녁부터 먹을지, 먼저 방에 가서 씻고 싶은지.'

난 '아이부터 만나고 싶은데.'라고 쓴 뒤 언니가 글과 수어를 연결할 수 있도록 같은 말을 수어로 반복한다. 언니가 내 글을 소리 내서 읽는다. 앙손을 비틀며 어쩔 줄 모르는 콜린스 아주머니의 미간에 깊은 주름이 생긴다.

언니가 석판에 꽉 찬 글씨를 앞치마로 지우더니 이렇게 쓴다. '그건 안 돼, 메리.'

내가 반응하기도 전에 품격과 권위가 넘쳐 보이는 남자가 나타나더니 언니가 들고 있던 석판과 분필을 빼앗아 이렇게 쓴다. '지금 걔는 손님 맞을 상태가 아니네. 오늘은 광견병 걸린 개처럼 입에 거품을 물었어.' 남자의 입술은 가늘게 눌리도록 다물어져 있고 눈에서는 섬뜩한 총기가 느껴진다.

나는 모욕당한 기분에 대담하게 수어로 대꾸한다. "개가 아니라 사람이죠." 남자의 눈에 분노가 스친다.

남자가 비열하게 웃더니 글로 쓰지 않고 말한다. 언니가 재빨리 남자의 말을 글로 옮긴다. '내가 허락할 때까진 걔 만날

생각은 하지 않는 게 좋을 거야.'

남자가 뒤돌아서 저벅저벅 가버린다. 그의 쿵쾅거리는 발걸음이 느껴진다. 나는 허리를 굽혀 무릎을 문지른다. 얼마나 떨렸는지 무릎이 맞부딪치고 있었지만, 긴 드레스 덕에 잘 감추고 있었다.

노라 언니가 상기된 얼굴로 쓴다. '노리치 집사님.'

내가 대꾸하기 전에 콜린스 아주머니가 내 손을 토닥이더니 나를 주방으로 데려간다.

아이를 만나지도 못하게 할 거면 날 왜 부른 거지?

콜린스 아주머니가 언니의 필기를 통해 말한다. "메리 아가씨, 노리치 집사님 화나게 하지 말아야 했어요."

언니가 아주머니의 말을 걸러서 전하거나 완곡하게 바꾸지 않고 그대로 옮겨 줘서 다행이다. 앞으로도 나한테 솔직할 거라는 믿음이 생긴다. 나는 단순하지만 튼튼하게 생긴 나무 식탁에 앉는다. 마이넛 박사의 저택에 있을 때 주방에 들어가 본 적은 없었지만, 여기 주방은 내가 포로로 잡혀 강제로 허드렛일을 하던 하이타이드 여관의 주방과는 비교가 안 될 만큼 고급스럽다. 바닥은 로비와 똑같이 검은색과 흰색의 체크무늬다. 맛있는 음식 냄새와 정감 있는 사람들 덕분에 아까 있던 로비나 지나가며 얼핏 본 큰 방보다 훨씬 가정집 분위기가 난다. 그 큰 방은 무도회장이 아닐까?

"누구도 화나게 할 의도는 없었어요." 내가 수어로 말한 다음 글로 쓴다. 아주머니는 내가 수어로 말하는 것을 의아한 표정으로 바라본다. 앞으로 나를 위해서나 내가 할 일을 위해서나 아주머니가 내 '이상함'에 하루빨리 적응하면 좋겠다. "이 집 주인의 친척이자 농아자인 아이를 가르칠 가정교사로 저를 고용한 줄 알고 왔거든요."

"아! 사정이 좀 복잡해요. 그 아이 신분은 상류층이 맞는데, 메리 아가씨처럼 제대로 된 숙녀는 아니거든요. 노리치 집사님의 손이랑 정원사 벤의 얼굴에 긁힌 자국이 났는데, 셀러드 박사님이 그 아이를 안정시킬 수 있게 아이를 붙들고 있다가 생긴 상처예요. 근데 야생 동물이 할퀸 자국과 다를 게 없잖아요." 노라 언니가 아주머니의 말을 빠르게 받아쓴다.

나는 내 생각을 밝힌다. "아이는 자신이 안정되길 바라지 않았던 건 아닐까요?"

아주머니가 혼란스러운 표정으로 언니를 바라본다.

언니가 구어로 말하면서 쓴다. "메리 말은 아이가 조금 더 주체적으로 살고 싶어 할지도 모른다는 뜻 같아요."

"주체적으로?" 아주머니가 묻고 언니가 쓴다.

언니가 다시 구어로 말하면서 쓴다. "자기 운명을 스스로 통제할 수 있는 능력을 갖추는 거요."

아주머니가 악의 없이 고개를 가로젓는다.

나는 이렇게 쓴다. '아이도 주님의 형상으로 창조된 피조물이니 그렇게 대해야죠.'

언니가 내 글을 소리 내서 읽어 주자 아주머니가 미소를 짓는다. "그건 나도 그렇게 생각해요. 가장 미천한 피조물도 주님의 은총을 입었죠."

내가 글로 대꾸한다. '아이가 미천하지 않다면요? 지금 처한 상황이 아이를 그렇게 만든 거라면요?'

아주머니가 말하고 언니가 받아쓴다. "메리 아가씨 말을 이해하기엔 내가 너무 무식한가 봐요. 하지만 난 똑똑히 보고 들었어요. 그 아이는 네발로 기어다니고 흉측한 딸깍 소리를 낸다니까요."

내가 수어로 말한 다음 쓴다. "왜 자꾸 '그 아이'라고만 하죠? 분명 이름이 있을 텐데."

"이름이 있다고 해도 우리한텐 알려 주지 않았어요." 아주머니가 말한다. 언니가 우리 대화를 받아쓰느라 뻐근해진 손목을 털고는 계속 쓴다. "이름이 있긴 하겠죠. 하지만 저런 짐승이 교회에서 세례를 받았을 리는 없다고 봐요."

나는 피가 거꾸로 솟는 것 같다. 아주머니를 이해해 보려고 수어로 묻고 글로 쓴다. "아주머니는 노라 언니가 왜 저를 여기로 오게 했다고 생각하세요?" 언니가 통역해 준다.

"메리 아가씨가 쓰는 그 손동작을 아이가 몇 가지라도 배웠으면 해서겠죠. 그러면 아이가 배가 고픈 건지 어디가 아픈 건지 우리한테 알려 줄 수 있으니까."

내가 수어로 묻고 글로 쓴다. "아이가 할 수 있는 건 그게 다라고 생각하세요?"

아주머니가 되묻는다. "뭘 더 할 수 있겠어요?" 언니는 이 말을 어깨를 으쓱하는 몸짓으로 통역한다.

무지에서 비롯된 해악에 분노해도 되나? 사실 나도 아이가 어떤 상태인지 직접 보지 못했으니 무지하기는 마찬가지다.

"언제쯤 아이를 만날 수 있을까요?" 내가 수어로 묻고 쓴다.

아주머니가 자기 생각을 말한다. "아가씨가 노리치 집사님한테 안 좋은 첫인상을 남겨서 걱정이네요."

"그럴 수도 있고, 아닐 수도 있어요." 노라 언니가 구어로 말하면서 무언가 손에 들고 저울질하는 수어로도 말한다. 그러고 나서 구어와 글로 덧붙인다. "메리가 진지하고 실력이 있다는 건 보여 줬잖아요. 제가 집사님을 설득해 볼게요. 메리가 아이를 더 고분고분해지게 만들면 집사님도 일이 더 편해질 거라고."

내가 손을 들며 수어로 끼어든다. "잠깐만요."

언니가 옆머리를 톡톡 치며 수어로 말한다. "알아. 메리의 의도는 그게 다가 아니라는 거." 나는 언니와 눈이 마주치면서 언니도 나와 목표가 같다는 것을 깨닫는다. 앞으로 무당벌레를 도우려면 언니의 도움이 필요할 것이다.

나는 화제를 돌린다. "이렇게 집이 큰데 일하는 사람은 많지 않네요."

언니가 글로 설명한다. '여름철이 끝나면서 주방에서 일하던 사람들은 다 내보냈어. 이제 주방 일은 나랑 아주머니가 나눠서 하고 있어. 너도 가벼운 집안일은 도와줘야 해. 빨래나 설거지 같은 거. 허드렛일은 엘리라는 아이가 하고 있어. 새벽에 다른 사람들이 일어나기 전에 난롯불을 지피거나 바닥을 걸레질하는 거. 마을에 사는 아인데 십 남매 중 막내래. 만나 보면 좋아할 거야.'

언니가 빠르게 필기하느라 저린 손을 털더니 계속 쓴다.

'노리치 집사님은 아까 만났고. 독립 전쟁 때 장교셨대. 월터는 운전사. 노리치 집사님에 대한 충성심이 대단하지. 월터한테 무슨 말을 하면 둘 다한테 말한 거나 마찬가지야. 스티븐은 마부. 만났을 때 느꼈는지 모르겠지만 월터처럼 격식을 따지진 않아. 두 사람이 거의 정반대라고 보면 돼. 스티븐은 마주칠 일이 별로 없어. 주로 마구간에서 말을 돌보니까. 정원사 벤도 곧

만나면 좋겠다. 네 얘길 했거든. 겉보기에는 무뚝뚝해 보이지만 정이 많은 사람이야.'

나는 고개를 끄덕이면서 언니가 하는 이야기를 다 머리에 저장하려고 노력한다. 아주머니에게 상냥하게 웃으며 오른손을 펼쳐서 손끝을 턱에 댔다가 내려 차 잘 마셨다고 인사한다. 아주머니는 내 수어를 따라 하지 않는다. 언니가 나를 침실로 안내하겠다고 하자, 아주머니는 주방 일로 돌아갈 수 있어 안도하는 눈치다.

내 방은 2층에 있다. 가구는 고급스럽지만 마이넛 박사가 살고 일하는 비컨 힐의 가구만큼 화려하지는 않다. 세라 힐먼이 말하던 양식이 이런 건가 보다. 벽면 윗부분은 돌림띠로 장식되어 있다. 토머스 제퍼슨도 이런 작지만 만듦새 좋은 책상이 있을까? 나는 세라의 허영심에 킥킥 웃는다. 덕분에 잠시나마 긴장이 풀린다.

노라 언니가 난롯불을 지피자마자 나는 언니에게 내 옆에 앉으라고 손짓한다. 언니는 내 첫 학생이었다. 그래서 나는 수어로 말한 다음 각 단어를 석판에 쓴다. 정말 힘든 일이다. 나는 아주 빠른 수어로 내 감정을 바로바로 표현하는 데 익숙하다. 손을 움직이는 나만의 방식도 있다. 이렇게 모든 일상적인 대화를 글로 쓰다가는 영원히 안 끝날 것만 같다. 하지만 우리 섬이 아닌 곳에서 청인들과 같이 지내려면 모든 소통 수단을 동원해서 적절한 조합을 찾아야 한다. 언니도 나를 위해 그렇게 하고 있다.

“무당벌레 언제 볼 수 있어?”

“무당벌레?” 언니가 손을 날개처럼 퍼덕이는 내 동작을 따라 하며 되묻는다.

“부를 이름은 있어야 하잖아.” 나는 어쩌다가 무당벌레라는 이름이 생겼는지 차마 설명하지 못하고 둘러댄다.

언니가 대답한다. “기다려 보자. 노리치 집사님이 네가 자기 권위를 위협하지 않는다고 스스로 판단할 때까지. 그때까지는 저택과 정원을 둘러보며 지내면 돼. 콜린스 아주머니랑 내가 하는 집안일도 도와주고. 벤이랑 친해지고.”

나는 고개를 끄덕인다. “어떻게 무당벌레가 귀가 안 들린다고 판단한 거야?”

언니가 일어나서 무당벌레의 행동을 흉내 내기 시작한다. 몇 가지 수어 단어와 철자를 사용하긴 하지만, 주로 무언극이다. 언니가 자기 목을 움켜쥐고 귀와 혀를 가리킨다. 그리고 이렇게 쓴다. ‘너보다 개가 훨씬 거칠지만, 예전에 널 처음 봤을 때가 떠올랐어…….’

"더 얘기해 줘." 내가 수어로 말한 다음 쓴다.

언니가 생각을 정리하느라 머뭇거리다가 이렇게 쓴다. '너한테 익숙해지고 나니까 눈에서 반짝임이 보였어. 어느 정도 이해력이 있다는 게 느껴졌어. 무당벌레는 잘 모르겠다. 걘 이해력이 없는 것 같기도 하고.'

"그렇구나." 내가 눈 옆을 만지는 수어로 대답한다. 어쩌면 무당벌레는 자기의 방식으로 자기를 이해해 줄 누군가가 필요한 것인지도 모른다. 나는 또 쓴다. '아이를 이 집에 두는 이유가 뭘까?'

언니가 손목으로 석판을 지우고 이렇게 쓴다. '나도 생각해 봤는데, 아무도 아이를 데려가 자기 자식처럼 키우고 싶진 않지만, 그렇다고 차마 정신병원에는 보내지 못해서가 아닐까?'

나는 몸서리를 친다. '걔가 날 해칠 수도 있다고 생각해? 솔직하게 말해 줘.'

언니가 수어로 말하려다가 글로 쓴다. '처음엔 그럴 수 있어.'

나는 긴장이 되지만 수어로 말한다. "마음의 준비는 됐어."

그리고 수어와 필담을 이어 간다. "나 처음 만났을 때를 떠올렸다고 했으니, 그때 내가 얼마나 처참한 상태였는지 기억하겠네. 지금도 떠올리면 등골이 오싹한 기억인데, 그 집에서 창문에 있는 창살 사이로 얼굴을 내밀었어. 바깥세상을 조금이라도 느끼고 싶어서. 그땐 언니도 자주 볼 수 없었고 도움을 청할 방법도 없었어. 난 거기가 정신병원인 줄 알았어. 하지만 아무리 자기혐오에 빠질 뻔했어도, 난 도망치겠다는 의지를 잃지 않았어. 무당벌레도 아무 의사소통 수단 없이 저렇게 갇혀 있는 하루하루가 생지옥일 거야. 그런 괴로움을 진정시켜 줄 안정제는 없어. 지금도 그 아이의 감정이 느껴질 지경이야. 분노에 가까운 답답함, 버림받은 것에 대한 고통. 가까이 있는 것 같아."

노라 언니가 천장을 가리킨다. 3층 무당벌레가 있는 방 바로 아래쪽 방에 나를 넣어 준 거구나!

언니가 글로 묻는다. '수어로 '인내'는 뭐야?'

내가 인내를 뜻하는 수어를 보여 주고 나서 이렇게 쓴다. '언니 방금 우리 마을 리 목사님이랑 비슷한 말을 했어.'

'난 널 전적으로 믿어.' 언니가 쓰더니 다음 말은 더듬더듬 수어로 한다. "내일 아침 나 주방에 있을 테니 찾아와. 매일 해야 하는 일을 알려 줄게. 잘 자."

"잘 자." 나도 수어로 인사한다.

언니가 방에서 나간 뒤 나는 세면대에서 씻고 침대에 누워 생각에 잠긴다. 인내. 억압하는 자가 아닌 억압당한 자를 위한 인내. 노리치 집사도 내 결심을 흔들지 못했다. 나는 감시나 간섭 없이 무당벌레를 가르칠 방법을 찾아낼 것이다. 지체하지 않을 것이다. 아이의 마음이 침묵의 감옥에 갇혀 있는 한, 그 영혼은 평안할 수 없다. 아이에 대해서 들은 말이 반만 사실이어도, 아이는 지금 예전에 내가 보스턴에서 겪었던 것보다 더 큰 절망에 빠져 있을지도 모른다. 지금 상황은 내가 짐작했던 것보다 훨씬 심각한 듯하다.

나는 방을 밝히는 초가 다 녹아 몽땅해질 때까지 천장을 바라본다. 하모니 할머니의 성경책에 오른손을 얹은 채. 성경책을 펼치지 않아도 떠오르는 구절이 있다. 〈갈라디아서〉 6장 2절이다. "너희가 짐을 서로 지라."

9장

다음 날 아침, 나는 옷을 입으면서 지푸라기 인형을 주머니에 넣는다. 코드곶에서 주웠던 돌멩이와 함께. 수업에 요긴하게 쓰일 것 같다. 내 학생을 내가 만나겠다는데 왜 기다려야 한단 말인가? 파이 선생님이라면 나를 응원할 것이다.

나는 로비에서 노리치 집사와 마주치자 냉랭하지만 예의 바르게 인사한다. 무당벌레를 만나게 해 줄 때까지는 최선을 다해 그를 내 편으로 만들려고 노력할 생각이다. 나는 무릎을 굽혀 인사하고 고개를 갸웃하며 말없이 묻는다. 집사가 왼쪽을 가리키고 나는 고개를 끄덕인다.

본관과 두 별관을 잇는 차양이 설치된 통로가 있다. 나는 주방으로 이어지는 서쪽 통로를 걸어가다가 걸음을 멈춘다. 일어나면 제일 먼저 노라 언니에게 들르기로 약속했었다. 그런데 마음이 바뀐다. 늘 하던 대로 아침 산책을 먼저 하고 나중에 언니를 찾아가도 될 듯하다.

나는 발길을 돌려 본관으로 돌아와 동쪽으로 난 통로로 간다. 무도회장 안을 기웃거린다. 지금은 사교 시즌이 아니라서 폐쇄된 상태다. 가구가 모두 천으로 덮였고 가려진 창문으로 희미한 빛줄기가 겨우 들어오는데도 내 상상력의 불씨를 지필 만한 공간이다. '웅장함'이란 이런 공간을 묘사하려고 만들어진 단어가 아닐까. 칠마크 마을회관에서 추던 컨트리댄스•가 떠오른다. 발동작을 익혀서 다른 사람들과 부딪치지 않고 춤출 수 있을 때까지 몇 번의 시행착오가 있었지만, 정말 신났었다.

나는 저택 앞으로 나와 내 방 바로 위에 있는 3층 창문을 올려다본다. 어제 인기척을 얼핏 본 무당벌레의 감옥이다. 이렇게 가까이 있지만 너무나 멀게 느껴진다. 나는 동쪽 별관 뒤로 가본다. 연방 건축 양식••으로 설계된 저택은 1층과 2층보다 3층이 더 작다. 3층 창문까지 외부에서 올라갈 방법은 없을까?

• country dance. 17세기 무렵 영국 농촌에서 유행하여 유럽 전역에 퍼진 사교춤. 경쾌한 2박자 음악에 맞춰 남녀가 길게 또는 둥글게 서서 단체로 추는 게 특징이다.

•• federal style. 르네상스 건축가 안드레아 팔라디오의 양식을 바탕으로 한 미국의 고전 건축 양식. 미국 독립 전쟁 이후 제3대 대통령 토머스 제퍼슨이 발전시켰다. 연방 양식으로 지은 대표적인 건축물로는 제퍼슨의 몬티셀로 대농장과 백악관이 있다.

둥글납작한 돌을 깔아 만든 길 끝에 희한하게 생긴 건축물이 눈에 띈다. 태어나서 본 것 중 가장 투명한 유리로 지은 작은 궁전 같다. 둥근 지붕 꼭대기에는 하얀 첨탑이 있다. 안에는 밝은 초록빛 화초들이 보인다.

나를 기다리고 있을 노라 언니가 생각난다. 저 유리 궁전이 몹시 궁금하지만, 첫날부터 너무 미적거리면 안 될 것 같다.

쌀쌀한 아침 공기를 마시다가 주방에 들어오니 따뜻하고 아늑하다. 콜린스 아주머니가 튼튼한 팔로 오늘 먹을 빵의 반죽을 치대고 있다. 조리대를 행주로 닦는 아이가 엘리인가 보다.

노라 언니는 지각한 나를 나무라지 않는 관대함을 보여 준다. 아주머니가 식탁에 앉으면서 관절을 주무른다. 표정을 보니 날씨에 대해 불평하는 것 같다. 우리는 차가운 소시지와 비스킷과 차로 아침을 먹는다.

엘리도 우리와 함께 아침을 먹지만 식탁에 앉지 않는다. 엘리는 몸이 앙상하게 말랐고 윗입술이 세로로 갈라졌다. 나에게 묵례로 인사하지만 빤히 바라보지 않으려고 애쓴다. 수어로 말하는 사람은 내가 처음인가? 기겁했다기보다는 궁금해하는 눈치다. 나도 똑같이 묵례하자 엘리가 얼른 손으로 갈라진 입을 가린다. 내게 너무 익숙한 모습이다. 남들과 다른 점을 본능적으로 감추려는 부질없는 몸부림.

노리치 집사가 주방 문간에 나타난다. 주방은 자기 영역이 아님을 의식하면서도 주인 행세는 하고 싶고 나도 감시하고 싶어 하는 속내가 빤히 보인다.

모두에게 감사하게도 노리치 집사는 차를 들고 주방에서 나간다. 그는 귀가 안 들리는 나를 혐오스러워하는 게 분명하다. 하지만 마서스비니어드섬 밖에서는 그런 반응이 태반이다. 내 목표는 그의 생각을 바꾸는 게 아니다. 그는 나와 내 의도를 의심하고는 있지만, 아직은 위협으로 여기진 않는다. 나에게는 유리한 상황이다.

아침 식사를 마치자 노라 언니는 빨래가 널린 마당으로 나를 데리고 간다. 추운 날씨에 빨래는 차갑고 뻣뻣해졌지만 마르긴 했다. 빨래 걷는 일에 익숙한 나는 언니의 지시 없이도 알아서 빨래집게를 빼고 빨래를 접어서 언니가 가져온 바구니에 차곡차곡 넣는다.

빨래를 걷으면서 석판과 분필을 쓸 수 없다 보니 우리는 조용히 일한다. 대신 나는 틈틈이 사물을 가리키면서 수어를 알려 준다. 우리가 처음 만났을 때부터 언니가 즐겨하던 놀이다. 언니는 조지 오빠만큼 교육받지는 못했지만, 오빠만큼이나 언어 감각이 뛰어난 것 같다. 언니가 아일랜드어도 잘하는지 궁금해진다.

나는 언니를 따라 위층으로 가서 향나무 좀약을 넣은 장롱에 방금 걷어 온 침대보와 식탁보를 넣는다. 그리고 오전 내내 언니와 함께 몇 가지 집안일을 더 한다. 시간은 잘 가지만 정신까지 집중할 필요는 없는 일이다. 그래도 집 안을 돌아다니는 동안 나는 언니의 동선을 파악한다. 저택 내부 구조를 탐색하는 작업으로 생각하고 움직이는 것이다. 쓰지도 않는 이부자리의 침대보를 벗기고 정돈하는 일이 재미와는 거리가 멀지만 말이다. 왜 이런 일이 필요한지 언니에게 묻자 언니는 어깨를 으쓱하기만 한다.

드디어 집안일이 끝나고 차를 마실 시간이 된다. 언니는 따뜻하고 해가 잘 드는 응접실에 앉아서 차를 마시는 호사를 허락한다. 콜린스 아주머니가 스콘 한 접시를 가져오자 노리치 집사가 우리를 감시하러 또 나타난다. 나는 최대한 순진한 표정으로 (속에는 베수비오산• 을 품었지만) 무당벌레를 만나도 될지 묻는다. 언니가 긴장한 표정으로 내 요청을 전한다. 나는 퉁명스럽게 대꾸하는 집사의 모습에서 언니가 통역해 주기도 전에 집사의 답을 눈치챈다. 오늘은 안 된단다.

• Vesuvio. 이탈리아 나폴리에 있는 화산으로, 유럽 대륙의 유일한 활화산이다. 서기 79년 이탈리아 고대 도시 폼페이를 삽시간에 잿더미로 만들었던 화산 폭발로 유명하다.

저녁 시간은 더 한가하다. 엘리가 걸레질한 바닥은 다 말랐고, 두꺼운 천으로 덮어 놓지 않은 가구는 다 털고 닦은 상태다. 언니는 주방 난로 앞 흔들의자에 앉아서 나른하게 흔들거리고 있고, 엘리와 아주머니는 카드 게임을 하면서 나에게 같이 하자고 한다. 나는 처음 보는 게임이라 사양하지만 규칙을 익히려고 구경한다.

어둑어둑해질 무렵 우리는 저녁을 먹는다. 배가 이렇게나 고프다는 게 신기하다. 오늘 하루 내가 여기서 한 집안일을 엄마가 봤다면 무척 흐뭇해했을 것 같다. 나는 지금 먹는 빵이 오늘 아침 아주머니가 구운 것임을 알아본다. 치즈와 고기는 저온 저장실에서 방금 꺼내 온 모양이다. 나는 웃으면서 과장된 몸짓으로 배를 문지른다. 아주머니가 자상한 표정으로 내 어깨를 토닥인다.

일찍 방으로 돌아왔지만 바로 잠들기에는 머릿속이 너무 복잡하다. 바로 윗방에 있는 무당벌레를 떠올린다. 무당벌레도 나처럼 뒤척이고 있을까? 내가 바로 아래층에 있다는 걸 알까? 안다면 관심은 있을까? 아이야, 나 여기 있어!

다음 날도 비슷하게 흘러간다. 아침에 일어나 주방에서 아침 식사를 한다. 노리치 집사는 자기가 우리를 감시하고 있음을 일부러 의식하게 만든다. 우리는 도자기 그릇을 꺼내 먼지를 털고 조심스럽게 다시 찬장에 넣는다. 엘리가 빨래하고, 언니와 나는 해가 희미하지만 가장 높이 떴을 때 빨래를 넌다.

간식 먹을 시간이 되자 우리는 또 응접실에 앉아 크랜베리 스콘을 곁들여 차를 마신다. 나는 차에서 톡 쏘는 레몬 향을 느끼고 언니를 보며 눈썹을 치켜올린다. 언니도 뭔가 알고 있다는 듯이 빙긋 웃지만 설명하지 않는다. 바로 그때 노리치 집사가 응접실로 들어와 오늘 하루는 어땠는지 나에게 묻는다. 이번에는 언제 무당벌레를 만날 수 있을지 묻는 대신 자기 전에 아이를 보게 해달라고 요청한다.

노라 언니가 집사의 대답을 전한다. "내일쯤."

인내심이 양말이라면 내 인내심은 다 해져서 기워야 할 판이다.

밤이 되고 집 안이 조용해졌다고 느껴지자 나는 내 방 뒤편에 하인들이 출입하는 문을 열고 위층을 올려다본다. 그리고 잠옷 차림으로 촛불을 들고 위층으로 올라간다. 위층은 한 번도 침대보를 갈거나 청소하러 올라간 적이 없다. 나는 무당벌레의 방 문손잡이에 떨리는 손을 얹는다. 소리를 내지 않고 최대한 흔들 수 있는 만큼 손잡이를 흔들어 본다. 역시나 잠겨 있다!

허리를 굽혀 열쇠 구멍을 들여다본다. 안쪽에서 내다보는 눈과 마주칠까 봐 반은 설레고 반은 두려운 마음이다. 하지만 길은 암흑밖에 보이지 않는다. 무당벌레는 살아 있긴 할까? 유령은 아닐까?

10장

무당벌레의 방 열쇠를 구해야겠다. 벤이라는 사람이 나에 대해 들었고 정이 많다고 노라 언니가 말했다. 그 사람과 친하게 지내라고도 했다. 무당벌레가 벤의 얼굴을 할퀴었다고 했으니 아이 방에 들어갔을 것이다. 어쩌면 열쇠를 가졌을지도 모른다.

나는 주방에 있는 노라 언니를 찾아가 수어로 "아프다"와 "산책"이라고 말한다. 거짓말은 아니다. 무당벌레를 못 만나 안달이 나서 열이 날 지경이니까. 바깥바람을 쐬면 나아질 것 같다. 언니가 축축해진 내 이마를 살며시 짚어 보더니 가라고 손짓한다. 나는 추위에 대비한 옷차림으로 로비를 가로질러 집을 나선다. 본관 오른쪽에 난 길로 식물이 자라는 이상한 유리 집을 향해 걷는다. 지금이 겨울이었다면 그 투명한 건물이 얼음 궁전인 줄 알았을 것이다.

유리 집 문 앞에 도착한 나는 가볍게 문을 두드린다. 소리를 듣지 못하는 나에게는 형식적인 절차일 뿐이지만. 문손잡이를 돌리니 문이 열린다. 톡 쏘는 향이 코를 찌르는데 무슨 향인지 금방 알아채지 못한다. 대신 추억의 한 장면이 마음을 가득 채운다. 엄마가 크리스마스 요리를 할 때 거위 구이에 바르고 푸딩에 향을 더하려고 아껴 두는 귀한 오렌지 껍질. 그 감귤 향이 어떻게 여기 매사추세츠에서 나는 거지? 그것도 가을에? 외투를 벗게 할 만큼 무더운 실내 공기가 답일지도 모르겠다.

나는 머리 위에 있는 나뭇가지로 손을 뻗어 반들반들한 레몬을 잡아당기면서 고개를 끄덕인다. 그때 한 사내가 탁자 뒤에서 불쑥 나타난다. 사내는 나를 보고 소리를 지르거나 놀라지 않는다. 이 사람이 벤인가 보다. 체격은 다부지고 숱 많은 머리는 갈색, 큰 눈은 파란 보석 같다. 왼쪽 뺨에 얽은 자국이 있다. 그가 몸을 숙이는데 외투 안쪽에 자수로 새긴 글자 "Culper(컬퍼)"와 작은 기호가 얼핏 보인다. 무슨 은밀한 표식 같다. 가문의 이름과 휘장이 아닐까.

벤은 나 때문에 하던 일을 멈춘 것 같은데, 나는 왜 왔는지 그에게 설명할 길이 없다. 나는 벤의 얼굴에 난 세 줄의 피딱지를 가리킨다. 벤이 집 쪽을 가리키면서 뭐라고 한다. 부드럽지만 걱정스러운 말투일 것만 같다. 나는 아이를 보고 싶다는 뜻으로 나를 가리킨 다음 집을 가리킨다.

벤이 등받이 없는 의자를 가리키며 나에게 앉으라고 손짓한다. 그리고 장갑을 벗는다. 그림이라도 그려서 보여 주게 석판과 분필을 가져올 걸 그랬다. 여기서 빠르게 수어로 말을 해 봤자 벤은 흥미를 잃을 것이다. 일하는 중인 사람을 오래 붙잡아 둘 수도 없고, 소통할 방법도 없다. 교착 상태다.

문득 주머니에 있는 인형이 생각난다. 나는 인형을 꺼내 흙 묻은 탁자 위에 있는 화분에 기대 놓는다. 탁자를 가리키고 탁자를 뜻하는 철자와 수어를 한다. 그런 다음 인형을 움직여 방금 내가 한 동작을 최대한 똑같이 따라 하게 한다. 벤은 나를 외면하지 않고 지켜본다. 하지만 내가 무슨 말을 하려는 건지 이해하지 못하는 게 분명하다.

나는 다시 시도한다. 인형이 내 얼굴을 때리게 했다가 다시 앉혀 놓고 수업을 계속한다. 그제야 벤이 이해했다는 표정을 짓는다. 내 의도를 드디어 알아차린 모양이다! 벤이 양손을 자기 몸 앞에서 흔든다. 본능적으로 "뭐라고?"를 뜻하는 비니어드 수어를 한 것이다. 나는 높은 사다리를 기어 오르거나 밧줄을 타고 올라가는 행동을 수어로 설명한다. 벤이 웃는다. 하지만 잔인한 웃음은 아니다. 나는 잠긴 문을 열쇠로 여는 시늉을 한다. 벤이 고개를 젓는다.

더 요구할 수 있는 게 없다. 벤이 다시 일하려고 일어나자, 나는 기도하듯 고개를 숙이고 두 손을 모은다. 내게 보여 준 인내심으로 미루어 볼 때 벤은 신을 믿는 경건한 사람 같다. 나는 열성적인 수어로 주님께 기도한다. "도와주세요! 길을 열어 주세요. 무당벌레에게 닿을 방법을 보여 주세요."

벤이 일어난다. 오른쪽 무릎 아래로 다리가 없다. 독립 전쟁에 참전했다가 다쳤나 보다. 그렇다면 전쟁 당시 나보다 겨우 몇 살 더 많은 소년이었을 것이다. 그래서 나를 무시하지 않는 건가? 벤은 날렵해 보이는 몸놀림으로 나무 의족을 찬다. 그리고 온실의 유리창 너머로 무언가를 유심히 바라본다.

나는 벤을 따라 밖으로 나가 그가 문을 잠그는 동안 기다린다. 벤이 손가락을 입술에 대면서 눈에 띄지 않게 움직이라고 나에게 손짓한다. 벤은 완전 딴사람이 되어 있다. 아까보다 예리하고 진지해 보인다. 나는 침착하게 그림자처럼 벤 뒤에 따라붙지만, 식은땀을 흘린다.

벤이 산울타리 뒤에서 멈추라고 나에게 손을 들어 보인다. 손을 귀에 대면서 엿듣고 있다고 알려 준다. 나는 동상처럼 가만히 서서 열댓 걸음 떨어진 곳에 있는 노리치 집사를 바라본다. 집사는 체구가 작은 사내에게 말하고 있고, 사내는 사방을 두리번거리고 있다. 이야기를 마친 둘은 악수하고, 사내는 바로 사라진다.

노리치 집사가 옷매무새를 고치고 본관으로 저벅저벅 걸어간다. 마치 아침 산책을 하면서 담배를 피우고 다시 들어가는 듯이 태연한 표정이다. 내가 눈을 깜빡였다면 그가 가슴 주머니에 편지를 넣는 순간을 놓쳤을 것이다. 방금 본 광경의 의미를 전혀 알 수 없는 나와 달리, 벤은 분노로 얼굴이 벌게진 채 주먹을 쥐었다 폈다 한다.

벤이 문득 내가 자기 뒤에 있다는 사실을 기억하고 돌아본다. 나는 우리가 본 것을 아무에게도 말하지 않겠다는 뜻으로 손가락을 입술에 댄다. 벤은 한동안 내 눈을 뚫어지게 바라보다가 이내 고개를 끄덕인다. 그리고 저택 뒤편으로 따라오라고 나에게 손짓한다. 저택 뒤편에 다다르자 벤은 열린 문을 가리킨 다음 외투 주머니에서 놋쇠로 만든 열쇠를 꺼낸다. 열쇠 구멍에 꽂는 부분은 크고 묵직해 보이고, 손잡이에는 원형 문양이 새겨져 있다. 나는 내 손에 들린 열쇠를 뚫어지게 바라본다. 무당벌레 감옥 열쇠? 우리 둘은 의미심장한 눈빛을 교환한다.

벤이 뒤쪽 계단을 올라가려는 나의 손목을 붙잡더니 다른 손으로 자기 얼굴에 난 할퀸 상처를 만진다. 조심하라는 경고다. 나도 허튼짓은 하지 않겠다고 약속하는 뜻으로 고개를 끄덕인다.

하인들이 출입하는 뒤쪽 계단은 앞쪽 계단만큼 잘 관리되지는 않는 모양이다. 위로 올라갈수록 채광이 줄어든다. 먼지가 허공에 떠다닌다. 나는 비좁고 가파른 계단을 오르는 동안 저택의 여러 방의 뒷문을 지나간다. 내 방 뒷문도 있다. 하인 대부분이 떠나고 없는 이 공간은 을씨년스럽기까지 하다.

내 계산이 맞는다면 지금 내 앞에 있는 문이 무당벌레가 있는 방의 문이다. 나는 첫 수업을 하러 교실로 들어가는 새내기 교사가 된 기분이다. 잘하고 싶은 열망에 열쇠를 든 손이 떨린다. 열쇠를 구멍에 꽂고 돌린다. 무당벌레에게도 열쇠가 돌아가는 소리는 들리지 않겠지만, 혹시 문 밑으로 내 그림자가 보이거나 누군가 다가왔다는 느낌이 들지 않을까? 청각 대신 다른 감각이 더 발달한 것도 우리 둘이 가지고 있는 공통점이니까.

나는 긴장을 풀기 위해 수어로 인사를 연습한다. "좋은 아침입니다, 여러분. 선생님 이름은 메리 램버트예요."

나는 문을 확 열어젖힌다. 경첩이 삐거덕거리는 소리가 다른 사람에게 들릴까 봐 걱정할 겨를도 없이, 나는 손으로 입을 틀어막는다. 고약한 배설물 냄새에 구역질이 났기 때문이다.

나는 무당벌레를 생각해 목구멍으로 올라오는 신물을 간신히 삼키고 재빨리 정신을 가다듬으며 방 안을 둘러본다. 천장은 낮고 문 반대쪽 벽에는 어둠에 가려진 침대가 있다. 그 외에는 아무것도 보이지 않자 나는 작은 창문 앞으로 조심스럽게 다가간다. 무당벌레는 에즈라 브루어 아저씨의 끔찍한 동요처럼 이불 난로 속으로 기어들어 간 걸까? 나는 분명 혼란스러워할 무당벌레의 마음에 내 선의가 닿도록 내 마음을 비우려고 노력한다. 마음속에 숫자를 그려가며 열까지 센다. 그 순간 마룻바닥에서 진동이 느껴진다.

돌아보니 나를 향해 네발로 날렵하게 기어 오는 누군가가 보인다. 나는 뒷걸음질하며 피하지만 그럴 필요가 없다. 아이는 다가오다가 뒤에서 무언가에 낚아채인 듯 멈추더니 엎어지고 만다. 아이의 발목이 사슬에 묶여 있고 사슬의 반대쪽 끝은 바닥에 고정한 침대 다리에 묶여 있다. 아이가 나에게 다가오려고 양손으로 나무 바닥을 긁는다. 사슬을 풀어 보려다가 침대 다리가 고정된 마루판을 뜯어내려고 기를 쓴다. 아이가 네발로 기어다니는 까닭은 불가사의가 아니라 인간의 사악함 때문인 것이다.

지금 무당벌레의 상태를 보고 내가 기절한대도 이상할 게 없다. 하지만 나는 정신을 잃는 대신 아이의 손이 닿지 않을 만큼의 거리를 두고 바닥에 앉는다. 코와 입을 가리고 크게 숨을 들이쉰다. 그리고 리 목사님이 에즈라 아저씨 앞에서 수어로 읊으셨던 성경 구절을 되뇐다. "빛이 어둠에 비치되 어둠이 깨닫지 못하더라."

수어로 말하는 내 모습이 신기했는지 무당벌레가 고개를 뒤로 젖히고 나를 바라본다. 오물에 둘러싸였는데도 아이의 빼어난 미모는 가려지지 않는다. 헝클어진 새까만 머리가 창백한 얼굴을 반쯤 덮고 있다. 아이가 상처와 멍으로 부은 입을 연다. 입술과 혀의 움직임에 일정한 규칙이 엿보인다. 씩씩대고 딸깍거리는 소리를 내는 걸까? 나는 나도 소리를 못 듣는다는 것을 보여 주려고 귀를 손으로 가리고 고개를 젓는다. 아이가 바라던 반응이 아닌 것만은 틀림없다.

아이가 어느 정도 집중력을 가지고 나를 바라본다. 아이의 얼굴은 익사한 사람과 흡사하다. 셰익스피어의 문장이 떠오른다. "그의 눈은 진주가 되었네."• 그 침울한 표정 뒤에 지능의 불꽃이 숨어 있으리라는 확신이 든다. 다른 어린아이와 다를 이유가 없다. 단지 귀가 안 들릴 뿐이고, 썩어가게 방치되었을 뿐이다.

문득 소름 끼치는 생각이 엄습한다. 나도 지금과 다른 운명을 타고났다면 이런 모습으로 살고 있을까? 지금 내가 알고 있는 모든 것을 깨진 거울로 보는 것 같은 인생을 살고 있을까?

• 윌리엄 셰익스피어의 희곡《템페스트》의 한 구절. 주인공 프로스페로의 하인이 나폴리의 왕자 퍼디난드에게 그의 아버지가 익사했다고 알리는 말이다.

나는 방에 들어온 목적을 다시 떠올리고는 검지로 내 가슴을 가리킨 다음 양손 손가락으로 내 이름을 철자한다. 무당벌레가 손은 그대로 두고 입술과 혀만 움직인다.

"아니." 나는 수어로 말하고 다시 귀를 손으로 가린다. 그리고 또 나를 가리킨 다음 내 이름을 손가락으로 철자한다. 아이를 가리킨 다음 수어로 "소녀"라고 말한다. 창문을 가리키고 수어로 "빛"이라고 말한다. 마지막으로 주머니에서 인형을 꺼내고 수어로 "인형"이라고 말한다.

아이는 나에게서 눈을 떼지 않는다. 적어도 내가 새로운 것을 보여 주는 것은 틀림없다. 내가 사물의 이름을 수어로 알려 준다는 것을 아이가 이해하는지는 알 수 없다. 하다못해 내가 아이에게 말을 걸고 있다는 것을 아이가 아는지도 모르겠다. 그래도 나는 다시 수어로 "인형"을 말하며 조금씩 아이에게 다가간다. 아이가 할퀼까 봐 무서운 나보다 아이가 나를 더 무서워하며 뒤로 물러난다.

나는 아이의 오른손 근처에 인형을 던진다. 아이는 인형을 낚아채더니 입에 쑤셔 넣고 씹다가 뱉는다. 맛이 이상했는지 혀를 손으로 닦는다. 지금은 아주 혼란하겠지만, 아이는 정신이 아예 없는 게 아니다. 여기까지 생각이 미치자 나는 도전 의식이 생긴다. 지능이 모자란 아이가 아니다. 그렇다면 난 무엇이

든 해낼 수 있을 것이다.

"아니야." 나는 고개를 저으며 수어로 말한다. "먹을 거 가져온 거 아니야. 이건 인형이야." 그리고 축축하고 구겨진 인형을 집어 들고 뛰노는 아이처럼 내 앞에서 깡충깡충 뛰게 한다. 그러자 아이의 눈빛이 달라진다. 아이가 손가락으로 눈가를 만지더니 손가락에 묻은 눈물을 빗자루질한 바닥에 닦는다. 나는 이루 말할 수 없는 슬픔을 느낀다. 하지만 내게는 그 슬픔을 아이가 이해할 수 있게 표현할 능력이 없다.

나는 사물을 가리키며 수어를 반복해서 가르치라는 파이 선생님의 지침을 떠올린다. "나, 메리. 너, 소녀. 이것, 인형."

바로 이때 방문이 벌컥 열린다. 돌격대를 이끌고 들이닥친 노리치 집사가 험악한 표정으로 말을 뱉고 있다. 무당벌레는 그를 보자마자 몸을 꽁꽁 웅크린다. 콜린스 아주머니는 우두커니 서서 바라만 본다. 나를 붙잡으려고 다가온 것은 노라 언니다. 언니는 한 팔로 내 가슴을 막으면서 무당벌레한테서 물러서게 한다.

나는 하인 출입구를 통해 내 방까지 떠밀려 들어온다. 세 사람이 방 안까지 나를 따라 들어온다. 나는 침대에 앉자마자 아무도 몰래 열쇠를 주머니에서 꺼내 베개 밑에 넣는다. 벤을 배신하지 않을 것이다. 세 사람은 나를 앞에 놓고 통역 없이 자기

들끼리 한참을 떠든다. 이렇게 말 많은 사람들 사이에 끼어 있는 건 복장 터질 노릇이다. 지금처럼 내 운명을 결정할 말이 오가는 상황에서는 더더욱. 나는 다그치는 눈빛으로 노라 언니를 바라본다. 그러면서도 우리 둘이 너무 친해 보이면 안 된다는 언니의 당부를 떠올린다. 언니가 드디어 석판을 집어 든다.

'개 방에는 어떻게 들어간 거야?'

'뒷문을 발견하고 나선형 계단으로 올라갔더니 방문이 그냥 열리던데.'

노라 언니는 내가 쓴 대답을 노리치 집사에게 보여 주고 콜린스 아주머니에게는 소리 내서 읽어 준다. 둘은 못 믿겠다는 표정을 짓지만 더는 따지지 않는다. 아주머니가 뭐라고 말한다. 언니는 장미 문양의 벽지에 등을 대고 가만히 서 있다. 왜 내 편을 들어 주지 않는 거지? 노리치 집사가 나를 경멸하듯이 바라보더니 언니에게서 석판을 빼어 든다.

집사가 석판에 쓰기 시작한다. '혼자서 그 방에 들어가다니 그 계집애만큼 미쳤군. 여러 번 말했을 텐데.' 집사가 노라 언니를 노려보더니 이어서 쓴다. '적당한 때에 애를 볼 기회를 주겠다고.'

나는 다시 석판을 빼어서 글로 대꾸한다. '전 아이를 도우려고 왔어요. 그러라고 보수 주시는 거고요. 그런데 아이를 사슬

로 묶어 놓고 자기 배설물에 뒹굴게 방치하고 있잖아요. 대체 적당한 때란 언제죠?'

집사가 구어로 말하려다가 눈을 위로 굴리더니 석판과 분필을 빼어 든다.

'어쨌든 자네가 가르칠 학생을 만났으니 그 뭐냐……' 집사가 손가락을 과장되게 꼼지락거린다. '그걸 가르쳐서 간단한 의사 전달은 할 수 있게 만들게. 할 수 있으면 사람의 몰골로 만들어 보던가.'

나는 안도의 한숨을 내쉰다.

그런데 집사가 아주머니에게 석판을 앞치마에 문질러 지우게 하고는 이렇게 쓴다. '단, 글을 가르치는 것은 금지네. 다른 하인들은 까막눈이라……' 집사는 또 언니를 힐끗 본다. '저 야만적인 것한테 열등감을 느낄 수도 있으니까.'

"제 계획은 아이에게 수어를 가르치는 것이었어요. 농인의 원어는 수어니까요." 내가 수어와 글로 대꾸한다. 집사가 내 언어를 경멸하는 것이 느껴진다.

나는 수어와 글쓰기를 이어 간다. "아이는 지금 이 집에 사는 유일한 주인 가족이니까 집사님이 모셔야 할 주인아씨 아닌가요?"

나는 선을 넘었음을 뒤늦게 깨닫는다. 집사는 석판에 쓰지 않고 뭐라고 내뱉더니 아주머니에게 따라오라고 손짓하고는 방에서 나간다. 문이 세게 닫히는 게 느껴진다.

노라 언니가 석판을 집어 들고 이렇게 쓴다. '지금은 자기가 이 집 주인인 걸 절대 잊지 말라고 했어. 명심하는 게 좋을 거야, 메리.'

나는 노라 언니에게 등을 돌리고 세면대로 걸어갔다가 언니가 내 어깨를 부드럽게 두드리자 돌아본다.

언니가 수어로 말한다. "너. 나한테 화났어."

"아니. 실망한 거야." 내가 수어로 대꾸한다.

언니가 석판을 지우더니 자기 옆에 앉으라고 손짓한다. 언니는 특유의 밝은 표정을 잃고 어깨도 축 처졌다.

"왜 내 편 안 들어 줬어?" 내가 수어로 물은 다음 글로 쓴다.

'내 말 안 들었잖아. 도움이 필요한 아이를 돕고 싶은 네 마음이 못마땅한 게 아니야. 하지만 너 때문에 나까지 처지가 곤란해졌어. 그래서 너한테 조심하라고 한 거야.'

내가 수어와 글로 말한다. "이해가 안 돼."

언니가 글로 설명한다. '나 이 집 일 어렵게 구했거든. 마이넛 박사님 가정부 일 그만둘 때 추천장을 못 받아서.'

내가 끼어든다. "박사님이 추천장을 안 써 줬어? 왜? 언니 좋아하는 줄 알았는데."

'맞아. 날 너무 좋아했지.' 언니가 내 눈을 피한다.

"미안." 언니의 말을 이제야 제대로 이해한 내가 수어로 말한다. 나는 마이넛 박사가 잘못 생각하는 부분은 있어도 좋은 사람인 줄 알았다. 그런데 이제 보니 앤드루만큼 저열한 사람이었다. 이제는 기도할 때 그 사람은 빼야겠다.

언니가 기억나는 대로 수어로 대답한다. "네 잘못 아니야."

나는 필담을 이어 간다. '노리치 집사는 언니가 글을 읽고 쓸 줄 아는 게 못마땅한 것 같던데.'

'처음엔 숨겼어.' 언니가 글로 대답한다. '너한테 편지 보낼 때까지는. 우리 엄마는 코크주•에서 온 삯빨래꾼이었어. 당신 딸만큼은 영어를 읽고 쓸 줄 알게 해서 누구한테 속아 계약 하인••이 되는 일은 막겠다는 의지가 대단했었지.'

나는 감탄하면서 고개를 끄덕이다가 잠깐 숨을 돌리고 묻는다. '노리치 집사는 왜 그렇게 무당벌레를 미워하는 거야?' 이 집에 도착한 순간부터 내 마음을 어지럽힌 질문이다. 나를 위해서나 아이를 위해서나 꼭 알아야겠다. 앤드루 노블의 표현을

• County Cork. 아일랜드 최남단에 있는 아일랜드에서 제일 큰 주.

•• indentured servant. 고용주가 여비나 숙식비를 부담하는 대신 임금을 받지 않고 일정 기간 하인으로 일하기로 계약한 노동자. 미국 식민지 시대에 영국이나 아일랜드의 하층민이 미국에 정착할 방법이 되었지만, 많은 계약 하인이 착취와 사기의 대상이 되기도 했다.

빌리자면 내 '병약함'이 집사에게 그토록 경멸스러운 것인가?

나는 깊게 들이마신 숨을 참는 노라 언니를 지켜본다. 언니는 어떻게 대답할지 고민하는 눈치다. 속으로 단어를 고르고 문장을 만들고 있는 것 같다. 언니가 고심 끝에 드디어 글을 쓰기 시작한다. '노리치 같은 사람은 심리를 이해하는 게 중요해. 이 집에 어릴 때 들어와서 점점 직책이 높아진 사람이야. 독립전쟁이 끝난 다음에 고향으로 돌아가지 않고 다시 이 집에서 일하려고 왔대. 이 집에서 무당벌레의 엄마가 자라는 것도 봤을 거야. 그분에 대해 좋게 말하는 걸 들었거든. 좋은 하인은 자기가 모시는 주인을 자기 가족처럼 여기지. 노리치도 주인 가족을 지키는 일이라면 물불 안 가려. 주인 가족의 명예는 목숨 걸고 지킬 거야.'

"무당벌레도 가족이잖아!" 내가 고집스럽게 말한다. 이 집의 괴상한 관습은 상상을 넘어선다. 이러면 농인은 대체 어디서 살아남을 수 있단 말인가?

언니가 심각한 표정으로 쓴다. '노리치 눈에 그 아이는 실수야. 가문의 수치. 자기가 충성을 다하는 주인 가족에게 존재 자체가 해로운 거지.'

나는 나도 모르게 움츠린다. 방금 언니가 한 말은 언니가 아니라 집사의 생각을 전한 말이라는 걸 안다. 그래도 끔찍하다. 나는 천천히 수어로 말한다. "언니가 나한테 연락해서 다행이야."

노라 언니가 고개를 끄덕이더니 또 쓰기 시작한다. '콜린스 아주머니 말로는 아이가 여기 도착했을 때부터 저런 상태였대. 아이 엄마에 대해서 얘기하는 사람이 거의 없어. 코드곶에서 온 가난한 농부랑 결혼한다고 가출했었대. 추문도 있었고. 아이가 태어난 곳은 네가 태어난 마을과는 많이 달랐을 거야. 아이를 사랑하고 돌봐 줄 공동체가 없었을 거야.'

어딜 가든 칠마크는 나에게 한 마을이 나 같은 사람을 어떻게 포용하면 되는지를 보여 주는 영원한 기준이 될 것이다.

내가 수어로 말한다. "노리치 집사한테 말할게. 언니는 잘못 없다고."

언니가 내 수어를 거의 다 알아보더니 고개를 젓는다. 나는 그럼 아무 말도 하지 않겠다는 뜻으로 고개를 끄덕인다.

'메리, 그 사람은 악마보다도 똑똑해.' 언니는 이 문장을 쓰자마자 부리나케 지운다.

나는 오늘 벤과 함께 정원에서 본 것을 언니에게 말해 줄까 잠깐 고민한다. 하지만 이내 마음을 바꾸고 대신 언니를 껴안는다. 우리는 검지를 서로 걸어 '친구'라는 수어를 완성한다. 나는 베일에 사는 무고한 사람들에게 피해를 주는 어리석은 짓은 하지 않겠다고 속으로 다짐한다.

언니가 다시 글을 쓴다. '깜빡하고 말 못 했는데, 너보다 먼저 도착한 편지가 있어. 책상 위에 뒀어. 좋은 소식이면 좋겠다. 잘 자.'

나는 고개를 끄덕이고는 편지를 집어 든다. 낸시가 보낸 편지다. 나는 보름달이 밝게 비추는 창가에 서서 편지를 읽는다. 낸시는 늘 똑같은 문구로 편지를 시작한다.

사랑하는 친구여, 모험을 즐겨라!

네가 묘사한 상황은 신비롭기 그지없군. 네가 보낼 다음 편지는 밤마다 그 집 복도를 떠도는 유령 이야기로 가득하겠지?

난 무엇보다 네가 일을 시작했다는 게 기뻐. 비니어드를 떠난 건 내 인생에서 제일 잘한 일이었어. 요즘 나의 활력소가 되는 건 요제프 하이든의 소나타뿐만 아니라 너와 이름이 같은 한 영국 여성이 주창하는 여성의 천부적 권리야! 난 여기 블루스타킹 지부에서 여성 해방을 주제로 토론하는 모임을 이끌고 있어.

메리 울스턴크래프트• 선생이 그러셨어. "이성적인 존재라면 어떻게 스스로 노력하여 성취하지 아니한 것으로 고귀해질 수 있겠는가?"

• Mary Wollstonecraft(1759~1797). 18세기 후반 여성의 인권 및 평등권을 주장한 선구적인 페미니스트로, 그의 저서《여성의 권리 옹호(A Vindication of the Rights of Women)》(1792)는 근대 최초의 페미니즘 서적으로 꼽힌다.

넌 분명 그 불쌍한 아이를 가르치기 위해 열심히 노력할 거야. 그 임무에 너만 한 적임자가 없다고 믿어. 네가 어떻게 임무를 완수할지 알려 줄 날이 정말 기대된다.

그때까지는 네가 사는 저택의 처마 밑에 어떤 스파이와 비밀이 도사리고 있는지 나 혼자 상상하고 있을게. 어쩌면 거기서 스파이를 잡을 수도 있겠다! 아니면 밀회를 즐기는 연인이라도. 어쨌거나 너무 많은 시체를 건드리지 않게 조심!

너를 사랑하는 낸시가

위층에서 끔찍한 일을 겪은 후라 지금 손에 들린 편지가 폭풍 속의 구명 뗏목처럼 느껴진다. 이곳 베일의 현실은 낸시가 상상하는 사랑 이야기와 거리가 멀다. 하지만 나에 대한 낸시의 믿음과 여성 해방에 대한 울스턴크래프트 선생의 철학이 내 신념을 북돋워 준다.

11장

그날 밤, 꿈에 우리 마을이 나타난다. 우리 집 문이 열려 있고, 엄마 아빠는 보이지 않는다. 헛간에 있던 가축도 다 도망가고 없다. 나는 바다 쪽을 본다. 거대한 파도가 밀려오고 있다. 다른 사람들은 어디로 피신했는지 알지 못하는 나는 갯벌이 있는 곳까지 뛰어간다. 조심하지 않아서 가라앉기 시작한다. 진흙이 무릎까지 올라오자 나는 도와 달라고 팔을 휘젓는다. 가슴팍까지 몸이 빨려 들어간다. 다리가 마비된다. 머리까지 잠기지 않으려고 허우적댄다. 진흙에 아직 잠기지 않은 건 들리지도 않는 귀뿐이다. 그리고 흙을 잔뜩 머금은 입.

나는 화들짝 놀라며 잠에서 깬다. 무당벌레한테 가야 한다. 하지만 노라 언니를 또 실망시켜선 안 된다. 인내하는 게 어둠 속에서 헤매는 것보다 힘들다. 굴레를 씌운 말이 이런 기분일까? 결박된 생명은 정녕 자유로울 수 없을까?

주방으로 내려가니 노라 언니가 비스킷과 소시지 한 접시를 내게 건넨다. 내가 주방 식탁에 앉자 콜린스 아주머니가 엘리와 함께 일하기 위해 자리에서 일어난다. 나는 차를 두 잔 따르고 언니가 차에 레몬을 넣어 마신다는 것을 기억한다. 언니에게는 고마운 마음도 있지만, 이 집에서 무당벌레의 선생으로서 일할 수 있게 내 편이 되어 줄 사람은 언니밖에 없다는 사실이 더 중요하다.

"잘 잤어?" 언니가 수어로 묻는다.

나는 얌전히 고개를 끄덕인다. 까탈스러워 보이지 않게 조심해야 한다.

"노리치랑 벤이 사이가 안 좋아 보이던데." 내가 화제를 바꾼다. 이 집에 있는 인물들에 대해 최대한 많은 정보를 알아내야 한다.

언니가 수어로 대화를 이어 간다. "두 사람은 대륙군•에 같이 있었대. 노리치는 장교였고 벤은 갓 입대한 병사였고. 그래서 관계가 껄끄러울 수도 있었겠지. 특히 노리치가 지금도 모두에게 명령조로 말하니까."

• Continental Army. 미국 독립 전쟁 중 영국군에 대항하기 위해 당시 미국 13개 식민지 정부가 통일된 지휘 체계로 창설한 육군.

"벤의 성은 컬퍼야." 나는 언니에게 내 뛰어난 관찰력으로 환심을 사려고 한다.

"그렇대도 난 들은 바가 없어서 잘 몰라."

언니가 설거지한 그릇을 조심스럽게 말리고 있는데 노리치 집사가 주방으로 저벅저벅 걸어 들어온다. 엘리가 깜짝 놀라 갈라진 입술을 가리느라 뜨거운 머핀 틀에 손을 덴다. 집사가 엘리에게 자기 앞에서는 입을 가리라고 지시한 걸까?

집사가 나를 가리킨다. 나는 석판과 분필을 집어 든다. 그가 고개를 젓는다.

나는 그래도 글을 쓴다. '가지고 올라가려는 게 아니에요. 아이를 목욕시켜도 되냐고 물어보려고요.'

내가 언니를 힐끗 바라보자 언니가 웃는다. 옛날 마이넛 박사 집에서 언니가 나를 목욕시키려고 할 때 내가 저항하던 기억이 떠올랐나 보다. 무당벌레는 겨우 한 번 본 사람에게 몸을 맡길 만큼 나를 믿어 줄까?

집사가 내 예상과 달리 고개를 끄덕인다. 그리고 내 팔을 붙잡더니 끌고 간다. 그냥 손짓만 해도 내가 알아듣고 지시를 따를 수 있을 텐데. 집사가 양동이를 집더니 주방에 있는 펌프를 가리킨다. 나는 물이 넘치기 직전까지 양동이를 채운다. 하지만 물을 데울 시간은 허락받지 못한다. 나는 향기 좋은 비누를 챙긴다. 그리고 집사와 함께 뒤쪽 계단을 통해 무당벌레의 방으로 올라간다. 두 손으로 양동이를 들고 계단을 오르는 게 힘들지만 집사는 도울 생각이 없어 보인다.

집사가 잠긴 문을 여는 것을 보면서 아직 베개 밑에 있는 벤의 열쇠를 떠올리는데 집사가 갑자기 나를 무당벌레의 방으로 밀어 넣는다. 그러고는 양동이를 뺏어 든다. 무당벌레가 빛이 있는 곳으로 나온다. 여전히 네발로 기어서. 아이는 나를 바라보지 않지만 어제 내가 보여 준 수어를 하기 시작한다. 나는 가슴이 뛴다! 아이는 수어를 사물과 연결하지는 못했어도 나와는 연결한 것이다!

집사가 힘줘서 양동이를 머리 위로 들어 올리는 게 내 시선 끝에 걸린다. 천천히 몸을 돌리며 비누를 들어서 보여 주지만 소용이 없다. 내가 알아서 아이를 씻기겠다고 애원하기도 전에 집사는 차가운 물을 아이에게 쏟아붓는다. 잔인한 인간 같으니라고!

무당벌레가 목을 꼿꼿이 세우고 집사를 노려본다. 아이는 물벼락을 맞아 흠뻑 젖었는데도 비명 한 번 지르지 않는다. 어제와 똑같은 동작으로 입술과 혀를 움직이고 있다. 나는 입술 모양을 읽는 데 능하지 않지만, 아이가 하는 말을 파악하려고 집중해 본다. 하지만 입술 모양이 내가 알아볼 만한 영어와는 거리가 멀어 보인다. 나는 수건이 있는지 방을 둘러보지만 찾지 못한다. 무당벌레는 왜 몸을 떨지도 않지? 너무 오랫동안 인간 이하의 취급을 당해서 온기가 그립지 않은 걸까? 고양이 스미시가 생각난다. 녀석은 바람 부는 12월의 날씨에도 난롯가에서 조는 대신 바닷가를 뛰어다닌다. 얼음장 같은 시냇물에 빠져 죽을 뻔했던 기억 때문일지도 모르겠다.

집사가 의기양양한 표정을 짓는다. 방금 한 짓은 나에게 보여 주려고 일부러 그런 것이었다. 이 집에서 누가 주인인지 똑똑히 보여 준 것이다. 하지만 나는 움찔하지 않고 그의 눈을 똑바로 바라본다. 주님께 한 맹세를 기억하며.

집사가 양동이를 내동댕이치고는 손가락 하나를 들어 보인다. 나는 이해하지 못했다는 뜻으로 고개를 젓는다. 집사는 방을 나가면서 문을 닫는다. 나는 쫓아가서 손잡이를 돌려보지만 문은 잠겨 있다. 한 손가락을 올린 것은 한 시간 후에 돌아오겠다는 뜻이었나? 나에게 겁을 주려고 그런 거라면 오히려 그 반대다. 짧은 시간을 최대한 활용해야 한다!

"미안." 내가 수어로 말한다.

무당벌레가 슬픈 표정을 지으며 주먹으로 가슴을 문지른다. 내 동작을 따라 한 것이다. 사물을 가리키고 그 이름을 수어로 가르치는 것보다 미안함을 전달하는 게 어렵다는 생각이 문득 머리를 스친다. 하지만 농인이라고 인간이 느낄 수 있는 모든 감정을 표현하는 법을 배우지 못할 이유는 없다. 나는 내 가슴을 가리키고 내 이름을 손가락으로 철자한 다음, 손바닥으로 뺨을 부드럽게 쓸어서 나를 부를 때 쓰는 수어 이름을 보여 준다.

"무당벌레." 내가 수어로 말하고 아이를 가리킨다. 아이의 표정을 보니 알아들은 것 같지 않다. 아이 이름을 알면 얼마나 좋을까. 아이는 자기 이름을 알고는 있을까?

아이가 자기 목을 움켜쥐었다가 손으로 귀를 덮는다. 나는 아이가 자기를 놀리는 것으로 받아들이지 않게 조심하면서 아이의 동작을 따라 한다. 나도 말을 못 하고 귀가 들리지 않는다고 알려 주기 위해서다. 그러자 아이가 불안한 움직임을 멈춘다. 나만큼 아이도 나를 궁금해하는 걸까?

아이가 오른쪽 발목을 바라본 다음 나를 보며 열쇠를 돌리는 시늉을 한다. 나는 빈손을 펼쳐 보인다. 그리고 주머니도 뒤집어 보여 준다. 아이가 흠칫한다. 손을 들어 올린다. 펄럭이지 않는 창백한 날개처럼 잠시 허공에 머물던 손이 갑자기 살아난다. 집게손가락을 코에 댄다. "인형"을 뜻하는 수어다. 기억하는 것이다!

나는 아래층에 두고 왔다는 뜻으로 바닥을 가리킨다. 아이가 손바닥으로 바닥을 내리친다. 얼굴을 손바닥에 기댄다. 무슨 생각을 하는 걸까? 아이가 집게손가락으로 아래를 가리킨다.

"그래." 내가 들뜬 기분으로 고개와 주먹을 같이 끄덕인다.

나는 쪼그려 앉은 채로 조심스럽게 아이에게 다가간다. 아이의 손톱이 짧게 깎인 게 보인다. 천천히 손을 올려 아이의 젖은 머리카락을 귀 뒤로 넘기고 찬찬히 아이의 얼굴을 관찰한다. 나보다 우아한 얼굴이다.

그 순간 아이의 손이 눈 깜짝할 사이에 내 목을 조르기 시작한다. 무슨 생각으로 이러는 거지? 나는 손을 올려 보지만 아이의 손을 떼어 내지 못한다. 자기한테 아무 잘못도 하지 않은 나를 대체 왜 해치려는 거지?

파이 아저씨 대장간의 용광로 속 밝고 진한 색의 불꽃들이 눈앞에 나타난다. 조지 오빠의 죽기 직전 모습도 떠오른다. 새 힘이 솟아난 나는 간신히 아이의 손에서 벗어나 닿지 않는 곳으로 물러난다.

내가 캑캑대며 일어서려는데 노리치 집사가 방으로 들어온다. 고개를 들어보니 집사가 무당벌레를 침대로 끌고 가 머리를 후려치는 모습이 보인다. 얼마나 세게 맞았는지 아이는 정신을 잃은 것 같다. 내가 진정하는 동안 집사는 고개를 돌린다. 나는 속으로 나를 공격한 아이를 위해 운다. 그리고 아래층으로 저벅저벅 내려가는 집사를 마지못해 따라간다.

집사가 콜린스 아주머니에게 쏘아 붙이듯 무언가를 지시한다. 아주머니가 얼른 가서 월터를 데리고 돌아온다. 나는 이 집에 도착한 날 이후로 월터를 본 적이 없다. 월터는 주인의 명령이 떨어지기 무섭게 잽싸게 움직인다. 학교에서 다른 학생들을 괴롭히는 아이를 따라다니며 실실 웃는 졸개처럼. 월터의 빠르게 움직이는 눈동자가 기분 나쁘다. 다행히 노라 언니가 깨끗하게 닦은 석판과 분필을 가지고 나타난다.

'셀러드 박사님 모셔온대.' 언니가 심각한 표정으로 석판에 쓴다.

나는 언니한테서 석판과 분필을 건네받는다. 장광설로 석판을 가득 채우려다가 언니의 걱정스러운 눈빛을 보고는 인내하라는 언니와 리 목사님의 당부를 떠올린다. 결국 아무것도 쓰지 않고 두 팔을 툭 떨구는 순간 긴장도 함께 풀어진다.

언니가 내 목을 살펴본다. 어느 정도 통증은 있지만 기침만 요란할 뿐이다. 엘리가 서둘러 차를 끓이러 주방으로 가고, 나는 의사가 올 때까지 로비에서 기다린다.

의사는 호탕한 사람 같다. 잔인하기보다는 사무적으로 보인다. 내가 무릎을 굽혀 인사하자 그가 내 손을 잡는다. 언니가 의사의 말을 석판에 써서 통역해 준다. 나는 예의 있게 손사래를 치며 검진을 사양한다. 찜질 약을 얻으면 좋을 것 같지만 의사를 믿지 못하겠다. 그는 무당벌레에 대해서도 별로 관심이 없어 보인다. 아이가 어쩌다 저 지경이 되었는지 궁금하지도 않나? 어쩌면 이 집에서 돈을 꽤 많이 받거나 다른 환자가 너무 많아서 바쁜 것일 수도 있다. 아니면 자신이 아이를 도와주고 있다고 믿는 것일지도. 어쨌거나 본인은 평생 단 한 번도 사나운 짐승 취급을 당한 적이 없었을 게 틀림없다.

집사가 나를 불쌍하기도 하고 징그럽기도 하다는 듯 바라보더니 언니에게 뭐라고 말하고는 의사를 위층으로 안내한다. 나는 자존심이 상한다. 언니와 나는 주방으로 간다. 나는 레몬과 꿀을 넣은 차를 홀짝홀짝 마신다. 우리는 아주머니와 이야기를 나눈다. 아주머니가 동정 어린 표정으로 내 무릎을 토닥인다. 엘리는 우리 주변을 벗어나지 않고 우리 대화를 지켜본다. 엘리는 훨씬 더 높은 신분의 아이처럼 지적 호기심이 넘쳐 보인다. 내가 이렇게 어리석지만 않았어도 엘리까지 가르칠 수 있었을 텐데.

'당분간 노리치 집사님이 아이를 볼 수 있게 허락할지 모르겠다.' 언니가 글을 써서 내게 보인다. 그 생각을 말로도 했는지 아주머니가 갑자기 충격받은 표정을 짓는다.

'아주머니가 개를 왜 다시 보고 싶어 하는지 묻네.' 언니가 나를 곁눈질하면서 쓴다. 나는 머릿속의 소용돌이를 진정시키며 생각을 정리한다. 손가락이 복잡한 생각들로 움찔거린다.

아무도 열지 못한 무당벌레의 마음을 나는 열 수 있다고 생각한 것 자체가 오만이었나? 그보다 더 큰 문제겠지만, 내가 틀렸던 걸까? 파이 선생님도 내게 불가능한 일을 기대하지 말라고 경고했다. 선생님조차도 이게 과연 해 낼 수 있는 일인지 확신하지 못했다. 나는 시작도 하기 전에 실패한 걸까?

나는 인내심 강한 선생님을 떠올린다. 선생님도 이런 의구심에 사로잡힌 적이 있었을까? 이 정도로 큰 역경에 부딪힌 적은 없었겠지. 선생님은 나에게 실망할까? 나는 이미 내게 실망했다. 에즈라 브루어 아저씨도 나름의 거친 방식으로 이런 자만에 대해 경고했다. 파이 선생님만큼 고결한 의도는 없었겠지만.

첫 학생의 마음을 얻지도 못한 내가 무슨 교사가 된단 말인가? 그 아이를 이제 와서 포기한다면 나는 과연 어떤 인간이란 말인가? 아이를 떠올려 본다. 그 짐승만도 못한 상황을……. 아이와 같은 처지에서 태어났다면 나는 뭐라도 달랐을까? 답을 마주하기가 무섭다. 무당벌레가 무섭다. 그 아이는 내 실패의 민낯이다.

나는 스스로를 다잡는다.

아니다.

아이는 한 인간이다. 내가 여기 온 첫날 노리치에게 대들며 말했듯이.

나는 한때 살아 있는 표본 취급을 당했던 내가 아이를 똑같이 대하고 있었다는 사실을 깨닫자 흠칫 놀란다. 그 점은 반드시 바꿔야 한다. 파이 선생님의 글을 다시 참고해서 새로운 계획을 짜야 한다.

'나 내일 아침 비니어드에 편지 부칠 수 있을까?' 내가 쓰고 언니가 통역한다.

"어머니가 많이 걱정하고 계시겠네요." 아주머니가 말한다. 아주머니의 둥글고 주름진 얼굴은 늘 인간을 염려하는 성인의 표정이다. "아가씨 여기 온 지 일주일이나 된 데다 소식을 전하려면 시간이 걸리니. 어머니가 딸 편지 받으면 좋아하시겠네요. 불의의 사고도 있었으니, 고향으로 돌아갈 방법도 알아봐야 하고."

'그리운 엄마를 상기시켜 주셔서 고맙습니다.' 내가 쓰고 언니가 소리 내서 읽는다. 엄마의 위로와 응원이 간절하지만, 엄마는 날 응원해 줄 것 같지 않다.

언니가 수어와 구어로 말한다. "그래. 편지 쓰면 부쳐 줄게. 네 방 책상 서랍에 필기도구 다 있을 거야."

나는 본관으로 이어지는 통로를 따라 현관으로 들어가 앞쪽 계단을 오른다. 방에 들어와서는 드레스를 벗고 속옷 위에 숄을 두르고 실내용 모자를 고쳐 쓴 다음 바로 편지를 쓰기 시작한다. 엄마에게 쓸 편지에는 무도회장과 감귤류가 자라는 온실에 관해서만 얘기할 것이다. 하지만 파이 선생님에게는 속내를 다 털어놓을 작정이다.

12장

나는 주방 일을 돕지 않은 것에 살짝 죄책감이 든다. 하지만 내 편지를 언니나 아주머니에게 주면 둘은 당연히 노리치 집사에게 부쳐 달라고 할 텐데, 집사가 내 편지를 읽지 않을 거라고 장담할 수 없다.

다른 전령을 찾아야 한다.

거울을 보니 목 양옆으로 작은 손가락 모양의 시퍼런 멍이 들었다. 셀러드 박사가 준 붕대를 목에 감는다. 오늘은 무당벌레와의 수업을 쉬고 아이의 과거에 관한 단서를 찾아볼 계획이다. 스스로 용기를 북돋우려고 파이 선생님이 써주신 3대 원칙을 수어로 읊는다.

1. 사람은 언어가 없어도 지능은 있다.

2. 네가 어디 출신인지보다 무엇을 이뤄내는지가 더 중요하다.

3. 선생은 절대 학생을 포기하지 않는다.

그다음에는 하모니 할머니의 성경책을 아무 페이지나 펼쳐 본다. 〈디도서〉 2장 7절과 8절이 눈에 들어온다.

> 범사에 네 자신이 선한 일의 본을 보이며 교훈에 부패하지 아니함과 단정함과 책망할 것이 없는 바른말을 하게 하라. 이는 대적하는 자로 하여금 부끄러워 우리를 악하다 할 것이 없게 하려 함이라.

선한 일로 본을 보인들 노리치가 부끄러워할 리가 만무하지만, 나도 똑같이 교활하고 사악해져서는 안 된다. 나는 무당벌레를 포기하지 않을 것이다. 무당벌레도 정직과 존엄을 배울 수 있다는 믿음을 놓지 않을 것이다.

나는 책상의 맨 위 서랍을 열어서 뒤쪽에 숨겨 둔 벤의 열쇠를 꺼낸다. 열쇠를 편지와 함께 주머니에 넣는다. 비밀이 많은 집안일수록 보안이 철저한 법이다. 벤이 나 때문에 난처해지면 안 된다.

복도로 나왔다가 나중에 열쇠가 다시 필요해질 것 같다는 생각이 든다. 내 충동적인 행동 때문에 벤이 노리치한테 밉보이지 않기를 빌면서 뒤돌아 방으로 돌아간다. 열쇠를 아까 숨겼던 곳에 다시 넣은 뒤, 눈을 살짝 가릴 만큼 모자를 눌러쓰고 조심스럽게 스카프를 고쳐 매고 다시 방을 나선다.

텅 빈 무도회장이 나와 내 상상력을 끌어당긴다. 건물을 빙 두른 처마 밑으로 유리문이 양쪽 끝에 보인다. 나는 들키지 않게 본관에서 더 먼 문을 조심스럽게 열고 안으로 들어간다. 이 문을 통해 손님들은 무도회장에서 빠져나가 정원에서 밀회를 즐기겠지만, 나는 지금 도둑고양이처럼 무도회장 안으로 들어가고 있다.

안은 어둡지만 벽에 줄지어 난 창문을 통해 들어오는 햇빛은 넓은 공간을 둘러보기에 충분하다. 유령들의 무도회가 열리고 있는 것 같다. 과거가 유령처럼 이곳을 가득 메우고 있다는 느낌이 든다. 나무 바닥에 발을 살금살금 디디며 내부를 둘러본다. 대리석 벽난로가 거대한 장식품처럼 한쪽 벽에 자리 잡았다. 나는 난로에 불이 활활 타고 선반은 크리스마스 장식으로 뒤덮이고 바깥의 추위로 창문에 김이 서리고 춤추는 사람들 머리 위로 샹들리에가 반짝이는 장면을 상상 속에 그린다.

나는 즉흥적으로 상상 속의 파트너와 손을 맞잡고 빙그르르 돈다. 내가 아는 춤이라고는 발을 구르는 컨트리댄스밖에 없지만, 사교 모임이 활발해지는 시기에 이곳에서 춤추는 신사 숙녀는 우아하게 미끄러지듯 춤출 것 같다. 고운 신으로 감싼 발은 마루판을 울리지 않을 것 같다. 나는 팔을 위로 뻗고 손목을 살짝 꺾으며 무릎을 굽힌다. 마치 파트너에게 함께 춤춰서 즐거웠다고 인사하듯이.

기다란 무도회장 앞쪽에는 대기실이 있다. 손님들이 홀 안으로 들어오기 전에 담소를 나누는 곳 같다. 대기실 바닥은 하얀 천으로 덮였다. 천을 발로 살살 벗겨 보니 희귀한 카펫이 드러난다. 찬란하고 이국적인 밝은 파랑과 진한 노랑, 꿈에서도 본 적 없는 묵직하고 풍성한 분홍이 어우러진 카펫이다. 카펫을 장식한 새 문양은 따뜻한 기후의 머나먼 땅을 떠올리게 한다.

벽에 걸린 초상화에 눈길이 끌린 나는 그 앞으로 다가간다. 이제 막 어른이 된 여인의 초상화다. 가녀린 몸에 창백한 얼굴, 반짝이는 파란 눈과 새까만 머리카락이 인상적이다. 어딘지 모르게 낯이 익다.

단서를 찾으려고 여인의 얼굴을 유심히 살피던 나는 누군지 알아보고는 화들짝 놀란다. 무당벌레다! 아니, 한 10년쯤 지나면 무당벌레가 딱 이렇게 생길 듯하다. 눈매는 다르지만 둥그스름한 얼굴과 홍조를 띤 볼, 앙증맞은 턱, 비단결의 까만 머리카락은 영락없는 내 학생이다. 이 여인이 아이의 엄마인가 보다. 어떤 사람이었을까? 여기 이 무도회장에서 사교계에 입문했을까? 더 중요하게는, 무당벌레한테는 어떤 사람이었을까? 정신이 나간 사람처럼 보이지 않는다. 어쩌면 가문에서 모녀를 강제로 갈라놓고 따로 감금하는 것인지도 모른다. 3층 방에서 처참하게 살아가는 무당벌레는 자기 엄마를 기억이나 할까?

등골이 오싹해진다. 이곳의 유령이 너무 현실처럼, 갑자기 악의가 있는 것처럼 느껴진다. 나는 정원 쪽으로 허겁지겁 나간다. 바깥공기가 나를 반긴다.

조용히 무도회장 문을 닫던 나는 얼어붙고 만다. 불과 몇 걸음 떨어진 곳에서 엘리가 우아하게 뱅글뱅글 돌고 있다. 손에는 방금 저택 뒤쪽에서 비운 것 같은 오물통을 들고 있다. 혹시 무도회장에서 빠져나오는 나를 본 걸까? 어깨를 으쓱하고 웃는 것 외에 달리 방법이 없다. 나는 엘리가 의심할 틈이 없도록 과장된 몸짓으로 무릎을 굽히며 화려한 인사를 보낸다. 미간이 넓고 순하게 생긴 엘리의 눈과 내 눈이 마주친다. 엘리는 내가 무도회장을 기웃거리는 걸 봤더라도 비밀을 지켜 줄 것이다. 또래보다 훨씬 더 많은 꿈을 품은 채 살아가는 우리는 서로 마주 보며 키득거리다가 엘리가 누군가 부르는 소리를 들었는지 아쉬운 표정으로 서둘러 집 안으로 들어간다.

나는 현관에서 잔디밭으로 나가 본관의 동쪽으로 걸어간다.

조각상처럼 다듬어 모양을 낸 관목과 시들지 않은 꽃나무가 눈앞에 펼쳐진다. 나는 단단하게 다져진 흙과 자갈이 깔린 길을 밟으며 정원을 가로지른다. 만물이 활짝 피어나는 봄이 아닌데도 정원은 질서정연한 아름다움을 뽐내고 있다. 나는 모든 것을 만져 보고 싶다. 거칠고 매끄럽고 심지어 뾰족뾰족한 모든 식물의 질감을 느껴 보고 싶다. 긴장할 때마다 자연으로 끌리듯 나가는 나다. 하지만 지금은 자연이 주는 위안에 몸을 맡기기에는 너무 많은 것이 걸려 있다.

나는 마구간으로 향하는 스티븐을 지나친다. 그가 손을 들어 인사한다. 길쭉한 코와 큼직한 이가 순한 말을 닮았다. 베일에서 일어나는 사악한 음모와는 전혀 관련이 없을 것 같다.

더 걷다 보니 벤의 넓은 등이 보인다. 그는 배수로가 에워싼 울타리 안쪽 땅을 살펴보는 중이다. 나는 옆에 있는 둑으로 올라가 울타리 안에 무엇이 있는지 내려다본다. 안에는 사슴이 모여서 평화롭게 도토리를 먹고 있다. 나는 더 많은 사슴이 울타리를 뛰어넘어 안으로 들어가 요리 재료가 되지 않기를 기도한다. 이곳에 인디언 부족만 살던 시절에는 사슴도 더 많았을 것이다. 단 하나의 정착민 가문을 위한 저택이 지어지기 전에는 이 땅에 어떤 인디언 부족이 살았을지 궁금해진다. 그 부족은 아퀴나의 왐파노아그족처럼 지금도 이 지역에서 살까?

벤이 머리 위로 팔을 흔들어 내 주의를 끈다. 나는 왼쪽 별관 뒤로 가는 길로 접어든 벤을 따라간다. 우리는 나무가 다 잘린 공터에 멈춘다. 그루터기들이 등받이 없는 낮은 의자처럼 여기저기 흩어져 있다. 벤은 땅을 살피지만 몸을 숙이는 게 불편해 보인다. 버섯을 찾는 것 같다. 나는 아빠한테 독버섯과 식용버섯을 구별하는 법을 배웠다. 덕분에 참나무 밑동에 붙은 느타리버섯을 찾아낸다. 내가 수어로 "따다"라고 말하자 벤이 열 손가락을 펴 보인다. 나는 버섯을 따서 모은다.

우리는 서쪽에서 온실로 들어간다. 여름처럼 습하고 진기한 궁전인 줄 알았던 이곳은 더 큰 구조물의 일부다. 안은 이색적인 과일나무와 식물로 가득하다. 나는 미로 속을 걷는 벤을 따라간다. 벤은 걷다가 중간중간 나뭇가지를 잡아당겨 신기한 열매를 나에게 보여 주기도 한다. 그러다 무화과를 따서 내게 윙크하며 건넨다.

마침내 벤이 앉아서 의족을 벗는다. 힘을 쓰느라 얼굴이 벌게진다. 다리를 절단한 곳을 문지른다.

나는 버섯을 빈 그릇에 담은 뒤 외투를 벗어 주머니를 뒤진다. 주머니에서 꺼낸 게 열쇠가 아니라 편지인데도 짜증을 내지 않는 벤을 보며 안도한다.

나는 그를 가리켜서 "당신"이라는 수어를 보여 준다. 그리고 편지가 날개를 달고 손에서 손으로 전해지는 수어로 "보내다"라고 말한다.

벤이 턱으로 본관 쪽을 가리킨다. 나는 고개를 저으며 검지를 입술에 댄다. 그는 내 비밀을 지켜 줄까?

벤은 한쪽 귀를 긁으면서 곰곰이 생각하더니 큰 손을 내민다. 나는 편지를 내 가슴에 꾹 댔다가 벤에게 건넨다.

벤이 목은 괜찮냐는 뜻으로 자기 목을 만진다. 무당벌레한테 공격당했다는 소식이 벌써 퍼졌나 보다. 나는 많이 다치지 않았다는 뜻으로 가볍게 고개를 젓는다. 벤이 팔짱을 끼고 실눈을 뜬 채 잠시 나를 바라본다. 그러다가 고개를 끄덕이며 환하게 웃는다. 우리 둘은 알고 있다. 태어날 때부터든 사고로든 전쟁으로든, 신체적 제약이 있으면 아쉬운 대로 적응하며 살아야 한다는 것을.

나는 저택을 가리킨 다음 수어로 "오래"라고 말한다. 아이가 얼마나 오랫동안 저 방에 갇혀 살았는지를 묻는 것이다.

벤이 고개를 젓는다.

나는 아이의 짐승 같은 행동을 흉내 낸다. 아이를 배신하는 것처럼 느껴지지만. 그다음에는 화분에 담긴 흙을 탁자에 쏟고 손바닥으로 평평하게 편다. 노라 언니가 추정한 무당벌레의 나이인 여덟 살을 흙에 여덟 개의 작대기를 그어 표시한다. 그리고 무언가 묻는 표정을 지으며 벤을 바라본다.

벤이 혼란스러운 표정을 짓자 나는 내 가슴을 톡톡 친 다음 흙에 작대기 열네 개를 긋는다. 벤의 눈이 반짝인다. 그는 여덟 개의 작대기에 밑줄을 긋는다. 나는 미소를 지으며 흙을 다시 고르게 편다. 그리고 양손의 검지로 땅을 가리켜 "여기", 즉 이곳이라고 수어로 말한다. 벤이 질문을 이해하고 흙에 작대기 두 개를 긋는다.

무당벌레는 베일에서 2년을 보냈다. 그러니까 코드곶에서 여섯 살 때 이곳으로 온 것이다. 여기서 지내기 시작할 무렵 무슨 일이 있었던 걸까? 아이는 에즈라 브루어 아저씨의 표현을 빌리자면 '태어날 때부터 기대와 달리 정상이 아니라서' 버려졌다는 게 내 추론이다. 그렇다면 왜 태어나서 6년이 지난 후에야 버려졌을까? 노라 언니가 말한 추문은 뭘까? 무당벌레의 친부는 누구이며 어디에 있을까?

벤이 무화과를 반으로 가른다. 나는 보라색 껍질 속의 빨간 과육을 빨아 먹으면서 빛깔과 맛에 감탄한다. 무화과는 산딸기류 열매에 꿀을 가득 넣은 맛이다. 먹는 동안 과즙이 턱을 타고 흐른다. 나는 남은 반쪽을 손수건에 싸서 주머니에 넣는다. 오후 차와 간식을 먹을 때까지 이 정도 영양 보충으로 충분하다.

벤이 어금니를 꽉 물고 유리창 너머 어딘가를 뚫어지게 바라본다. 정원을 서성이는 노리치 집사가 눈에 띈다. 저번에 만나던 사내는 보이지 않는다. 그 사내가 이곳을 찾는 목적은 뭘까? 두 사람을 보면 왠지는 모르겠지만 불쾌한 기분이 든다.

13장

무당벌레의 과거가 궁금해서 머릿속이 복잡해진 나는 벤에게 작별을 고하고는 의지를 불태우며 저택으로 향한다. 내일까지는 참기로 했지만 내 학생이 잘 있는지 지금 꼭 확인해야겠다는 생각이 든다. 안정제 때문에 잠든 모습밖에 못 보더라도. 나는 로비를 가로질러 앞쪽 계단을 통해 내 방으로 올라간다. 치마 차림으로 낼 수 있는 최대한의 속도로 움직인다. 다행히 내 방 뒷문은 열려 있고 모든 하인은 집 안 다른 곳에서 일하는 중이다.

무당벌레의 방으로 들어가 보니 아이는 발목을 꼬고 무릎을 세운 자세로 바닥에 앉아 무릎에 턱을 괸 채 몸을 흔들고 있다. 그 어떤 의사의 처치로도 오래 재우지 못할 만큼 결기 있는 아이 같다.

"아이야, 넌 누구니?" 내가 수어로 묻는다. 나는 두려움에 떨면서도 아이에게 매료되고 있다.

오늘은 아이의 손이 닿지 않는 거리에 조용히 앉아서 아이가 나를 의식하는지, 어떤 행동을 하는지 관찰만 할 생각이다. 아이는 나를 본체만체한다. 눈을 감고 자기 얼굴을 손가락으로 더듬는다. 아이는 자기 얼굴을 본 지 얼마나 오래되었을까? 아이는 발목에 채워진 사슬을 풀어 보려고 비틀다가 바닥에 고정된 침대 다리를 잡아당긴다. 자유를 향한 아이의 의지가 꺾이지 않아서 다행이다. 그 점에서는 아이와 내가 닮았다.

무당벌레의 방은 더럽지만 바닥만은 꼼꼼히 비질한 것처럼 보인다. 이 점이 이상하다. 방금 본 무언가가 어렴풋이 연상되는데 정확히 무엇인지 모르겠다. 어쨌든 수수께끼 같은 메아리에 둘러싸인 기분이다.

나는 주머니에서 손수건에 싼 무화과를 꺼낸다. 과즙이 손수건을 빨갛게 물들였다. 무당벌레의 왼쪽 눈 밑에 생긴 상처처럼. 이런 죄악을 계속 저지르는 노리치는 죽어서도 절대 천국문을 통과해서는 안 된다! 아이가 숨을 들이마시더니 얼굴에 희미한 미소가 번진다. 나를 향해 손을 내민다. 혹시 함정인가?

아이는 뼈와 가죽만 남았을 정도로 말랐다. 먹이는 거라곤 묽은 죽밖에 없으니 그럴 만도 하다. 그 죽도 그릇에 담아 숟가락도 없이 아이 앞에 놓는 게 전부니, 여물통과 진배없다. 그런 아이한테 어떻게 과일을 주지 않고 배기랴? 내가 또 맞아 기절하는 한이 있어도.

앉은 상태로 엉덩이를 끌어 조금씩 아이에게 다가간다. 어릴 때부터 나는 팔 힘보다는 다리 힘이 더 셌다. 혹시 아이가 또 나를 덮치면 발길질로 벗어날 수 있을 것이다. 나는 오른손을 펴서 무화과를 손바닥에 올려놓고 아이에게 내민다. 아이는 무화과를 가져간다. 인형을 처음 봤을 때처럼 입에 쑤셔 넣지 않는다. 양손을 오목하게 해서 무화과를 올려놓고 코 가까이 가져갔다가 입술에 댄다. 아이가 이렇게 부드럽게 움직이는 것도 가능할 줄 알았다. 내 착각일 수 있겠지만 무화과 향기가 어떤 추억을 떠올리게 한 것 같다. 아이의 어두웠던 표정이 달라진다. 심지어 생기가 돈다. 무당벌레는 과일을 음미하면서 천천히 다 먹고는 손가락을 핥는다. 그리고 더 달라고 손을 내민다.

나는 먹을 것을 더 가져오지 못한 자신을 질책한다. 뭐가 더 없을까? 주머니를 뒤져 보니 오늘 아침 글을 쓰려다 잘 안 돼서 구겨 버렸던 종이가 나온다. 나는 종이를 더 구겨서 공 모양으로 만들고는 “공”이라고 수어로 말한다. 종이공을 허공으로 던져 올렸다가 받기를 두 번 반복한다. 무당벌레는 가만히 지켜본다. 아이에게 공을 던지면 위협으로 느낄까 봐 그러지는 못하겠다. 대신 공을 아이 쪽으로 굴려서 보낸다. 아이가 공을 집어 들어 살펴본다. 그리고 나에게 던진다. 나는 아이의 반응에 불만은 없다. 지금으로서는 우리가 나눌 수 있는 유일한 교감이다.

나는 공을 굴리고 아이는 던진다. 아이가 공을 자기 머리에 올려놓는다. 나보다 먼저 아이가 동작을 변형한 것이다! 공이 머리에서 굴러떨어지자, 이번에는 때 묻은 발로 공을 찬다. 나는 지금 바보처럼 좋아서 벙긋거리고 있을 게 분명하다. 내 임기응변이 통했으니까!

우리는 눈이 마주치자 한참 서로 응시한다. 내가 얼마나 편하게 유년을 보냈는지 떠올리자 순간 죄책감이 든다. 우리 마을에서는 모두가 수어를 하고 어딜 가나 농인을 볼 수 있다. 나 같은 아이를 창피하다고 버리거나 가두는 게 아니라 다른 아이들과 똑같이 가르치고 평등하게 대하는 것이 너무나 당연했다. 나는 그런 세상에서 자랐다. 하지만 무당벌레의 세상에서는 내가 예외고 무당벌레가 처한 신세가 당연하다. 무당벌레도 언젠가는 나처럼 자랄 수 있을까? 그 외의 다른 결말을 내가 용납할 수 있을까?

아이가 내 목처럼 자기 목에 붕대를 감는 시늉을 하면서 얼굴을 찌푸린다. 미안하다는 뜻일까? 무당벌레가 당한 학대를 생각하면 아이가 고분고분하길 기대하는 게 오히려 더 이상하다. 그렇다고 아이를 믿지는 못하겠다.

나는 어깨를 톡톡 치는 손길을 느끼고 화들짝 놀란다. 노라 언니다. 나를 데리러 온 것 같다. 무당벌레를 봐야겠다는 급한 마음에 방으로 들어오면서 문을 잠그지 않았나 보다. 어차피 문을 잠그는 것은 의미가 없지 않나? 더 머무르고 싶지만, 언니를 따라 나가기로 한다. 지금까지 이룬 진전을 망치고 싶지 않아서다.

"돌아올게." 나는 언니가 문을 닫기 전에 무당벌레에게 수어로 약속한다. 언니가 열쇠 구멍을 가리키며 어깨를 으쓱한다. 나는 고개를 젓는다. 언니한테 한 첫 거짓말이다.

우리는 주방으로 들어가기 전 계단실에 잠깐 멈춰 선다. 석판과 분필이 없어서 언니는 잊어버린 수어 단어는 손가락으로 철자하며 나에게 말한다.

"좀 어때?" 언니가 내 목을 가리킨다.

"난 손으로 말하니 다행이지 뭐." 내가 농담조로 대답한다.

"그럼 떠날 생각 없는 거야?"

"적어도 아직은 없어." 내가 수어로 대답한다.

"널 여기로 부른 게 잘한 건지 모르겠다."

내가 안심하라는 뜻으로 언니의 손을 꼭 잡는다.

주방에 들어서자 콜린스 아주머니가 우리를 반긴다. "아가씨 왔어요?" 언니가 통역하기 위해 아주머니가 들고 있던 석판을 건네받는다. "한밤중에 떠난 줄 알고 걱정했어요. 아이한테 목을 졸렸으니 당장 떠난다 해도 아가씨를 원망할 사람은 없지만."

내가 수어로 대답한다. "죄송해요. 아침부터 신선한 공기가 마시고 싶었어요. 벤이 버섯 따는 걸 돕다 왔어요."

언니가 아주머니의 대답을 석판에 받아쓴다. '그럼 괜찮은 거죠? 빨래하는 것 좀 도와줄래요? 빨래가 엄청나게 쌓였어요. 오늘은 아이를 보지 못할 거예요. 안정제를 잔뜩 줘서.'

나는 미소를 숨긴 채 고개를 끄덕인다. 언니가 내 비밀을 누설하지 않길 빌면서. 무당벌레는 그리 쉽게 진압될 아이가 아니다. 이제 아무도 나를 막을 수 없다.

언니가 나에게 윙크하고는 구어로 말하면서 쓴다. "메리가 입을 만한 옷을 찾아볼게요. 더러워지고 젖어도 되는 옷으로."

아주머니가 벽장이 있는 쪽으로 손을 흔들며 뭐라고 말하지만 언니는 통역하지 않는다. 언니가 벽장에서 내게 맞는 옷을 꺼내더니 방에서 갈아입으라고 손짓한다.

언니한테 받은 옷은 자루처럼 거칠다. 나는 옷을 양손으로 쓰다듬으면서 하이타이드 여관에서 허드렛일할 때 입었던 더

럽고 허름한 옷을 떠올린다. 등골이 오싹해진다.

나는 거울을 보며 멍든 목을 만지다가 생각에 잠긴다. 무당벌레는 자꾸 자기 목을 움켜쥔다. 나에게 덤벼들 때도 내 목을 졸랐다. 혹시 어떤 목적을 가지고 일부러 그런 걸까? 아이가 말없이 전하려던 메시지는 무엇이었을까?

순간 거울 속 내 얼굴과 아이의 얼굴이 겹쳐 보인다. 나는 환영을 없애려고 눈을 비빈다. 거울에 안개가 피어오른다. 나는 놀라서 헉 하고 숨을 들이마시다가 내 입김 때문인 걸 깨닫는다. 아무래도 이 집이 나를 이상하게 만드는 것 같다.

14장

내 자신감은 섣불렀다. 나는 무자비하게 손발이 묶여 버렸다. 무당벌레에게 돌아가려고 할 때마다 노리치 집사가 내 앞을 가로막는 통에 급하게 방향을 바꿔 다른 곳으로 가는 척해야 했다. 무당벌레를 본 지 일주일이나 지났다.

노리치도 분명 내가 진실에 점점 가까워지고 있다고 의심하는 것 같다. 그가 내 일거수일투족을 감시한다는 걸 눈치챈 지 오래다. 그는 마치 내 행동으로 장부를 쓰는 것 같다. 그가 숨어서 나를 볼 때조차 그의 눈이 음지에서 활약하는 염탐꾼처럼 나를 쫓고 있는 게 느껴진다. 그의 눈을 피하려면 나도 더 약삭빠르게 움직여야 한다.

하루하루가 끈적끈적한 당밀처럼 느리게 흐른다. 내 셈으로는 이 집에 온 지 열흘쯤 된 것 같다. 나는 로비의 부채꼴 창문

아래 서서 해의 입맞춤에 얼굴을 내민다. 아주 짧은 순간이지만 해변이 눈앞에 펼쳐진다. 하지만 파도의 거품 대신 풀 먹인 침대보 냄새가 난다. 바다의 광활함과 위로에 비하면 베일의 널찍한 공간들은 왠지 모르게 공허하게 느껴진다.

나에게 이 집의 심장은 다락방에 갇힌 내 영혼의 쌍둥이다.

나는 초조한 마음으로 방으로 돌아가 책상 앞에 앉는다. 파이 선생님이 써 준 글을 참고하면서 내가 아는 것을 목록으로 정리한다.

1. 아이는 여덟 살이다. 이곳에 갇혀 지낸 지는 2년쯤 된 듯하다.
2. 아이는 인식할 수 있는 언어가 없는 듯하다(적어도 내가 보기에는). 내 수어를 금방 따라 하지만 뜻을 파악하는 데는 오래 걸린다. 이해할 수가 없다. 소통할 방법을 보여 주고 있는데 아이는 자기만의 목적이 따로 있는 것 같다.
3. 아이의 엄마가 이 저택에서 태어나고 자랐다고 들었다. 한때는 부유한 집안에서 귀여움받으며 살았을 것이다. 그러다가 가난한 코드곶 출신 농부와 결혼하면서 가문을 배신한 것으로 알려졌다.
4. 모종의 추문이 있었다. 아이의 엄마는 현재 정신병원에 있다는 소문도 있다.
5. 주인 가족은 아이만 이곳에 두고 하인들에게 맡겼다. 베일의 호화스러움이 무색하게 아이는 불결하고 누추한 환경에 방치되고 있다는 것을 그들

은 알까? 그들이 없을 때 아이가 어떤 대우를 받는지 알고 있을까? 노리치는 잔인한 사람일까? 아니면 가족의 비밀을 지키려는 걸까? 주인 가족은 아이를 가르치려는 나에 대해서는 어떻게 생각할까?

지금까지 얻은 정보와 생긴 의문을 다 쏟아 낸 나는 목록을 종이 받침 밑에 숨긴다. 요즘은 잠이 너무 많아져서 엘리가 식사를 방으로 가져다줄 때가 많다. 내 방의 문은 잠겨 있지 않지만, 내 움직임은 무당벌레만큼이나 제약이 많다. 나는 이제 있으나 마나 한 존재가 된 걸까?

노리치 집사가 노리는 게 바로 그것이라는 생각이 갑자기 든다. 노리치는 내가 그렇게 생각하길 바라고, 나는 그의 함정에 빠진 것이다! 그는 애초에 내가 가정교사로 성공하길 원하지 않았다. 그래서 무당벌레와 함께 이룬 성과의 흐름을 끊어 버린 것이다. 하지만 퍼즐 조각은 그대로다. 나는 그 조각들을 모으고 어떤 조각이 빠졌는지 알아낼 수 있을까?

일단 이 우울함을 벗어던져야 한다. 나는 드레스의 단추를 채우고 머리를 정돈한 다음, 이 암울한 곳에서 나라도 생기 있어 보이려고 내 볼을 꼬집어 붉게 만든다. 그리고 주방으로 향한다. 집안일을 해서라도 고집스럽게 내 존재감을 다시 각인시켜야 한다. 엘리가 나를 보자 손으로 입을 가리지 않고 웃는다.

나는 엘리에게 보일락 말락 하게 윙크를 보낸다.

콜린스 아주머니가 나를 가리키며 수어로 말하는 모습을 상상해 본다. "메리 아가씨, 지금은 기대하던 가정교사가 못 됐으니 주방 난롯불이나 좀 지펴 줄래요?" 아주머니가 난로를 가리킨다. 나는 앞치마를 두르고 아주머니의 분부대로 한다. 타다 남은 숯에 다시 불이 붙어 타닥타닥 타자 내 영혼에도 다시 불이 붙는다. 굴뚝으로 훅 들어온 바람이 나를 책망하는 것 같다. "시간 낭비하지 마!"

나는 몸을 홱 돌리다가 노리치 집사와 부딪힐 뻔한다. 집사가 들고 있던 찻잔이 흔들리고 집사는 나를 한심하다는 듯 째려본다.

집사가 난롯가에서 차를 마시려고 응접실로 간다. 하인들이 쓰는 뒤쪽 계단이 며칠 만에 처음으로 그의 감시망에서 빠진 것이다! 나는 그가 왜 경계를 늦췄는지 따지기보다는 재빨리 앞치마를 풀고 노라 언니에게 무당벌레의 방에 들여보내 달라고 한다.

언니가 수어로 알려 준다. "애가 난폭하게 굴지 않을 때는 방문을 잠그지 않아."

지금껏 왜 아무도 이 사실을 말해 주지 않은 거지? 나는 의아해하며 계단을 두 개씩 뛰어 올라간다.

3층 방의 썩은 냄새는 여전하다. 하지만 파이 선생님이 적어 준 글에서는 주변 환경과 상관없이 수업은 최대한 정상적으로 진행하라고 했다.

창문으로 희미한 회색빛이 방을 비춘다. 무당벌레는 그늘진 구석에 몸을 숨기고 내 움직임을 예의 주시하고 있다. 우리가 마지막으로 본 이후 아이는 어떻게 시간을 보냈을까? 종이공을 다시 만들어서 혼자 공놀이를 했을까? 자기 가족처럼 나도 자기를 버렸다고 생각했을까? 앤드루 노블에게 납치되어 그의 스쿠너 선실에 갇혀 있는 동안, 나는 곡물 낱알로 날짜를 세며 지냈다. 내 학생은 시간의 흐름을 알기는 할까?

책걸상이 없으니 나는 바닥에 앉아 천천히 엉덩이를 밀며 아이가 있는 쪽으로 다가간다. 혹시라도 아이가 공격하면 발길질로 자신을 방어하기 위해서다. 하지만 우리의 마지막 접촉 때 생긴 호기심 때문에라도 아이가 나에게 다가올 거라고 나는 확신한다. 내가 가르치려는 것을 얼마나 이해하고 배웠는지는 모르겠지만, 나는 적어도 아이의 고립과 고독을 깨 주는 존재쯤은 될 것이다. 낙관적으로 평가하자면 우리는 드디어 소녀 대 소녀로 서로를 마주하고 있는 것 같다.

무당벌레가 조금씩 몸을 움직여 내가 볼 수 있는 곳까지 다가온다. 아이도 나처럼 바닥에 엉덩이를 대고 앉는다. 무릎을 세워 가슴 가까이 대고 오른손 손바닥에 뺨을 기대고 있다. 아이의 깨끗한 옷은 노라 언니 덕분인 것 같다. 짙은 머리카락은 턱을 조금 넘는 길이로 자른 상태다. 금가루를 뿌린 듯한 갈색 눈이 이제는 잘 보인다. 나는 아이의 눈을 들여다보면서 내 왐파노아그족 친구 샐리를 떠올린다. 아이의 눈은 조금 전까지 울고 있었던 것처럼 촉촉하다.

나는 내 이름을 손가락으로 철자한다. 아이는 내 손동작을 따라 한다. 몇 번 해 본 동작이라 그런지 편안해 보인다. 나는 주위에 있는 몇 안 되는 사물을 가리키며 수어를 보여 준다. "창문", "드레스", "침대", "소녀". 감정을 뜻하는 수어도 덧붙인다. "무섭다" 그리고 "배고프다".

이해할 수 없는 수어를 반복하는 것에 금방 흥미를 잃은 아이는 창문으로 들어오는 햇빛을 바라본다. 종이공으로 공놀이하면서 이뤘던 진전은 원점으로 돌아간 것 같다. 나는 아이를 못 보게 한다고 이렇게 오랫동안 아이를 만나려는 노력을 멈췄던 자신을 속으로 책망한다.

나는 보스턴에 도착한 날 해변에서 주웠던 까만 돌멩이를 주머니에서 꺼낸다. 손바닥을 펼쳐 돌을 올려놓고 아이에게 손을 뻗는다. 아이가 돌멩이를 잡더니 한 손가락으로 돌 표면의 하얀 무늬를 매만진다.

나는 다시 수어를 가르친다. "돌. 십자가."

아이가 빠른 손놀림으로 돌멩이를 손바닥 위에 굴리다가 손가락 끝에 묻은 냄새를 맡는다. 익숙한 냄새를 맡았나? 어떤 냄새일까? 다시 주머니에 손을 넣는데 흙 같은 가루가 만져진다. 아빠와 작별할 때 포옹하면서 아빠의 주머니에서 꺼냈던 담배다. 나는 감정이 북받쳐 오른다. 아이의 아빠도 담배를 피웠던 걸까? 내가 아빠를 그리워하듯 아이도 자기 아빠가 보고 싶은가?

조금은 기이한 순간이지만, 나는 우리가 똑같은 추억을 공유하는 기분이 든다.

걱정스러운 듯 나를 뚫어지게 보는 무당벌레의 눈빛에 나는 정신을 차린다. 어깨를 펴고 정신을 가다듬는다. 다른 쪽 주머니에 손을 넣어 인형을 꺼내서 연기하듯 우리 둘 사이에 인형을 놓는다. 인형은 빳빳한 치마 덕분에 붙잡지 않아도 넘어지지 않는다. 나는 인형을 과장된 동작으로 움직인다. 걷게도 하고 무당벌레가 감금된 상태에서도 지켜봤을 법한 집안일을 하게 한다.

그러다가 아이를 올려다보니 아이는 미간을 잔뜩 찌푸리고 있다. 나는 인형을 다시 바닥에 눕혀 아이 쪽으로 툭 밀어 놓고 기다린다. 아이가 인형을 향해 손을 뻗자 나는 심장이 뛴다. 아이가 인형을 세우더니 흐느적거리는 인형의 팔을 잡고 뱅글뱅글 돌고 뛰어오르게 한다.

처음에는 아이가 무엇을 하는 건지 이해하지 못한다. 하지만 아이가 같은 동작을 반복하는 것을 지켜보다가 규칙을 알아본다. 춤! 무당벌레는 인형을 춤추게 하는 것이다! 왜 이런 행동을 하는 거지?

아이가 또 예상하지 못한 행동을 한다. 나를 가리킨 다음 창문을 가리킨다. 나는 아이가 하려는 말을 이해하지 못하고 고개를 젓는다. 아이가 더 단호하게 같은 동작을 반복한다. 세 번째 반복할 때는 손바닥으로 바닥을 내리친다. 짜증을 내는 것 같다. 나는 아이가 또 흥미를 잃을까 봐 얼른 일어나서 창문으로 간다. 사슬에 묶여 있긴 하지만 아이는 여기서 정원과 별관이 다 내려다보였던 것이다. 안개가 시야를 가리고 있지만 자세히 보니 한쪽으로 벤의 온실과 다른 쪽으로 무도회장이 희미하게 보인다. 무도회장!

나는 놀라서 휘둥그레진 눈으로 뒤돌아 아이를 바라본다. 내가 무도회장에서 춤추는 것을 아이가 본 걸까? 어디까지 봤을까? 아이가 이 집에 있는 동안 무도회가 열린 적이 있었을까? 어쩌면 무도회에 참석한 손님들을 지켜보며 그들과 함께하는 자기 모습을 상상했을지도 모른다. 혹시 바깥 풍경이나 하인들에 대해 이야기를 지어냈을까? 내가 그 나이 때 그랬던 것처럼?

이때부터 아이를 보는 내 눈은 완전히 달라진다. 아이를 이렇게 초라하고 비참하고 힘없는 존재로 만든 것은 자연의 섭리도 어떤 외부 세력도 아닌, 아이를 양육하고 보살필 의무가 있는 사람들이었다. 어떻게 아이를 깨진 도자기를 찬장 뒤쪽 구석에 처박아 두듯이 세상으로부터 떼어 내 가둬 놓을 수가 있단 말인가?

나는 쭈뼛대며 일어나서 한 바퀴 빙 돌아 보인다. 최대한 우아하게, 아이에게 격려의 미소를 보내며. 아이는 입술을 깨물며 앙상한 가슴에 턱이 닿을 만큼 고개를 숙인다. 또 흥미를 잃은 건가? 무도회장에서 본 초상화가 생각나서 아이의 손에서 살살 인형을 뺀다. 인형의 팔을 아이를 안듯 둥글게 만들고는 앞뒤로 흔들어 보인다. 아이의 짙은 눈동자를 보니 이해하지 못하는 듯하다. 그래서 동작을 바꿔 인형을 안고 아기처럼 둥개둥개 어른다.

아이가 인형을 내게서 확 빼앗아 맞은편 벽에 부딪힐 정도로 세게 던진다. 나는 소스라치게 놀랐다가 아이가 소리를 내는 것처럼 보이자 걱정스럽게 바라본다. 아이는 목을 까딱거리고 입술을 움직인다. 바닥을 두 손으로 힘껏 내리치는 모습이 마치 자기가 화가 났음을 일부러 나에게 보여 주려는 것 같다. 인형을 어른 게 실수였다.

나는 용기를 내서 무당벌레의 머리를 쓰다듬으려다가 아이가 홱 피하자 손을 거둔다. 이렇게 흥분했을 때는 애정 표현을 못 견디거나 무서워하는 게 아닌가 싶다. 어쨌든 오늘은 아이의 인내심이 여기까지인 것 같다. 나는 일어나서 손가락을 입술에 대고 제발 조용히 해달라고 무당벌레에게 애원하며 뒷문을 통해 방에서 빠져나간다. 내가 잠깐만 떠나는 것임을, 무엇보다 내가 자기편임을 아이가 알길 빈다.

아이에게 집과 정원을 둘러보게 한다면 또 무엇을 나에게 알려 줄 수 있을까? 아이가 이미 아는 것 중 또 무엇을 내가 알아낼 수 있을까? 결박을 풀어 준다면, 아이는 도망갈까?

15장

방으로 돌아와 보니 책상에 편지 두 통이 놓여 있다. 봉투를 등불에 비추니 열었다가 다시 봉한 흔적이 보인다. 나를 염탐하려고 노리치 집사가 수단과 방법을 가리지 않는 모양이다. 그래도 고향에서 온 소식에 나는 잠시 걱정을 내려놓는다. 엄마의 편지를 먼저 읽는다.

사랑하는 내 딸 메리에게

네 편지가 얼마나 반가웠는지 몰라. 엄마 아빠는 매일 매 순간 너를 그리워한단다.

리 목사님이 네가 무사히 도착했다고 전해 주셨어. 네 친구 오닐 양과 가정부 콜린스 아주머니가 널 잘 보살펴 준다니 다행이구나. 네 말대로 저택은 웅장하고 신기한 곳 같네. 무도회장이라니, 상상만으로도 근사하다.

아이가 그렇게나 홀대받는다니 끔찍하구나. 네가 잘 가르쳐서 아이가 자신을 가뒀던 사람들에게 인정받고 주님께는 축복받는 어엿한 어린 숙녀가 되길 기도할게.

옐로레그는 자꾸 밖으로 나가겠다고 고집을 부려. 어쩌면 너를 찾는 걸지도 모르겠네. 믿기 어렵겠지만 핀이 옐로레그한테 푹 빠졌단다. 다른 형제들이 고양이를 놀리거나 꼬리를 잡아당기지 못하게 보호하더라.

네 편지를 이웃들에게도 보여 줄게. 에즈라 브루어는 아파서 몸져누웠는데도 우리의 도움을 거부하고 있단다. 네가 트렁크를 빌려준 힐먼네에 고마워하고 있다니 역시 우리 딸은 속이 깊구나. 세라의 잘난 척은 나도 싫지만, 필요하다는 겨울용 속옷은 준비해서 부쳤다. 몇 주 안에 도착할 거야. 크리스마스에는 우리를 보러 오면 좋겠네. 그때쯤이면 본토 생활이 너에게 맞는지 너도 판단이 서겠지.

사랑하는 엄마가

아, 엄마! 엄마의 글씨 몇 자와 잉크 묻은 고양이 발자국 하나만으로도 나는 아늑하고 안전한 우리 집으로 돌아간 기분이 든다. 하지만 엄마의 은근한 비난조도 무시할 수 없다. 솔직히 내가 있어야 할 곳이 어디인가에 대한 내 마음은 고향을 떠나올 때와 똑같이 혼란스럽다.

이런 생각을 뒤로한 채 나는 파이 선생님의 편지를 펼쳐 든다.

안녕, 메리!

네 편지를 읽어 보니 교사의 세계에 제대로 뛰어든 것 같구나. 교사 초년생으로 바로 성공하지 못했다고 좌절할 필요는 없단다. 처음에는 누구나 실수투성이지. 게다가 네가 맡은 아이는 정말 힘든 상황에 놓여 있고.

내가 읽은 문헌에는 누군가에게 길들지 않고 언어 없이 자란 아이도 기회만 주어진다면 놀라운 속도로 배울 수 있다더구나. 네가 자세히 묘사한 아이와의 상호작용에서는 그런 과정이 아직 시작되지 않은 것 같지만. 아이는 지금 자기 욕구를 손짓과 몸짓으로 표현하는 게 언어를 배우는 것보다 더 급한 상태가 아닐까.

순전히 직감으로 하는 추측이지만, 네가 뛰어난 기지로 벤에게서 알아낸 아이의 나이와 그곳에 머문 기간, 네가 아이와 나눈 (때로는 지나치게) 박진감 넘치는 교감에 비춰 볼 때, 아이가 아주 어렸을 때 언어를 습득한 시기가 있었을 가능성도 배제하면 안 될 것 같다. 아이의 음성을 네가 들을 순 없겠지만, 혹시 외국어를 하는 건 아닐까? 아이가 코드곶에서 태어났다는 이야기는 확실한 거니?

나는 방금 읽은 문장에 놀라 편지를 떨어뜨릴 뻔한다.

몇 년 전 네가 섬으로 돌아온 직후 내가 파리의 농인학교에 관해 얘기했을 때 네가 얼마나 신기해했는지 기억하지? 그 학교를 계속 연구하던 중 청인 교사 아베 시카르가 이미 청소년이 된 청각장애인 남자아이를 야외로 데리고 나가 다른 감각을 자극하는 교수법을 시도했다는 글을 읽었다. 혹시 네가 다시 기지를 발휘할 수 있다면, 야외 수업을 한번 추진해 보면 어떨까?

끈기를 잃지 마세요, 메리 선생님! 그 아이가 어둠 속에서 시들어 버릴지, 아니면 세상으로 나와 빛을 받아들일지는 너에게 달렸으니. 그 집에 있는 네 아군을 적극적으로 활용하렴. 늘 신중하되, 가끔은 운에 맡기는 용기도 발휘해 봐. 기회가 될 때마다 또 소식 전해 주길 기대할게.

제니 파이 보냄

나는 두 편지를 나란히 가슴에 품고 침대에 눕는다. 야외 수업을 시도해 보라는 파이 선생님의 제안은 내가 생각하던 방향과 딱 맞는다! 노리치 집사의 의심을 사지 않도록 신중하게 계획을 짜서 움직여야 한다. 이미 편지를 읽었다면 그도 내 행동을 예측하고 대비하겠지만. 그래도 나는 어떻게든 무당벌레를 3층 감옥에서 탈출시켜야 한다. 나에게 신의 은총을 느끼게 해 주는 나무와 언덕이 있는 자연 속으로 아이를 데리고 나가 아이의 감각을 자극해야 한다. 인내심은 여기까지다. 허풍으로 그치더라도, 이제는 대범해질 때가 되었다.

16장

다음 날 아침, 나는 주방으로 내려가기 전에 무릎을 꿇고 기도한다. "주님, 오늘 하루가 재앙으로 끝나지 않게 해 주세요. 제가 아이를 도울 수 있게 저를 도와주세요."

주방에 들어가서는 노라 언니에게 수어로 자신 있게 말한다. "어제 수업 마칠 때쯤에는 무당벌레가 내가 가르쳐 준 수어를 그대로 다 따라 했어. 심지어 내가 방에서 나오기 전에 머리를 쓰다듬었는데도 가만히 있었어." 나는 거짓말할 때 등 뒤에 손을 숨기고 손가락을 꼬는 유치한 버릇이 여전히 남아 있다. 그리고 혹시 모든 계획이 끔찍하게 어그러질 수도 있어서 오늘은 더더욱 그렇게 해야 한다.

아침 햇살이 집의 앞쪽부터 비춰오기 때문에 집 안은 아직 살짝 어둡고 벽난로 주변을 빼고는 선선하다. 엘리가 난로에

빵을 굽고 있다. 밉상 노리치 집사는 가벼운 아침 식사를 하는 중이다.

언니가 콜린스 아주머니에게 내 계획을 전하자 아주머니의 눈이 놀라서 커진다. 엘리가 아주머니 옆에 바짝 붙는다.

차를 홀짝이던 집사의 얼굴에 냉소가 퍼진다. 언니가 그의 말을 수어로 통역해 준다. “야외 수업 못 할 이유 없지.”

나는 파이 선생님이 편지에 쓴 표현을 집사가 그대로 인용하는데도 일부러 모른 척한다. 어째서 허락하는 거지? 혹시 무당벌레가 도망쳐서 귀찮은 업무가 하나 줄기를 내심 바라나? 내가 실패하는 걸 보고 싶나?

내가 수어로 말한다. “언니, 아이 옷 따뜻하게 입혀야 하는데.”

집사가 끼어든다. “그건 어젯밤에 해결했네. 자네가 말한 만큼 개가 얌전해 보이지 않아서 셀러드 박사가 안정제로 진정시켰지. 하지만 자네가 야외 수업을 요청할 것 같아서 외출복은 입혔네.”

집사의 행동이 이상하고 불길하게 느껴진다. 언니가 나와 눈을 맞추려고 애쓰지만 나는 민망해서 언니의 눈을 피한다.

“그럼 됐네요.” 내가 집사에게 수어로 말하고 언니가 구어로 통역한다.

이번에는 아주머니에게 부탁한다. "정원에서 간식을 먹을지도 모르니 먹을 것 좀 싸 주시겠어요?" 언니가 계속 내 수어를 통역해 준다.

"그래요, 아가씨." 아주머니가 대답하고는 엘리에게 음식을 준비하라고 시킨다.

엘리는 신나서 움직인다.

나는 애써 침착함을 유지하면서 수어로 말한다. "저도 외투 챙길게요."

"기왕 나가는 거 벤에게 열쇠나 돌려주지?" 집사가 말한다.

"네?" 내가 깜짝 놀라서 묻는다.

"열쇠를 잃어버렸다고 하길래 자네가 허락 없이 그 방에 들어가려고 주운 줄 알았지." 집사의 웃는 낯이 곰치의 징그러운 이빨을 연상시킨다.

나는 이마에 땀이 맺힌다. "맞아요. 주웠어요. 주인에게 돌려주겠습니다."

엘리가 음식을 싼 바구니를 건네며 초롱초롱한 눈으로 나를 걱정스럽게 바라본다. 나는 사람들을 향해 고개를 끄덕여 인사한다. 당혹감이 얼굴에 드러나지 않도록 노력한다.

언니가 계단까지 나를 따라온다. 나는 뒤돌아보지 않고 천천히 계단을 오른다.

방으로 들어와 서성이면서 20부터 거꾸로 센다. 나는 노라 언니의 전 고용주에게 실험 대상이 되어 찔리고 찍히는 수모도 견뎌냈다. 에즈라 브루어 아저씨의 블랙도그호를 타고 코드곶 뒤편을 항해하던 중 닥쳤던 폭풍과 우리 배를 들이받던 앤드루의 공격에서도 살아남았다. 혼자서 갯벌도 나갔다. 지금 상황이 그보다 위험하진 않겠지? 게다가 나는 아이를 안다. 진짜 이름과 출생지는 모르지만, 우리는 똑같은 경험을 했다. 귀가 안 들린다는 이유만으로 우리의 가치를 몰라보는 자들에게 짓밟히는 경험을.

뒤쪽 계단을 통해 3층으로 올라가 감방으로 들어간다. 무당벌레가 나를 등지고 있다. 잔인한 장난으로 재단사의 인체모형을 세워 놓은 게 아니라면 무당벌레가 틀림없다. 아이는 붉은빛이 도는 갈색 외투를 입고 예쁜 모자를 쓰고 끈 달린 검정 부츠를 신고 약간 구부정한 자세로 서 있다. 창문에 얼굴을 바짝 붙이고 밖을 내다보느라 내가 나무 바닥에 발을 구르는데도 움직이지 않는다. 내가 더 세게 발을 구르자 아이가 돌아본다. 나는 놀라서 헉 소리를 낸 것 같다. 학대당한 아이도 조금만 보살펴 주면 이렇게 달라질 수 있다니.

우리는 눈이 마주친다. 아이는 나보다 훨씬 어린데도 키가 내 어깨까지 올라온다. 나는 조심스럽게 아이에게 손을 내민다.

아이는 내 동작을 따라 하기만 할 뿐 다가와서 내 손을 잡지는 않는다. 나는 아이에게 등을 보이기 무섭지만 그래도 뒤를 돌아 문을 열고 오른손으로 아이에게 따라오라고 손짓한다. 왼손에는 음식 바구니가 들려 있다.

아이가 멍한 표정으로 나를 따라온다. 안정제 때문에 온순해진 것 같다. 나는 안도하면서도 죄책감을 느낀다. 아이가 나선형 계단을 내려가기 힘들어한다. 앞을 보고 내려가지 않고 몸을 옆으로 돌려 난간을 꽉 붙잡고 한 계단씩 내려간다. 내 방을 지나는데 언니가 하인용 뒷문으로 빼꼼 내다보는 게 보인다. 무당벌레는 계단을 다 내려갈 때까지 내 손을 잡거나 내게 기대지 않는다. 1층에 도착하자 나는 뒷문을 바로 열지 못하고 머뭇거린다. 아이가 도망치려고 할까?

나는 용기를 내서 문을 활짝 열고 먼저 밖으로 나간다. 아이는 마치 해에 덴 듯이 손으로 눈을 가린다. 나는 수어로 따라오라고 말하며 아이를 재촉한다. 아이가 방금 내려온 곳을 올려다본다. 그 끔찍하지만 익숙한 감옥으로 돌아가고 싶어도 계단을 다시 오를 엄두가 나지 않아 포기하는 눈치다.

노라 언니를 비롯한 하인들이 모두 창문으로 우리를 지켜보고 있을 게 틀림없다. 이 때문에 나는 어리석게도 내 능력을 보여 주려고 더 극성을 떨고 만다. 무당벌레를 집 밖으로 나오게 하려고 잡아끄는 바람에 아이가 내 손등을 할퀸다. 너무 쓰라려서 내가 비명을 지른 것 같다.

이쯤 되니 나는 거의 까무러칠 지경이다. 진퇴양난의 상황에 미쳐 버릴 것 같다. 바로 이때 돌파구가 나타난다. 듬직한 풍채와 환한 미소의 벤이다. 그는 내 다치지 않은 손을 붙잡더니 무당벌레의 손도 잡으려고 한다. 그의 사람 좋은 푸근함 때문인지 보석처럼 빛나는 눈 때문인지는 몰라도, 아이는 벤이 손을 잡는데도 저항하지 않고 가을이 완연한 바깥으로 순순히 이끌려 나온다.

우리는 돌길을 밟으며 하얀 첨탑과 투명한 창문이 달린 작은 건물 쪽으로 걸어간다. 무당벌레가 자꾸 걸음을 멈추고 부츠를 잡아 뜯는다. 아이는 계속 울상을 짓는다. 이 작은 궁전을 처음 봤을 때의 나처럼 황홀해하지도 않는다.

온실에 들어서자 형형색색의 과일이 열린 나무와 온기가 우리를 반긴다. 달콤한 냄새에서 시큼한 냄새와 고린내에 이르기까지, 온갖 냄새가 화려한 선율처럼 코를 강타한다. 누구에게나 놀라운 경험이겠지만, 특히 오감 중 하나가 없어서 다른 감각이 더 예민해진 사람에게는 정말 독특한 경험이다.

하지만 무당벌레는 신경이 온통 부츠에만 쏠렸다. 나는 침착함을 잃고 벤의 작업대를 쾅쾅 내리쳐서 아이의 시선을 끌려

한다. 지금 이 경험에 아이가 집중하게 할 수는 없을까? 반면 벤은 더 쾌활하면서도 실용적으로 대처한다. 허리를 굽혀 아이의 꽉 조인 부츠 끈을 풀어 준다. 벤이 살살 부츠를 벗기는 동안, 아이는 작업대에 몸을 기댄다. 부츠를 벗기자 아이의 표정이 한결 편안해진다. 벤이 뭐라고 말하더니 손을 흔든다. 그리고 작업실 뒤쪽에 있는 선반으로 가서 그릇 하나를 찾아서 돌아온다. 벤이 무당벌레의 다리를 조심스럽게 들어 올려 스타킹을 벗긴다. 아이는 벤에게 발길질하고 몸부림치며 팔을 허우적댄다. 무서워서 나오는 반응이다. 하지만 벤의 부드러운 손길과 끈기에 아이는 이내 저항을 멈춘다. 벤이 자신을 해치지 않으리라는 것을 알아차린 듯하다.

나는 아이의 발을 뒤덮은 곪은 상처와 누렇고 시퍼런 멍에 헉하고 숨을 들이마신다. 사슬 때문에 생긴 상처 같다. 내가 어쩔 줄 모르고 지켜보는 가운데 벤은 가져온 그릇에 담긴 연고를 펴서 아이의 상처에 바른다.

아까부터 무당벌레는 내게 배운 수어로 "배고프다"라고 말했다. 그런데도 나는 아이에게 먹을 것을 주지 않았다. 아이의 발목이 부츠의 뻣뻣한 가죽에 쓸렸다. 그런데도 나는 아래층으로 아이를 끌고 내려왔다. 아이가 아파하는 기색이 역력했다. 그런데도 나는 아이를 자꾸 재촉하기만 했다. 나 같은 게 무슨 교사란 말인가?

벤이 무당벌레의 상처를 치료하는 동안, 나는 자기혐오에 치를 떤다. 파이 선생님은 편지에서 이런저런 추측을 했다. '어쩌면 아이가 외국어를 하는 건지도 모른다. 어쩌면 아이의 출생에 관한 정보가 완전하지 않을지도 모른다.' 하지만 나는 내가 세운 계획이 효과가 없는데도 밀어붙였다. 아이가 나처럼 수어로 말하게 하는 데만 급급했다. 아이를 해치지 않겠다는 아이와 노라 언니에게 한 약속을 지키지 못했다. 벤이 나서지 않았다면 나는 어찌했을까?

발의 아픔이 가시자 무당벌레는 온실을 헤집고 다니며 식물과 과일을 만지기 시작한다. 벤이 아이가 먹기 편하게 오렌지 두 개를 자르는 동안 나는 하릴없이 지켜만 본다. 아이가 자기 목을 만지며 입을 움직인다. 벤이 무엇을 들었는지 모르겠지만 악의 없이 고개를 젓는다. 아이의 말을 못 알아들은 모양이다.

아이가 나를 위아래로 훑어본다. 나는 처음으로 오물이나 때가 묻지 않은 아이를 제대로 바라본다. 우리는 서로 마주 보며 고개를 갸웃한다. 내가 수어로 말하려고 손을 올린다. 그 순간 아이가 번개처럼 뛰쳐나간다. 토끼보다 빠른 달음박질로 온실 문을 통과한다. 나는 벤에게 손짓한다. 벤은 자기 다리를 톡톡 치더니 문을 향해 손짓한다.

내가 움직일 차례다! 나는 더 잘 뛸 수 있도록 치마 밑단을 앞치마를 맨 허리춤에 끼운다. 노리치 집사가 낯선 사내와 만나던 모습을 염탐할 때 벤과 함께 숨었던 산울타리를 지나 계속 뛴다. 부츠가 걸리적거린다. 잠시 주춤하면서 부츠 끈을 풀어 벗어던진다. 스타킹을 통해 전해지는 풀밭의 감촉이 차갑고 미끄럽다.

서쪽 별관 뒤로 무당벌레의 치맛자락이 잠깐 보였다가 사라진다. 나는 미끄러질 듯 다급한 걸음으로 아이를 뒤쫓는다. 아이는 훌쩍 뛰어넘은 울타리를 나는 조심해서 기어올라 넘어야 한다. 내가 아이에게 멈추라고 다급하게 손짓한다. 아이는 뒤도 돌아보지 않는다.

아이는 목적지를 정하고 뛰는 걸까? 아니면 아무런 목적 없이 내달리는 걸까? 나는 에즈라 브루어 아저씨가 읊던 동요를 떠올린다.

무당벌레야, 무당벌레야,

집으로 날아가렴.

집이 불타고 있단다.

너의 아이들은 모두 떠났단다.

한 아이만 남아서……

무당벌레가 팔을 앞으로 휘저으며 왼쪽으로 방향을 튼다. 나는 아이가 뭘 하려는 건지 이해하지 못한다. 암사슴 한 마리가 쏜살처럼 튀어 달아날 때까지는. 첫 번째 사슴에 이어 두 번째, 세 번째 사슴이 튀어 달아난다.

우리는 사슴 공원으로 들어온 것이다. 그리고 아이는 지금 사슴을 몰고 있다! 사슴들이 놀라서 우리를 피하려고 사방으로 달아난다. 나는 날뛰는 사슴 떼를 피하면서 가냘픈 사슴 다리 사이로 요리조리 뛰어다니는 아이를 쫓는다.

수사슴 한 마리가 아이 바로 앞에서 뛰어오르는 바람에 아이가 뒤로 자빠진다. 내가 아이 위로 몸을 날린다. 아이가 내 풀어진 머리카락을 잡아당긴다. 나는 비명을 지르며 아이를 못 움직이게 하려고 안간힘을 쓴다. 아이가 나를 때리거나 꼬집기 전에 손부터 꽉 붙든다. 우리는 서로 손깍지를 낀 채 풀밭에 뒹군다. 우리가 데굴데굴 구르며 서로 위에 올라타려고 기를 쓰는 동안, 사슴들이 이리저리 흩어진다. 아이가 내 오른손을 자기 입으로 끌어다가 깨문다. 말벌에 쏘인 것처럼 아프다.

우리는 서로를 놓는다. 나는 충동적으로 아이의 목을 향해 손을 뻗는다. 아이는 갑자기 묘하게 얼어붙는다. 아이의 눈이 나를 뚫어져라 바라본다. 나는 아이의 목을 잡았던 손을 푼다. 바로 그때 눈에 띈다. 한쪽 귀에서 다른 쪽 귀까지 이어지는 길고 가는 흉터가. 끈 자국이다. 끈이나 철사에 목이 졸려서 생긴. 나는 숨이 턱 막힌다. 아마 내 입에서 괴성이 터져 나온 것 같다. 누가 이런 사악한 짓을 했단 말인가? 이러니 아이가 씩씩대고 알아들을 수 없는 소리를 낼 수밖에!

나는 몸으로 누르고 있던 아이에게서 떨어진다. 아이가 고개를 내게로 돌린다. 우리는 서로의 숨결을 마실 만큼 얼굴을 가까이 맞대고 가만히 있는다. 내가 고개를 끄덕인다. 아이도 끄덕인다. 우리는 풀 위에 가만히 누운 채 방금 벌인 난투극으로 가빠진 숨을 돌린다. 사슴들이 마치 우리가 원래 여기에 있었던 것처럼 우리를 둘러싼다. 어쩌면 귀가 안 들리는 사람들이 모두 자연스럽게 수어를 받아들이는 건 아닐지도 모르겠다. 무당벌레와 나는 손보다는 눈으로 더 많은 말을 주고받는다. 아이의 눈이 말한다. "나 여길 떠나야 해. 내가 있을 곳은 따로 있어. 내가 희망을 걸 수 있는 사람은 언니밖에 없어." 고개를 들어보니 우리 둘만의 대화를 방해할 사람들이 다가오는 게 보인다. 나는 무당벌레의 손을 꼭 잡는다. 말 없는 맹세다.

노라 언니가 나를 일으켜 주려고 손을 내밀고, 벤이 무당벌레를 어깨에 둘러메고 집으로 향한다. 나는 일어나서 언니가 건네는 솔을 받는다. 언니는 나를 질책하지 않고 오로지 걱정하는 표정으로 바라본다. 나에 대한 언니의 믿음은 잘못된 게 아니지만, 나는 언니의 친구가 될 자격이 없다.

우리는 천천히 걸어서 옆문을 통해 주방으로 들어간다. 언니가 나를 의자에 앉히자 아주머니가 차를 내 앞에 놓는다. 차에서 럼주 맛이 살짝 느껴져 놀라지만, 덕분에 진정되고 잠이 잘 오리라는 것도 알고 있다. 럼주 탄 차가 내 속을 뜨끈하게 데워 준다.

노라 언니가 허리를 굽혀 내 스타킹을 살살 벗겨 주고는 찢기고 구멍 난 스타킹을 매만진다. 엘리가 나를 살펴보려고 가까이 다가온다. 누군가 데운 물이 담긴 대야를 가져와 내 부은 발을 담가 준다. 무당벌레도 이런 보살핌을 받고 있나? 다시 그 돼지우리 같은 곳에 갇혀 노리치 집사에게 학대당할 아이를 생각하니 견딜 수가 없다. 내가 제대로 아이를 도울 수 있을 때까지는 그런 생각을 지워 버리기로 한다.

"아이는 잘못 없어." 내가 언니에게 수어로 말한다. 우리가 피운 난동을 벤이 알아서 완곡하게 전했으리라고 믿어 본다.

언니가 로비에 있는 앞쪽 계단으로 나를 이끈다. 석판과 분필을 들고 있다. 하지만 나는 대화하고 싶지 않다. 그래서 언니에게 혼자서 방으로 올라갈 수 있다고 말한다. 생각할 게 너무 많다. 하지만 우선 언니가 어디까지 아는지 알아내야 한다.

나는 손가락 끝으로 오른쪽 관자놀이를 톡톡 쳐서 "나 알아."

라고 말한다.

언니의 어리둥절한 표정을 보아하니 무당벌레의 목에 난 흉터에 대해 전혀 모르는 것 같다. 나는 안도의 한숨을 내쉰다.

"뭘 안다는 거지?" 노리치 집사가 언니 뒤에서 불쑥 나타나며 수어로 묻는다. 아마 어두운 구석에 숨어 있었던 모양이다. 우리의 대화를 엿보고 있었던 게 틀림없다.

내가 수어로 노라 언니에게 말한다. "언니가 얼마나 놀랐을지 안다고. 무슨 일이 있었는지 벤한테 들었을 때."

언니가 내 말을 통역하자 집사가 의심의 눈초리로 나를 노려본다.

"벤한테 들었다는 게 무슨 뜻이지?" 언니가 집사의 말을 통역한다.

내가 글로 쓴다. '컬퍼 씨가 얘기한 줄 알았어요. 온실에서 아이를 잘 가르치고 있는데 아이가 갑자기 정원으로 뛰쳐나가 혼자 뛰놀았다고.'

집사가 말하고 노라가 받아쓴다. "컬퍼 씨?" 집사의 얼굴이 경멸로 일그러진다. "자네가 무슨 소릴 지껄이는지 도통 모르겠군."

집사가 흑백 체크무늬 바닥에 석판을 떨어뜨린다. 내가 보기엔 분명 일부러 그랬다. 노라 언니가 허리를 굽혀 깨진 석판 조각들을 앞치마에 쓸어 담는다. 집사는 무당벌레의 목에 난 흉터뿐만 아니라 출생에 관한 모든 것을 알고 있는 게 틀림없다. 그의 임무는 아이를 살려 두는 것일까? 아니면 어떤 희생을 치르더라도 주인 가족의 비밀을 지키는 것일까?

17장

기대하던 대로 럼주 탄 차의 효과가 나타나기 시작한다. 나는 졸음을 쫓으려고 방을 서성인다. 손을 빠르게 움직이면서. 그러다 책상 앞에 앉아 펜을 잉크에 담갔다가 생각을 목록으로 정리한다.

1. 무당벌레가 씩씩대고 여러 가지 소리를 내는 이유는 누군가에게 목 졸림을 당했기 때문이다.

나는 왼발을 들어 발바닥을 살핀다. 8년 전 헤엄치다가 날카로운 조개껍데기에 발을 베인 적이 있다. 지금은 가늘고 변색한 흉터가 남았다. 눈에 띄긴 하지만 한눈에도 오래된 흉터라는 걸 알 수 있다. 무당벌레의 목에 난 흉터도 비슷하다.

2. 노라 언니보다 이 집에서 오래 일한 콜린스 아주머니도 아이가 이상하게 행동하게 된 연유를 모른다. 아이가 이 집에 처음 왔을 때부터 그 상태였다고 언니에게 말했다고 한다. 하지만 노리치 집사는 아이 목을 조르고도 남을 인간이다.

3. 아니면 그 끈 자국은 아이의 과거였던 코드곶에서의 추문과 연관된 걸까? 상류층 출신인 아이의 엄마가 평범한 농부와 결혼했다는 소문이 맞는다면, 그 이야기에는 무엇이 빠진 걸까?

4. 아이를 목 졸라 살해하려는 시도였다면, 아이는 어떻게 살아남았을까? 나는 가축이 도살되는 것을 자주 봤다. 목에 난 상처는 대부분 치명적이다.

나는 졸지 않으려고 일부러 고개를 세게 끄덕이다가 어떤 충격적인 생각에 사로잡힌다. 나는 빠르게 문장을 끝낸 뒤 씻고 침대에 쓰러지듯 눕는다. 목록에 적은 마지막 생각이 머릿속을 떠나지 않아 자꾸 뒤척인다. 그러다 다시 일어나서 목록이 적힌 종이를 난롯불에 던진다. 노리치 집사의 손에 들어가는 것을 막아야 한다. 하지만 종이를 태우기 전에 마지막으로 덧붙인다.

5. 아이는 귀가 안 들리는 게 맞긴 한 걸까? 단지 말을 못 하는 건 아닐까? 아이의 목을 조른 범인 때문에 목소리를 내지 못하게 된 건 아닐까? 난 누

군가 소리에 반응하는 걸 관찰하면 그 사람이 농인인지 청인인지 바로 알아볼 수 있다. 예를 들어 소리가 들리는 사람은 내가 천둥의 울림을 감지하기 전에 이미 하늘을 올려다본다. 무당벌레의 처참한 모습과 기이한 행동에 너무 당황한 나머지 내 직감이 작동하지 못한 걸까?

나는 밤새 잠을 설치다가 동틀 무렵에 일어나 천천히 옷을 입는다. 머리가 지끈거리지만, 오늘만큼은 정신을 바짝 차리고 계획적으로 움직여야 한다. 아무에게도 내 계획을 발설해서는 안 된다. 무당벌레는 내가 행동하기를 기다리고 있다. 가정교사로 취직하면서 이런 일까지 하게 될 줄은 몰랐지만, 어쨌든 내가 해야 할 일이다. 학생의 안전과 배움을 보장하기 위해 모든 것을 걸고 싸운 용감한 교사들이 분명히 있었을 것이다. 그래서 교사는 직업이 아니라 소명이라고 파이 선생님이 늘 말씀하셨다.

무당벌레, 무당벌레……. 아이에게 더는 어울리지 않는 이름이다.

나는 머리를 묶다 말고 거울에 덮인 먼지에 '메리'라고 썼다가 얼굴을 보려고 글씨를 지우며 먼지를 닦는다. 그러다 놀라서 펄쩍 뒷걸음친다. 바로 이거였어! 너무나 뻔히 보이는데도 놓쳤던 퍼즐 조각이! 악취가 진동하는 더러운 3층 감옥이 이상하게 바닥만은 깨끗이 비질한 것처럼 보여서 의아했는데, 그 이유를 드디어 알겠다. 노리치 집사가 석판을 깨뜨린 이유도. 아이는 글을 쓸 줄 안다!

내 추측이 맞는지 시험해야 한다. 그런데 어떻게?

나는 흥분을 감추기 위해 상기된 얼굴에 찬물을 끼얹는다. 그리고 표정을 가다듬는다. 농인들은 표정 때문에 비밀을 들키기 일쑤다. 우리는 찡그리는 표정 하나, 몸짓 하나만으로도 속내가 모조리 드러나곤 한다.

주방으로 내려온 나는 설거지를 한다. 엘리를 도와 대걸레와 양동이 같은 청소도구를 뒤쪽 계단으로 옮긴다. 내가 윙크하며 살며시 엘리의 볼을 꼬집자 엘리는 회녹색 눈을 반짝이며 "고마워요."라고 수어로 말한다. 나는 "천만에요"라는 수어를 가르쳐 준다. 엘리가 얼마나 고운지 이제야 보인다. 이 집에는 괴물이 아니라 어여쁜 소녀들만 있다.

노리치 집사가 주방으로 성큼성큼 걸어들어온다. 나는 그를 못 본 척한다. 그가 식탁에 기대서 날카로운 눈빛으로 나를 본다. 나는 손을 옆구리에 붙인 채 조용히 수어로 혼자서 중얼거린다. "침착하자." 집사는 수어 단어를 몇 개나 익혔을까?

노라 언니가 다른 곳에서 하던 일을 마치고 주방으로 돌아온다. 나는 목소리를 되찾은 기분이다.

"아, 메리!" 노라 언니가 수어로 나를 부르더니 글로 할 말을 이어 간다. '나 방금 위층 방에 들렀는데, 아이가 얌전히 침대에 앉아 있더라. 밤새 한숨도 안 잤나 봐. 마치 꿈에서 깨어나서 주변에 뭐가 있는지 눈으로 빨아들이는 것처럼. 내 생각에는, 아니 내 느낌으론 네가 아이의 영혼에 드디어 빛을 비춰 준 것 같아.'

언니가 집사를 바라보더니 그의 말을 수어로 통역한다. "아이는 어젯밤 봤을 때와 똑같이…… 침울해 보이던데."

집사는 눈으로 나를 벨 듯이 노려본다. 콜린스 아주머니와 엘리가 그가 하려는 말을 들으려고 가까이 온다. "이제 더는 자네가 필요 없어졌네."

나머지 사람들이 집사의 말에 화들짝 놀란다. 나는 눈 하나 깜빡하지 않는다. "그럼 이제 아이가 그 돼지우리 같은 데에 단 하루도 더 갇혀 있을 필요가 없겠네요."

노라 언니가 내 말을 조금 더 누그러뜨려 전했는지는 모르겠지만, 내 얼굴과 몸짓만 봐도 집사는 내가 무슨 말을 했는지 알아들었을 것이다.

노라 언니가 나를 안심시킨다. "아이는 너 가고 나면 네가 쓰던 침실로 옮길 거래." 우리 중 아무도 그 말을 믿지 않는다. 나를 안심시키기 위한 선의의 거짓말일 것이다.

내가 대답한다. "더 있으면서 아이가 새로운 환경에 적응하도록 돕고 싶어요. 아이와 소통할 수 있도록 여러분께도 기본적인 수어 몇 가지 가르쳐 드리고요."

집사는 시간을 벌어 보려는 내 수법까지 예상한 모양이다. "자네가 하던 일은 노라가 이어서 할 수 있네."

"그럴 능력이 충분하다고 믿어요." 내가 언니에게 고개를 끄덕이며 수어로 말한다. "하지만 어쨌든 가족에게 연락도 해야 하고 돌아갈 배편도 알아봐야 하잖아요."

집사가 내 말을 받아치고 언니가 계속 통역한다. "이런, 자네한테 줄 게 있었는데 깜빡했네. 까맣게 잊고 있었지 뭐야. 이거 참 미안하게 됐네." 집사가 과장된 몸짓으로 주머니를 한참 뒤지는 척하더니 뜯어진 편지 봉투를 꺼낸다. 나는 침착한 표정을 유지하며 편지를 건네받는다. 낸시의 글씨체를 바로 알아보고 안도한다.

나는 계속 수어로 말을 이어 간다. "답장할게요. 그리고 떠나기 전까지는 주방에서 일손을 보태고 필요하면 벤의 조수 노릇도 할게요."

"벤은 후임을 찾는 즉시 짐 싸서 나가라고 할 거네. 도둑질하다 들켰지 뭐야."

콜린스 아주머니가 놀라서 말한다. "벤은 절대 그럴 사람이 아닌데요."

"믿을 만한 사람을 판별하기가 그리 쉽나." 집사가 대꾸한다. 주방으로 들어와 주인 뒤에 서 있던 월터가 비열한 미소를 짓는다. 둘 다 경멸스럽다.

"그건 그렇죠." 아주머니의 아랫입술이 젤리처럼 파르르 떨린다. 아주머니가 엘리의 등을 토닥인다. 벤을 떠나보내야 하는 슬픔과 함께 자신도 일자리를 잃을지 모른다는 그들의 두려움이 느껴진다.

"제게 약속한 보수는 다 주셔야 합니다." 내가 수어로 말한다. 언니의 표정을 보니 내 어조를 누그러뜨려 전하는 것 같다.

집사는 콧방귀를 뀌지만 그래도 월터에게 무슨 지시를 내리는 것 같다.

"저는 이만 방으로 가서 친구의 편지를 읽겠습니다." 내가 수어로 말한다. "아이의 이름은 알아내지 못했지만, 그래도 제 가르침이 아이에게 도움이 됐다니 다행이네요."

집사는 부츠 뒤꿈치를 축으로 몸을 획 돌리더니 뒤도 돌아보지 않고 나간다. 월터가 집사를 쫓아간다. 나는 앞치마를 풀고 앞쪽 계단으로 간다. 언니가 따라온다. 나는 계단을 오르다가 뒤를 돌아본다. 언니가 수어를 하려고 손을 올린다. 나는 검지를 입술에 대며 내 방을 가리킨다.

나는 방에 들어서자마자 문을 닫고 언니에게 침대에 앉으라고 손짓한다. 등불 아래로 가서 일단 낸시의 편지부터 읽는다.

사랑하는 친구에게,

그 노리치 집사라는 작자는 완전 악질이구먼! 그래도 무당벌레는 벌써 너와 소통하려는 의지가 있는 것 같네. 힘내, 메리! 울스턴크래프트 선생의 철학을 기억해. 여성은 사람들이 인정하는 것보다 훨씬 더 지적인 존재야. 너만 봐도 마른 헝겊이 물을 빨아들이듯 지식을 흡수하잖아. 무당벌레도 네가 자기를 어떻게 도우려는지 이해하려면 더 많은 격려가 필요할 거야. 실패할지도 모른다는 생각에 얼어 버리지 말자!

듣자 하니 베일에서 발견한 유령이 한둘이 아니네. 모든 유령이 망자의 영혼은 아니니까. 후회라는 이름의 유령, 오랜 두려움이라는 유령도 있지. 또 너도 알다시피 오랫동안 가깝게 지낸 동반자의 부재 그 자체도 유령이라고 할 수 있잖아. 그런 뜻에서 그 집은 유령이 바글바글한 곳 같네.

리 목사님의 말씀처럼 메리 넌 지금 하나님이 주신 사명을 감당하고 있는 거야. 무당벌레가 마침내 네 가르침에 부응했을 때 아이의 가족이 얼마나 기뻐할지 상상해 봐. 그러니 흔들리지 마! 난 믿어. 이 일을 해낼 적임자가 너란 걸.

이러니 노리치 집사는 내가 이 집에서 사라지길 바랄 수밖에. 내가 무당벌레의 처지와 그의 사악함을 외부인에게 알렸음을 알게 된 것이다. 내가 그의 권위에 도전할 수 있다는 것도. 그래도 흔들리지 말라는 낸시의 말은 내게 큰 힘이 된다. 하지만 낸시도 지금 내 상황이 얼마나 급박해졌는지 모른다. 이제는 불쌍한 아이에게 소통 방법을 가르치는 게 아니라 아이를 이 감옥에서 구해 아이의 가족과 만나게 하는 게 급선무다.

아이를 구하는 일을 적극적으로 도울 사람이 있다면 그건 세상에서 가장 친한 내 친구다. 낸시가 사는 삼촌 집이 우리 집보다 여기서 더 가깝다.

노라 언니가 내 어깨를 톡톡 치고 수어로 말하기 시작한다. 언니는 매일 수어 어휘가 늘고 있다. 단어에 맞는 표정도 적절하게 짓는다. 나는 언니가 빠뜨리거나 잘못 쓴 수어는 직관으로 뜻을 유추한다. 리 목사님과 대화할 때도 그렇게 한다. 언니의 수어가 이해되지 않으면 나는 허공에 물음표를 그린다. 그러면 언니는 하고 싶은 말을 글로 쓰고 나는 살갑게 언니의 수어를 교정해 준다. 무당벌레와도 이 정도 수준의 대화가 가능하면 얼마나 좋을까?

"메리, 지금 대체 일이 어떻게 돌아가는 거야?"

내가 언니에게 털어놓는다. "언니한테 말하지 않은 게 있어. 이 추악한 계략에 언니가 휘말리지 않았으면 해서."

"계략이라니?" 언니가 묻는다.

"벤이 도둑질했다는 말 믿어?"

언니가 생각하며 대답한다. "하인이 도둑질하는 건 흔한 일이지. 물론 벤이 술을 퍼마시는 건 한 번도 보지 못했어. 자기가 일해서 버는 것 이상을 욕심낼 사람 같지도 않고. 말해 봐. 넌 노리치가 벤에게 누명을 씌웠다고 믿는 거야?"

"그자가 한 거짓말은 그것 말고도 많아."

"계속해 봐." 언니가 내 침대의 네 기둥 중 하나를 붙잡으며 말한다.

"아이에 관한 끔찍한 사실들을 모두에게 숨기고 있어. 난 그 해악과 속임수가 어느 정도인지 최근에야 깨달았고. 아이의 과거에 관한 비밀을 난 끝까지 파헤칠 생각이야. 언니가 나랑 함께할 수 없는 건 알지만, 그래도 제발 집사에게 얘기하지 말아 줘."

언니가 입술을 꾹 다물며 수어로 대답한다. "네가 그동안 무수 일을 하고 다녔는지 놀라도, 남자의 속성은 내가 잘 알지. 내가 도울 방법은 없을까?"

나는 방 안을 서성이다가 언니 쪽으로 몸을 홱 돌린다. "내일 아침에 집사가 날 찾거나 3층으로 올라가지 못하게 막아 줄 수 있어?"

언니가 고개를 끄덕인다. "응. 그 정도는 할 수 있을 거야."

내가 수어로 계속 부탁한다. "오늘은 늘 하던 대로 해. 다른 사람들한테 나는 방에서 짐 싸고 있다고 하고. 무슨 일 생기면 쪽지에 써서 자기 전에 방문 밑으로 넣어 줘."

"저녁 먹으러 안 내려올 거야?"

"응. 노리치만큼 치밀하게 계획을 세워야 해. 그동안 그자가 늘 나보다 한발 앞서 있었어. 이제부터는 실수하면 큰일 나. 한 번이라도 실수했다가는……." 나는 말을 잇는 대신 천장을 올려다본다. 언니는 내 손을 꼭 잡고는 방에서 나가면서 살며시 문을 닫는다.

나는 침대에 앉아 몸을 천천히 흔든다. 아이와 내가 같은 박자에 맞춰 움직이는 것처럼 느껴진다. 이 집 자체는 수상스럽다고 할 게 없다. 집은 사치스러운 구조물 또는 빈껍데기에 불과하다. 집을 심장이 뛰는 생명체로 만드는 것은 그 집에 사는 사람들이다. 사람들의 행동과 감정이 집 안 곳곳에 혈액처럼 흘러 집의 생명력을 유지해 주는 것이다.

18장

나는 혹시 집에서 쫓겨나 밖에 대기하는 마차에 강제로 태워질까 봐 미리 짐을 싸며 뜬눈으로 밤을 보낸다. 고향을 떠난 후 처음으로 해돋이를 본다. 도회지 저택의 일과는 뜨고 지는 해의 찬란한 빛에 맞춰 움직이는 어촌과 달리 화려한 괘종시계의 바늘에 맞춰 진행된다. 이곳에는 우렁찬 울음으로 새벽을 깨우고 서로의 메아리가 되는 수탉들도 없다. 이곳은 인디언에게서 빼앗은 언덕과 땅이 명망과 신분의 상징처럼 펼쳐진다. '베일'은 계곡만 뜻하는 게 아니다. 우리가 흔히 쓰는 '눈물의 계곡'이라는 표현은 갈등과 고난이 가득한 세상을 뜻하기도 한다.

나는 노라 언니가 노리치 집사의 접근을 막아 주리라 믿고 계획에 집중한다. 우선 책상에 있는 펜, 종이, 잉크를 모아서 베갯잇에 싼다. 서랍 뒤쪽에서 벤의 열쇠를 챙긴다.

나는 하인용 뒤쪽 계단을 재빠르게 올라간다. 발목이 꺾이는 바람에 계단에서 구르지 않으려고 난간을 꼭 붙든다. 아이의 방 앞에 서서 얼어붙는다. 열쇠를 열쇠 구멍에 넣어 돌린 뒤에도 그대로 붙잡고만 있는다. 나는 무엇이 두려운 걸까? 숨을 깊게 들이쉬고 정신을 가다듬은 다음 악취가 진동하는 방으로 들어간다.

아이는 생각에 잠긴 채 창문 앞에 서 있다. 어제의 우아한 드레스가 아닌 헐렁한 실내용 옷차림이다. 아이가 마음속에 그리는 세상은 창밖에 펼쳐진 세상보다 훨씬 넓을 것이다. 어제는 이 감옥에서 벗어나 저 밖을 내달리다가 다시 창살 안에 갇히고 말았다. 혹시 코드곶에 아이를 애타게 찾는 가족이 있을까? 가능성이 희박하다. 세상 어떤 부모가 얼어붙은 시냇물에 새끼가 던져지는 것을 보고만 있겠는가?

나는 집안일 또는 힘에 부치는 일을 할 때나 깜짝 놀랐을 때 나도 모르게 소리를 낸다는 것을 안다. 그러면 청인들이 꼭 고개를 돌려 나를 바라본다. 본능적으로 소리가 나는 쪽을 보는 것뿐이겠지만, 그래도 나는 사람들의 시선에 민망해진다. 나는 아이를 바라본다. 아이는 상상 속에만 존재하는 어느 먼 바닷가를 바라보듯 창밖을 물끄러미 내다보고 있다. 나는 심호흡을 한 뒤 일부러 끙끙 소리를 낸다. 아이는 반응하지 않는다. 하지만 나는 내가 얼마나 크게 소리를 냈는지 스스로 알 길이 없다. 혹시 아이는 나처럼 진동에 민감할까? 내가 가볍게 발을 구르자 아이가 돌아본다. 나는 우리 둘 다 귀가 안 들린다는 가정을 유지하기로 한다. 아이가 나처럼 완전히 청각이 없는지는 지금으로서는 판단할 수 없다.

우리는 서로 마주 본다. 나는 파이 선생님의 첫 번째 원칙을 떠올린다. '사람은 언어가 없어도 지능은 있다.' 나도 한때는 짐승 취급을 당했으면서도 똑같은 취급을 받는 이 아이를 과소평가했다. 나를 가만히 바라보는 아이의 금갈색 눈동자 뒤에 영민함이 춤추고 있다. 비참한 처지에도 사그라지지 않은 아이의 용기와 끈기가 나를 놀라게 하고 겸손하게 한다. 어쩌면 아이의 원동력은 앙심일지도 모르겠다. 희망은 위대한 원동력이지만, 때로는 분노도 행동의 불을 지피는 연료가 된다는 사실을 나는 안다.

나는 바다에 무릎을 꿇고 앉아 베갯잇을 풀어 펜과 잉크와 종이를 꺼낸다. 아이가 내 앞에 선다. 내가 또 무슨 시도를 하려는지 궁금해할까? 나는 아이를 올려다보며 검지로 내 가슴을 톡톡 친 다음 종이에 '메리'라고 쓴다. 아이가 쪼그려 앉아 펜을 향해 손을 뻗는 동안, 우리 둘 사이의 공기에 전류가 흐르는 것 같다. 아이가 주먹으로 펜을 움켜쥐고 한 자 한 자 천천히 눌러쓴다. 온 정신을 집중하는 표정으로, 마치 잊고 있던 오랜 기억을 더듬듯이, 피가 나지 않는 게 신기할 정도로 입술을 꽉 깨물며.

'비 어 트 리 스'

방 안이 온통 빛으로 가득해지는 기분이다. 여기가 칠마크였다면 나는 당장 마을회관으로 달려가 모두가 듣고 느낄 수 있게 종을 마구 쳤을 것이다! 비어트리스의 야윈 얼굴에 희미한 미소가 번진다. 환해진 얼굴에 우쭐함도 살짝 엿보인다. 자신이 방금 작은 승리를 쟁취했음을 아이도 아는 것이다. 나는 머리가 핑핑 돈다. 당장 아이를 데리고 이곳을 벗어나야 한다. 이대로 밖으로 뛰쳐나가 우리를 낸시의 집으로 데려다줄 사람을 찾을 때까지 언덕에 숨을 수 없을까?

탈출 작전을 세우느라 머리를 굴리고 있는데 누군가 내 뒷덜미를 덥석 잡는다. 나는 돌아보기도 전에 누군지 눈치채고 종이를 재빨리 발로 차지만, 노리치 집사의 경악하는 표정을 보니 이미 종이를 본 게 틀림없다. 그는 목에 핏대가 설 만큼 고래고래 악을 쓴다. 비어트리스나 내가 들을 수 있다는 듯이.

집사가 나를 방에서 끌어내려고 해서 나는 부츠 신은 발을 바닥에 끌며 버틴다. 비어트리스가 비명을 지른다. 보통 비명이 아니다. 상자에 담아 자물쇠로 잠그고 깊은 땅속에 묻어 뒀다가 드디어 터져 나온 비명이다. 집사가 아이의 비명에 깜짝 놀랐는지 나를 놓는다. 이제 어떻게 할지 내가 생각하기도 전에 비어트리스가 무릎으로 집사의 사타구니를 가격한다. 그가 고꾸라지자 비어트리스가 내 손을 잡는다. 우리는 방에서 뛰쳐나가려고 하지만 노라 언니가 나타나 양팔로 문설주를 붙잡고 우리 앞을 막는다. 언니는 아직 내 편인가?

비어트리스가 노라 언니에게 주먹을 날리려는 순간, 스티븐이 언니를 옆으로 밀치더니 비어트리스를 쓰러뜨리고 못 일어나게 바닥에 누른다. 말을 다루는 데 능숙한 사람이라 그런지 스티븐은 순식간에 비어트리스를 엎어 놓고 손을 등 뒤로 묶는다. 한 번도 이 방에 들어와 본 적이 없었는지 눈이 휘둥그레지고 악취에 헛구역질한다. 어린아이를 쓰러뜨리고 짓누른 것을 미안해하는 얼굴이다.

집사가 일어나더니 머리를 매만지고 넥타이와 재킷을 가다듬으며 평정을 되찾는다. 손에는 우리 둘의 이름이 쓰인 종이가 구겨진 채 들려 있다. 겉으로는 침착해 보이지만, 그의 눈에는 지옥 불이 활활 타오른다. 그가 스티븐에게 무언가 명령하자, 스티븐이 질색하는 표정을 짓는다. 집사가 비어트리스의 따귀를 때린다. 아이의 머리가 줄기가 꺾인 꽃송이처럼 홱 옆으로 돌아간다.

괴수! 옥졸! 고문자! 괴물! 낸시의 영웅 메리 울스턴크래프트가 이 광경을 봤더라면 더 많은 욕을 퍼부었을 것이다.

노라 언니가 빠르게 계단을 내려간다. 나는 집사에게 떠밀려 계단에서 구른다. 에즈라 브루어 아저씨가 가재 잡는 덫에 발이 끼었을 때만큼 화가 치민다. 이런 순간에도 나는 인내해야 할까?

노라 언니가 뒤돌아보며 내게 보일 듯 말 듯 고개를 끄덕인다. 집사가 내 옆에서 흉하게 일그러진 얼굴로 언니에게 말한다.

언니가 손이 떨리는 것을 애써 감추며 집사의 말을 통역한다. "메리, 네 트렁크를 마차 뒤에 묶었대. 떠날 시간이 됐대."

나는 이런 위험을 각오했는데도 가슴이 찢어진다. 처음으로 비어트리스와 말이 통했는데 어떻게 바로 헤어질 수 있냔 말이다. 그래도 나는 고개를 끄덕인다. 턱을 치켜들고 꿋꿋해 보이려고 애쓰며. 노라 언니는 울상이 된다. 집사에게 표정을 들키지 않으려고 애쓰며.

노라 언니가 나를 로비 쪽으로 이끌다가 집사에게서 멀어지자 재빨리 수어로 말한다. "정말 미안해, 메리! 노리치를 1층에 붙잡아 두려고 진짜 노력했어. 바지에 '실수로' 뜨거운 차를 엎질렀거든." 언니의 입가에 짓궂은 미소가 스친다. "그런 다음 젖은 바지를 밀가루로 닦으려고 했어. 그게 요즘 유행하는 효과

만점 방법이라면서. 밀가루가 차를 흡수하니까."

언니가 계단 끝에서 나를 멈춰 세우더니 다시 심각해진 표정으로 묻는다. "이제 어떻게 할 거야?"

내가 손가락으로 철자한다. "비어트리스." 노라 언니가 처음에는 이해를 못 한다. "아이가 자기 이름을 썼어. 비어트리스." 언니의 눈이 휘둥그레진다. 나는 수어로 말을 잇는다. "나 아이 포기 안 해. 지금은 떠나지만 다시 돌아올 거야. 약속해."

"마차는 널 보스턴항에 내려 줄 거야." 언니가 걱정이 가득한 표정으로 말하고는 손을 쥐어뜯다가 다시 말을 잇는다. "노리치는 네가 보스턴항에서 어떻게 집까지 갈지 관심도 없어. 그저 널 이 집에서 한시라도 빨리 쫓아내고 싶겠지."

"아마 내가 탄 배가 바다로 나가자마자 누군가 날 바다로 던져 버리면 좋아하겠지? 물고기처럼." 내가 수어로 말한 다음 볼을 빨아 넣고 입술을 내밀어 물 밖으로 나온 물고기 흉내를 낸다. 언니가 피식 웃는다. "보스턴 외곽 퀸시에 사는 친구가 있어." 내 말에 언니는 눈에 띄게 안도한다.

내가 수어로 묻는다. "아까 집사가 무슨 말을 하니까 스티븐이 새파랗게 질리던데. 뭐라고 한 거야?"

언니가 또 손을 떨며 수어로 말한다. "맞다! 깜빡할 뻔했다! 스티븐한테 헛간에 있는 벽돌 가져오고 양동이에 석회랑 진흙

섞어 놓으라고 했어."

나는 '이해하다'라는 수어와 함께 고개를 젓는다. 이해가 안 된다는 뜻이다.

"느낌이 안 좋아. 사악한 의도가 있는 게 분명해. 지금 이 집에는 수리할 곳이 없잖아. 비어트리스를 가두려는 게 아니면 벽이 왜 필요하겠어? 아니면 바깥에서 누가 들여다보는 걸 막으려는 거나." 내가 이곳에 오는 바람에 이 사달이 난 걸까? 마치 말벌 집을 들쑤신 것처럼?

나는 고소하다는 표정을 짓는 월터에게 낸시가 보낸 편지 봉투를 건네며 발신인 주소를 가리킨다. 노라 언니가 주소를 소리 내서 읽는다. 나는 월터가 글을 모른다는 사실을 잊어버린 것을 민망해한다. 언니가 또 다른 말을 하자 월터가 마지못해 주머니에서 작은 동전 주머니를 꺼낸다. 내 보수가 담긴 주머니다. 나는 언니와 짧은 포옹을 한다. 콜린스 아주머니, 특히 엘리와 작별 인사를 제대로 못 한 게 못내 아쉽지만, 쫓겨나는 처지에 어쩔 수 없다.

마차는 내가 아직 앉지도 않았는데 급하게 출발한다. 마차 뒤에 난 창문으로 밖을 내다본다. 벤이 작별 인사로 한 손을 올린 채 서 있다. 벤은 언제 떠날까? 그리고 집사는 왜 그렇게 벤까지 쫓아내지 못해서 안달일까?

마차가 달릴수록 저택이 점점 작아진다. 저택을 둘러싼 정원도 흐릿한 풍경화로 변한다. 피로가 장막처럼 나를 덮는다. 베일에서 겪은 일들을 잘못된 판단 또는 실패한 수습 기간으로 치부하고 싹 다 잊고 싶은 충동을 순간적으로 느낀다. 하지만 비어트리스를 포기하는 것은 나 자신을 포기하는 것이다.

3부

19장

저 독사 같은 월터가 말들이 입에 거품을 물 만큼 빨리 달리도록 채찍질하는 모양이다. 말들이 너무 불쌍하다. 마차는 자갈길이든 흙길이든 날아갈 듯 달려간다. 마치 내가 베일에 머문 보름 정도의 시간을 흔적도 없이 지우려는 듯이. 우리는 퀸시로 향하고 있다. 나는 마차 문에 힘없이 기대앉아 창틀에 머리를 댄다. 잠이 부족한 데다 그동안 목격하고 행한 모든 일이 드디어 나를 짓누르기 시작한다.

내가 생각을 정리하려고 할 때마다 마차가 방향을 확 트는 바람에 집중력이 흐트러진다. 여러 장면이 머릿속을 스친다. 미동도 없던 새끼 고양이들. 다르게 태어났다는 이유만으로 증오의 대상이 되는 세상에 대해 나에게 경고하던 에즈라 아저씨의 어두운 눈빛. 보스턴항에서 본 노예 사냥꾼. 노리치 집사에 대한 노라 언니의 두려움. 갈라진 입술을 가리던 엘리의 창백한 손. 사슬에 묶인 비어트리스의 발목과 무화과를 맛보고 담뱃가루 냄새를 맡았을 때 아이가 보였던 환희. 처음에는 나에게 저항하다가 자기가 무슨 일을 당했는지 보여 주던 비어트리스의 모습. 아이의 목에 난 끔찍한 흉터. 작은 존재도 큰 존재만큼이나 고통받을 수 있다는 사실. 주여, 너무나 부끄럽습니다.

마차가 갑자기 멈추는 바람에 나는 몸이 앞으로 쏠리다가 문손잡이를 붙잡은 덕에 겨우 고꾸라지지 않는다. 문을 밀어서 열고 월터의 도움 없이 쓰러지듯 마차에서 내린다. 월터가 내 트렁크를 내리려고 마차 뒤쪽으로 간다.

낸시가 사는 집은 베일의 호화스러움을 반도 못 따라가지만, 내게 익숙한 농가보다는 훨씬 더 화려하다. 외관은 1층과 2층 모두 연한 갈색 나무판으로 지어졌고 일정한 크기의 창문이 달렸다. 지붕은 평평하고 양쪽에 벽돌 굴뚝이 있고 연철로 만든 뾰족한 창이 둘려 있다. 지붕 한가운데에 솟은 직사각형의 구조물이 마치 집이 왕관을 쓴 것처럼 보이게 한다.

낸시가 현관의 차양 아래 서서 나를 기다리고 있다. 집 앞에 난 길을 따라 달려오는 마차를 본 모양이다. 낸시가 뛰어와 내 팔을 잡고 부축한다. 나는 현관까지 비틀거리며 걸어간다. 집 안으로 들어서자마자 응접실 소파에 전혀 숙녀답지 않은 자세로 털썩 앉는다. 그리고 힘없이 웃으며 농담을 시도한다. “예고도 없이 불쑥 찾아와서 미안.”

낸시가 손등을 내 이마에 대더니 수어로 말한다. “메리, 너 꼴이 엉망이야. 어떻게 된 거야?”

나는 대답하려고 손을 올리지만 더는 쥐어짤 힘이 없다. 제러마이아 스키프 아저씨가 옆방에서 나타난다. 그와 낸시가 걱정스럽게 지켜보는 앞에서 나는 마치 서까래가 없는 지붕처럼 폭삭 쓰러진다. 눈앞이 순식간에 캄캄해진다.

그렇게 나는 긴 시간을 뒤척이며 잔다. 갈망하던 깊은 잠은 아니고, 꿈도 간간이 꾼다. 적어도 한 번쯤은 중간에 깬 것 같다. 마음을 진정시키는 부드러운 음악의 박자를 느꼈던 기억이 난다. 음악이 다시 나를 재운다. 다시 잠든 뒤에는 더는 뜨거운 악몽 없이 잔다.

드디어 눈을 떠 보니 나는 보들보들한 침구가 깔린 침대에 속옷만 입은 채 누워 있다. 빛이 희미하고 방 안이 어둑어둑한 걸로 보아 저녁이거나 비가 내리는 것 같다. 침대 옆 협탁 위에 놓인 수프에서 맛있는 냄새가 난다.

침대 옆에 끌어다 놓은 의자에 앉아 책을 읽던 낸시는 내가 눈을 끔뻑이며 일어나 앉자 큼직한 이가 다 드러날 만큼 활짝 웃는다. "너 영원히 안 깨는 줄 알았잖아!" 낸시는 의자에 푹 쓰러진 자세로 곯아떨어진 내 모습을 흉내 내며 수어로 과장되게 말한다.

나는 이 와중에도 웃음이 난다. "네 일과에 맞추지 못해 미안." 낸시의 웃음이 그리웠다. 수어를 유창하게 하는 사람과 대화하니까 속이 뻥 뚫리는 듯하다. 그렇다고 노라 언니와 함께 있고 수어로 대화하는 게 싫었던 것은 아니다. 하지만 내 말버릇과 줄임말과 몸짓을 다 아는 사람과의 대화는 다르다. 방금 나눈 인사처럼 구어체의 장황한 문장 구조를 따라 하며 더 화려하게 수어로 말할 때도 있지만.

낸시가 손목을 멋있게 비틀어서 "진짜라니까!"라고 외친다.

내가 수프 그릇으로 손을 뻗자 낸시가 그릇을 가져와 내 입에 대 준다. 나는 꿀꺽꿀꺽 수프를 들이켠다. 따뜻한 국물이 기분 좋게 속을 채워 준다. 낸시가 읽던 책에 내 편지가 꽂힌 게 보인다. 땀이 맺힌 피부에 속옷이 살짝 달라붙는 것을 느끼며 내가 묻는다. "나 열났었니?"

낸시가 검지와 엄지를 약간 떨어뜨려서 "조금"이라고 말한다. "아파서라기보다는 과로 때문일 거야."

내가 입술을 깨문다. "베일에 있는 내내 바닥에 뿌려진 유리 조각에 발을 베일까 봐 까치발을 하고 다니는 기분이었어."

낸시가 살짝 찌푸린다. "네가 올 거라고 예상하지 못했어. 네가 보낸 편지가 중간에 없어진 게 아닌가 싶었지. 무슨 일이 있었는지 말해 봐, 메리." 낸시는 내가 기댈 수 있게 등 뒤에 베개를 대 주고, 나는 수프를 몇 모금 더 마신다.

"요제프 하이든 얘기부터 해 줘." 내가 수어로 말한다. 아직은 내 이야기를 할 준비가 안 되었다.

"따라와. 포르테피아노• 보여 줄게." 낸시가 말한다.

나는 침대 끝에 있던 숄을 끌어다 어깨에 두른다.

우리는 응접실을 가로질러 음악실로 간다. 우아한 포르테피아노와 적갈색 나무 의자 몇 개밖에 없지만, 칠마크에서는 힐먼네 집에서도 보지 못한 멋진 방이다.

"난 왜 그동안 네가 하프시코드••를 치는 줄 알았지?" 내가 묻는다.

"원래는 하프시코드를 연주했어." 낸시가 말하다가 고개를 젓는다. "그런데 내가 연주하는 빈의 고전음악 양식에는 이 포르테피아노가 더 잘 맞아."

• fortepiano. 14세기에 발명된 하프시코드가 꾸준히 개량되어 18세기경에 음량을 조절할 수 있는 포르테피아노 또는 피아노포르테가 되었고, 이것이 현대에 이르러 피아노가 되었다.

•• harpsichord. 르네상스와 바로크 시대의 대표적인 건반악기.

"어떻게 더 잘 맞아?" 내가 묻는다.

낸시가 흥분해서 설명한다. "하이든의 소나타는 연주자의 탄력이 관건이거든. 그런데 제대로 탄력이 붙으려면 포르테피아노나 클라비코드로 연주해야만 가능해. 메리, 하이든의 음악은 하프시코드를 잡아먹으려 든다니까!"

어릴 적에는 낸시가 열변을 토할 때면 키득키득 웃곤 했다.

"그래?" 나는 손바닥을 위로 향하게 해서 말한다. "어떻게 연주하는 건지 보여 줘."

"유럽에서 수입한 거야." 낸시가 수어로 말하고는 윤기 나는 뚜껑을 어루만진다. 열린 뚜껑 밑으로 하프시코드와 비슷하게 생긴 가느다란 현이 보인다. "영국에 있는 독일 장인이 만든 거래. 금속 틀이나 버팀대가 없는 거 보이지? 예순한 개 키, 다섯 옥타브. 망치에 가죽을 씌워서 현을 때릴 때 나무에 부딪히지 않지. 그래서 소리가 더 부드러워."

나는 낸시를 놀린다. "애인 얘기하듯 말하네. 그럼 요제프 하이든은 누구야?"

낸시가 고개를 젖히며 깔깔 웃는다. "나 애인 없어! 연애할 생각만 해도 영혼이 속박당하는 것 같아. 그 얘긴 나중에 하고, 하이든은 생의 대부분을 궁중 악사로 지낸 오스트리아 음악가야. '교향곡의 아버지'로 불리지. 그런데 난 하이든이 작곡한 소나타가 더 흥미로워."

냰시는 의자에 앉더니 나에게 포르테피아노에 기대라고 손짓한다. 예전에 단순한 나무 리코더를 불면서 나에게 리코더에 손을 대라고 했을 때처럼. 냰시는 손이 큼직하지만 손놀림은 민첩하다. 이미 외운 음악을 자기가 작곡한 것처럼 능수능란하게 연주한다. 비어트리스도 지금 내 곁에서 음악을 함께 느낀다면 얼마나 좋을까.

나는 깨끗한 공기를 듬뿍 들이마시며 편안하게 숨을 쉰다. 그리고 화려하게 오르내리는 음률을 따라가며 굳게 잠겼던 마음의 문들이 하나둘 열리는 것을 느낀다. 사람들이 생각하는 것과 달리 그 문들은 내 마음대로 열리지 않는다. 냰시는 들리지 않는 내 귀에도 울림을 줄 만한 곡을 고른 듯하다. 음악이 거의 코로 느껴진다!

나는 연주하는 냰시를 지켜본다. 한때는 어울리지 않는 드레스를 입고 곱슬머리를 펴느라 인정사정없이 잡아당겨 묶고 다니던 볼품없던 아이가 지금은 장대해진 골격에도 편안해 보인다. 음악 교육을 통해 차분함과 자신감이 넘치는 숙녀가 되었다. 다 크면 분명 자기 삼촌보다도 더 몸집이 커질 것이다. 하지만 튼튼한 팔과 긴 목이 멋스러운 자태를 완성해 줄 것이다. 음악에 맞춰 몸을 흔들 때마다 냰시의 까만 곱슬머리가 물결친다. 엠파이어 웨이스트• 드레스가 낸시의 가슴과 떡 벌어진 어깨를 돋보이게 한다. 낸시는 블루스타킹의 신념에 따라 여성의 몸을 옥죄는 코르셋을 거부한다.

낸시의 연주가 끝나자 나는 박수를 보낸다. 낸시의 삼촌도 박수를 보낸다. 그는 문간에 기대서서 뿌듯하게 웃는다. 낸시가 음악 교육을 받을 수 있게 된 것은 다 그의 관대함과 후원 덕이다. 그런데도 나는 조지 오빠가 죽은 후에 그가 보인 비겁함 때문에 도저히 그를 믿을 수 없다.

"메리." 그가 머뭇거리며 인사를 건넨다.

"제러마이아 아저씨." 나도 똑같이 조심스럽게 수어로 인사한다. "집이 참 멋있네요."

"이 집에 얼마든지 머물러도 좋아." 아저씨가 얼른 대답한다. "네가 올지도 모른다고 낸시가 말했을 때 나도 기뻤단다. 희망사항이지만 어쩌면……." 아저씨가 말꼬리를 흐리며 잠시 멋쩍은 표정을 짓는다. 이어지는 미소는 슬프지만 진심인 듯하다. 내 환심을 사려는 걸까? 과거의 일 때문에 내가 그를 너무 얕잡아 보는 걸까? "편안하게 지내렴." 아저씨는 마서스비니어드 수어를 할 줄 알지만 한동안 안 써서 실력이 녹슬었다. 낸시는 전

• empire-waist. 옷의 어깨와 가슴 부분은 몸에 붙고 가슴 바로 아래부터는 퍼지는 형태.

혀 안 그렇지만.

우리는 음악실과 연결된 응접실로 자리를 옮긴다.

"베일에선 비가 거의 내리지 않았어요." 내가 수어로 말한다.

"여긴 줄기차게 내렸어." 아저씨가 대답한다.

"우리 정말 날씨 얘기나 할 거예요?" 낸시가 끼어든다.

"그럼 무슨 얘기가 하고 싶은데?" 내가 눈을 반짝이며 묻는다.

"우리 부모님 안부를 묻는 게 도리겠지만 그럴 기분이 도저히 안 드네." 낸시가 한숨을 쉰다. "삼촌은 아빠한테서 매달 보고받아. 양 치는 게 얼마나 힘든지, 얼마나 돈이 쪼들리는지. 전부 넋두리지만."

"나 떠나기 얼마 전에 샐리 리처즈가 너희 목장 양 떼를 진찰했었어. 그런데 네 아버지가 샐리의 조언을 무시했대."

"샐리!" 낸시가 샐리의 이름을 손가락으로 철자한다. "그동안 완전히 잊고 지냈네. 걔는 요즘 뭐한데?"

내가 수어로 대답한다. "샐리는 동물 돌보는 일을 배우면서 아주 잘 지내. 아퀴나뿐만 아니라 우리 마을도 돌면서 일하지."

"걔가 아무리 일을 잘해도 마을 사람들이 걔한테 도움받는 걸 못마땅해할 때도 많겠네." 낸시가 수어로 말한다.

"그러게 말이야. 네 아버지는 샐리한테 진찰료 못 주겠다고 했대." 내가 대꾸한다.

낸시가 눈알을 위로 굴린다. "샐리네 부모는 뭐하고?"

"샐리 엄마는 학질로 목숨을 잃었어." 내가 수어로 대답한다. 낸시와의 대화가 깊어질수록 나는 점점 구어체 영어의 문법에서 벗어나 나만의 규칙이 있는 수어를 하게 된다. "샐리 아빠. 절망. 또 고래잡이 계약."

"왐파노아그족은 비극의 연속이군." 제러마이아 아저씨가 수어로 말한다. "곧 멸종될지도 모르겠네. 이곳의 인디언들처럼. 누구였더라? 매사추세츠의 치카타우붓 족장이 이곳에 정착하기 전에 모스웨투셋 홈목이라는 언덕을 부족의 땅으로 다스렸다던데. 역사는 그렇게 진보하는 거야. 인디언 부족들이 서로 정복하려고 싸우다가 결국 그들의 땅은 우리 차지가 되는 거지."

여기서 나는 길 가다가 쇠똥을 피하듯 아저씨의 지독한 편견을 외면해야 할까?

"저는 왐파노아그족이 없어지지 않으면 좋겠어요. 비니어드에 있는 부족은 줄어들긴 했지만 여전히 활기차게 살아가요. 코드곶에 있는 왐파노아그족도 전통을 지키며 산다고 들었고요." 내가 수어로 말한다.

아저씨가 방을 서성이며 말을 이어 간다. "앞을 내다보지 못하는 게 문제야. 조선업에 뛰어들고 피아노포르테를 수입한 나를 봐. 이게 진보야. 전통 좋지. 우리도 전통을 지키고. 하지만 국가 발전에 저들은 어떤 보탬이 되고 있지?"

나는 아저씨의 말을 쉽게 받아치지 못한다. 원주민 부족들은 지금도 자기 민족의 주권을 지키려고 싸운다. 나는 샐리를 통해 인디언 부족이 얼마나 다양한지 알게 되었다. 나는 사람을 재산의 유무로 재단하지 못하겠다. 내가 생활 속에서나 글쓰기를 통해 터득한 역사관은 이 집 주인의 역사관과 너무 다르다. 부끄럽지만 예의를 지키려고 나는 그의 주장을 반박하지 않는다. 낸시가 내 불편한 마음을 눈치챈다.

자기 삼촌이 방에서 나가자 낸시가 화제를 바꾼다. "그나저나 에즈라 브루어 아저씨는 어떻게 지낸대?"

"엄마 말로는 아저씨가 몹시 아프대." 나는 생각에 잠겨 수어를 이어 간다. "그런데 리 목사님과 나를 코드곶으로 태워다 줄 때는 얼마나 못되게 굴었는지 몰라. 무슨 동요를 읊는데 등골이 다 오싹했다니까."

"어렸을 때부터 난 그 아저씨가 무서웠어." 낸시가 회상한다. "만날 귀신 이야기나 하고. 한번은 바다에 빠져 죽은 선원들이 물에서 걸어 나오는 이야기를 해 줬는데 아직도 기억나. 그냥 걸어 나왔대. 제복 입고 뭍으로 행군하듯. 그 이야기를 듣고 나서 몇 날 밤을 이불 뒤집어쓰고 잠을 설쳤다니까!"

"넌 스파이 이야기를 제일 좋아했잖아." 내가 상기시킨다.

"아직도 진짜 스파이를 만나 보는 게 꿈이야. 독립 전쟁이 끝난 지 한참 됐는데도 여전히 미국의 건국을 인정하지 않는 영국 충성파가 살아 있대. 지금도 제퍼슨 대통령과 부하들의 통치를 방해하면서."

"이제 와서 뭘 할 수 있다고?" 내가 묻는다.

낸시가 무대에서 연극하듯 대답한다. "부도덕한 짓은 얼마든지 할 수 있지. 심지어 암살도!" 낸시가 가슴을 부여잡고 쓰러진다.

내가 팔을 뻗으며 수어로 외친다. "너무 나갔다!"

낸시가 내게 바짝 붙는다. "넌 문제가 생겨도 나한테 말을 안 해 주더라."

내가 머리를 톡톡 치며 말한다. "생각을 정리하는 데 시간이 걸려서 그래. 베일에서 겪은 일에 대해서 할 말이 많아. 해야 할 일은 더 많고. 도전할 의지만 있다면. 지체할 시간이 없어. 상황이 정말 급박하거든. 하지만 모든 것을 심사숙고해서 행동에 옮겨야 해. 실패하면 정말 끝장이야. 그동안 이미 수없이 실수를 저질렀거든. 또 실패할까 봐 꼼짝도 못 할 만큼 무서워."

"지금은 자자." 낸시가 말한다. "내일은 나들이를 준비했어. 머리도 식히고 힘도 나게 될 거야. 그러니 내일 다 말해 줘."

나는 방으로 돌아가서 자려고 눕는다. 꿈속에 나타날 별들이 내 마음속 어둠을 몰아내길 기도하며.

20장

제러마이아 아저씨네 하녀가 내 초록색 드레스를 빨고 낸시가 선물한 검은 비버털 모자를 빗어 줬다. 낸시가 깨끗한 스타킹을 빌려준다. 내 외투를 보고 혀를 차더니 외투도 한 벌 빌려준다. 내 모자와 같은 재질의 머프•도 내준다. 오늘은 산책하러 나갈 예정이다.

섬 밖이라 그런지 봄이 다가오고 있는 게 느껴지지 않는다. 포로였을 때나 손님인 지금이나 그건 변함이 없다. 꽃과 나무가 살아나는 봄은 역시 고향에서 보내는 게 최고다. 장화를 벗고 바닷가를 거닐며 발가락 사이를 파고드는 시원하고 반짝이는 바닷물을 느끼던 때가 그립다.

• muff. 털 뒷면에 천을 대고 토시 모양으로 만들어 양쪽으로 손을 넣는 방한구 겸 장신구.

밝은 햇빛을 받으며 낸시와 팔짱을 끼고 걷지만, 나는 속이 좀처럼 따뜻해지지 않는다.

"이 마을 이름은 존 퀸시 대령의 이름을 따서 지었어. 그분 손녀 애비게일 애덤스•가 자기 할아버지 이름을 장남에게 붙여 줬지. 존 퀸시 애덤스는 베를린 대사를 지냈고. 그 가문이 여기서 엄청난 화강암 채석장을 운영하고 있어." 낸시가 수어로 설명한다.

"저 집은 뭐야?" 내가 묻는다. 베일에서 있었던 일들의 전말을 밝히기 꺼려져 딴청을 피우는 것이다. 하지만 낸시가 마지막으로 내게 편지를 보낸 이후부터 어떤 일이 있었고, 어쩌다 이곳으로 오게 되었는지 털어놔야 한다.

"식민지 시대에 지어진 집인데, 도러시 퀸시가 어린 시절 저기서 자랐어. 지금은 존 행콕의 부인이고. 독립 전쟁 전에는 저 집이 애국지사들의 회합 장소였대." 낸시가 설명한다.

"우리 저쪽 묘지 가는 거 아니지?" 내가 수어로 묻는다.

"신기한 게 많긴 한데, 오늘은 거기 가는 거 아냐." 낸시가 대

• Abigail Adams(1744~1818). 매사추세츠 정계의 명문가 퀸시 집안 출신으로, 정치인 할아버지 존 퀸시의 영향을 받으며 성장했다고 한다. 남편이자 미국 제2대 대통령 존 애덤스에게 정신적으로나 정치적으로 진정한 동반자였다. 미국의 독립과 연방을 이끈 남편과 동료들이 새로운 법을 제정할 때 그가 보낸 "여성들을 기억하라."는 편지는 오늘날에도 인용될 만큼 유명하다.

답한다.

"그럼 어디 가는 건데?" 내가 한숨을 쉬며 묻는다. "돌아가자. 나 구경은 할 만큼 했어."

"잠깐만 참아 봐." 낸시가 '참다'를 뜻하는 수어 대신 '회색 곰'을 뜻하는 수어로 말한다.• 영어 관용구를 장난스럽게 빌려 온 수어가 나를 피식 웃게 만든다. 마서스비니어드 수어에도 우리만의 관용구가 있는데, 그중에는 영어로 옮기면 그 맛이 살지 않는 것들도 있다. 예를 들어 손가락 끝으로 어깨에 묻은 부스러기를 터는 시늉을 하는 수어를 영어로 옮기면 대략 "난 관심 없으니까 딴 데 가서 알아봐."가 된다. 이 수어는 에즈라 브루어 아저씨가 가르쳐 준 것이다!

피스필드는 으리으리하지만 그래도 베일보다는 친근하게 느껴진다. 조지 왕조 양식의 하얀 건축물에는 까만 덧문이 달렸고, 거의 한 층을 더 얹은 듯 높이 솟은 박공지붕 덕에 천장이 높은 다락방이 있을 것 같다. 집 주변에 밭과 과수원이 있어서 그런지 더 사람 사는 집처럼 보인다.

나는 집을 둘러싼 풍경에 정신이 팔려 낸시가 울타리 안쪽

• 영어 단어 'bear'는 명사로 쓸 때는 '곰', 동사로 쓸 때는 '참다'라는 뜻이 있다. '곰'과 '참다'의 수어가 다르지만, 여기서 낸시는 일부러 '참다' 대신 '곰'을 뜻하는 수어 단어를 쓰는 일종의 언어유희를 한 것이다.

누군가에게 손을 마구 흔드는 모습을 보지 못한다. 그래서 키가 작고 배가 불룩한 남자가 우리에게 다가와 바로 앞에 멈추고 나서야 그를 의식한다. 그리고 잠깐 머뭇거리다가 그가 누군지 알아본다. 이 나라의 독립 혁명을 이끈 지도부의 일원이자 제2대 대통령을 지낸 존 애덤스다! 낸시가 애덤스 전 대통령에게 구어와 수어로 말을 건다. 처음 만난 사이가 아닌 건 한눈에 알겠다. 낸시가 나를 대화에 끌어들이려 하자 나는 부끄러워서 몸 둘 바를 모르겠다. 낸시가 나와 애덤스 씨를 위해 통역한다. "이쪽은 마서스비니어드에서 온 메리 램버트 양이에요. 비니어드 주민 중 많은 사람이 귀가 안 들려요. 그래서 우린 손을 사용하는 수어로 말하죠."

애덤스 씨가 농부들이 즐겨 쓰는 모자를 살짝 기울여 내게 인사한다. 사람을 꿰뚫어 보는 듯한 눈빛이 인상적이다. 나도 무릎을 굽혀 인사해야 하지만 너무 놀라서 깜빡한다. 애덤스 씨는 말할 때 정말 활기가 넘쳐 보인다. 독립 전쟁 전에는 변호사였다는데, 신중하면서도 열정적으로 대화하는 모습에서 변호사의 풍모가 느껴진다.

낸시가 애덤스 씨의 말을 통역해 준다. "소통이 얼마나 중요한지 나도 잘 압니다." 그의 지적인 눈은 말할 때 더 반짝인다. "프랑스로 파견된 외교단의 단장으로 일할 때 프랑스어를 익히지 못했습니다. 프랑스어를 배웠다면 일하기 훨씬 더 수월했을 겁니다."

"지난 토요일 애덤스 부인께서 저희 모임에 오셔서 강연하셨어요. 기혼 여성의 재산권에 관한 강연이었는데 무척 재밌었답니다." 낸시가 애덤스 씨에게 말하자 그가 뿌듯한 미소를 짓는다. 자기 아내의 공을 가로챌 사람처럼 보이지는 않는다. 애비게일 애덤스의 강연이 재밌었다는 말에 진심으로 기뻐하는 것 같다. "감사 인사 꼭 전해 주세요. 정말 많은 것을 깨닫게 해 준 강연이었어요." 애덤스 씨는 그렇게 하겠다는 뜻으로 다시 모자를 살짝 기울인다.

어린 사내아이가 수줍게 다가와 애덤스 전 대통령의 다리 뒤에 숨어 외투를 잡아당긴다. 애덤스 씨가 고개를 돌려 아이가 하는 말을 듣더니 뭐라고 대꾸한다. 대화하면서 배를 쓰다듬는 버릇을 본인은 의식하지 못하는 것 같다. 그동안 낸시가 나에게 설명한다. "손자. 우리 수어가 신기했나 봐."

부끄러움이 조금 가신 나는 아이에게 인사를 건넨다. "안녕. 난 메리야." 꼬마는 자기 할아버지 다리 뒤로 얼른 몸을 숨기면서도 계속 나를 지켜본다. 나는 수어로 "할아버지."라고 말하고는 한 번 더 반복한다. "할아버지. 손자." 낸시가 통역해 주자 꼬마가 호기심 가득한 미소를 띠고 수어를 따라 한다. 자그마한 손으로 처음에는 더듬거리다가 여러 번 반복하더니 금세 능숙해진다.

"잘하네! 애가 자기 아빠를 닮아 똑똑해요." 애덤스 씨가 뿌듯해하며 말한다. 아이의 아빠라면 존 퀸시 애덤스를 말하나 보다. 얼마 전 상원의원 임기를 마친 것으로 안다. "뭐든 어찌나 빨리 배우는지!"

"메리는 교사가 될 거예요." 낸시가 애덤스 씨에게 말하자 나는 얼굴이 새빨개진다.

애덤스 씨가 나를 칭찬한다. "아주 실용적인 꿈이네요. 내게는 이 수어라는 게 새로운 개념이지만, 메리 양에게는 일상이겠군요." 그가 손주의 손을 잡는다. "이제 가자, 조지. 엄마한테 돌아가야지. 낸시 양, 메리 양, 만나서 반가웠습니다."

"조지?" 내가 빠른 걸음으로 자리를 뜨면서 낸시에게 묻는다.

낸시가 살짝 쓴웃음을 지으며 대답한다. "조지 워싱턴 애덤스. 말도 마. 저분이 손자 이름에 대해 뭐라고 했는지는 다시 입에 담기도 싫은 지경이야."

"우리 건국의 아버지를 욕했다고?" 내가 깜짝 놀라며 수어로 묻는다.

"저분 앞에서는 그런 말도 하지 마. 두 분이 전쟁 당시 서로 엄청난 경쟁자였나 봐. 그나저나 너 힘든 일 잠깐이라도 잊으면 좋겠다고 했잖아. 그래서 아예 널 놀라 자빠지게 해 준 건데, 어때?"

나는 바로 인정한다. "성공했네. 존 애덤스 전 대통령이라니. 정말 상상도 못 했다! 아무튼 이제 얘기해야지."

낸시가 수어로 속삭이듯 말한다. "그래. 그런데 말이야, 나 친구 몇 명 초대했어. 네가 무슨 일로 누구를 위해 베일에 갔는지 아는 사람들이야. 지금 네 상황에 무척 관심이 많고."

"내 얘기를 다른 사람들한테 한 줄 몰랐어." 나는 갑자기 비어트리스를 보호하고 내 교수법을 변호해야 할 것 같은 느낌이 든다.

"그 사람들이 내는 아이디어가 자극이 되고 결의를 다지게 해 줄 거야." 낸시가 수어로 말하더니 주먹을 허공에 치켜든다.

"나 결의는 충분해." 내가 침착하게 대꾸한다. "무엇을 할 수 있을지, 제일 효과적인 방법이 뭔지 몰라서 그렇지. 뭐라도 해야 하는 건 분명해."

"같이 고민하면 답을 찾을 수 있을 거야. 두려워하지 말자!" 낸시가 수어로 나를 안심시킨다.

하지만 내가 두려워하는 것은 당연하다. 노라 언니의 추측이 맞는다면, 비어트리스의 감방을 더 꼭꼭 숨기기 위해 짓고 있을 벽은 얼마나 빨리 올라갈까? 그 안에서 비어트리스는 먹을 것 없이 얼마나 버틸 수 있을까?

제러마이아 아저씨네 응접실에는 숙녀 두 명이 우리를 기다리고 있다. 한 명은 희끗희끗한 머리를 둥글게 말아 올렸고 안경을 썼다. 소파에 앉아 양손으로 지팡이를 짚어 등을 꼿꼿이 세우고 있다. 다른 한 명은 더 젊고 유쾌해 보인다. 내가 외투를 벗는 동안 고개를 살짝 치켜든 자세로 나를 관찰한다.

처음 보는 흑인 하녀가 차를 담은 쟁반을 내려놓더니 지시 없이 바로 나간다. 하녀의 이름을 물으려는데 낸시가 친구들에게 나를 소개하기 시작한다.

"호텐스 레드그레이브 부인, 이쪽은 어릴 적부터 친구였고 그동안 제가 참 많이 얘기한 메리 램버트예요."

희끗희끗한 안경 부인이 목례한다. 젊은 여자는 나와 힘 있게 악수한다. 그가 하는 말을 낸시가 수어로 통역한다. "만나서 반가워요! 몰리예요." 나는 몰리의 당돌함과 콧등에 난 주근깨 때문에 미소가 절로 난다.

몰리는 우리 모두 차를 따르고 케이크를 나눈 뒤 자리에 앉을 때까지 밝은색의 청개구리처럼 이리저리 뛰어다닌다. 그러다가 남자와 똑같은 자세로 벽난로 선반에 기대선다.

나는 구경거리가 된 기분이지만, 나를 향한 호기심이 나쁘게

만 느껴지진 않는다. 나는 사람들과 눈을 맞추기보다는 머리를 숙이고 있는다. 그러다 발을 구르는 진동을 느끼고 고개를 든다.

낸시가 수어로 말한다. "메리, 이제 얘기를 시작해야지."

낸시는 못 말리는 말괄량이긴 하지만, 낸시가 사귀는 친구들이 믿을 만하다는 건 의심할 이유가 없다. 게다가 이 두 분은 급진적인 생각을 하긴 해도 점잖은 사람들이다. 나는 베일에서 만난 사람들을 묘사하고, 특히 비어트리스와 함께한 시간을 자세히 이야기한다. 낸시가 내 수어를 열성적으로 통역하는 동안, 나는 두 사람의 얼굴을 바라본다. 두 사람 모두 나보다는 낸시를 더 많이 바라본다. 나는 내가 어떤 실수를 했고 비어트리스가 어떻게 아파했는지를 몸짓으로 보여 준다. 그러다가 계속하라는 사람들의 눈빛에도 동작을 멈춘다. 구경거리가 된 게 싫어진다.

"최대한 빨리 돌아가야 해요." 나는 수어로 말하며 이야기를 마친다.

레드그레이브 부인이 지팡이로 바닥을 친다. 처음에는 나에게 무슨 말을 하려고 그러는 줄 알았다가 여기 있는 모든 사람을 집중시키려는 동작임을 깨닫는다.

"울스턴크래프트 선생이 이렇게 쓰셨지. '여성을 이성적인 존재이자 자유로운 시민으로 만들어라.' 비어트리스라는 아이는 남성이 여성을 좌지우지할 힘을 가졌을 때 얼마나 잘못될 수 있는지를 보여 주는 상징이야."

"아이가 힘이 없는 건 맞지만, 상징이라고 생각하고 싶지 않아요. 피와 살이 있는 진짜 아이예요." 내가 수어로 대꾸한다.

몰리도 한마디 한다. "울스턴크래프트의 글엔 이런 말도 있어요. '세상에 부족한 건 자선이 아니라 정의다.'라고."

나는 힘차게 머리와 주먹을 동시에 끄덕인다. "맞아요! 그 말에 전적으로 동의해요. 자선이 저에겐 적이 되는 경우가 너무 많아요. 사람들이 나를 불쌍하게 여기거나 혐오스럽다는 듯이 볼 때마다 느끼죠. 비어트리스도 똑같이 느낄 거라 짐작해요. 그런데 정의는 참 먼 이야기 같네요. 제가 바라는 거긴 하지만."

"그 끔찍한 집에서 아이를 빼낸 다음엔 어떻게 할 생각인가요?" 나를 보며 몰리가 묻고 낸시가 통역한다.

내가 고백하듯 대답한다. "사실 정확한 계획을 세우진 못했어요. 비니어드로 데리고 갈 순 없겠죠. 그건 유괴가 될 테니까. 이 집처럼 안전한 장소로 데려온 다음 코드곶에 친척이 있는지 알아보는 건 어떨까 생각하고 있었어요."

낸시가 불쑥 수어로 말한다. "여기 데려오는 건 안 돼."

"그래도 된다고 단정한 건 아니야. 그저 어떻게 해야 할지 확신은 없고……. 집을 찾아 주고 싶은 것뿐이야." 내가 낸시에게 말한다.

"야심이 크군." 레드그레이브 부인이 말한다. 그는 내게 한 번도 눈길을 주지 않는다. 나는 낸시가 통역하는 동안 나를 볼 수밖에 없도록 그의 바로 앞에 서 있고 싶은 충동을 느낀다. "하지만 우린 길 잃은 소녀들 집을 찾아 주는 일은 하지 않아. 감각이 온전치 않은 아이는 더더욱."

"그럼 하는 일이 정확히 뭔가요? 블루스타킹은 뭘 하는 데죠?" 내가 수어로 묻는다.

몰리가 끼어든다. "그건 웃긴 이야기가 있는데요, 한 여인이 영국에서 문학 모임에 입장을 거부당했어요. 정장을 입지 않았다는 이유로. 그래서 그가 한 대꾸가 '복장은 상관없소. 블루스타킹을 신고 오시오!'였대요."

나는 웃지만, 곧 미소가 사라진다. "저 혼자서는 안 돼요. 제발 저와 함께해 주실 수 없을까요?" 나는 손뿐만 아니라 눈으로도 애원한다.

"얼마나 빨리요?" 몰리가 묻는다. "나 며칠간 시내에 볼일이 있긴 한데, 그 성에 쳐들어가서 그 사악한 집사 놈을 처단하는 일이라면 기꺼이 도울게요. 여자아이를 사슬에 묶어 놓은 걸 생각하면 피가 끓어요."

레드그레이브 부인은 동상처럼 미동도 없이 앉아 있다. 문간에서 회의를 지켜보던 제러마이아 아저씨가 끼어든다.

제러마이아 아저씨가 구어와 수어로 말한다. "제가 계획을 한번 세워 봤습니다만." 그는 낸시와 나를 가리키면서 말을 잇는다. "두 숙녀가 핵심 역할을 해야 합니다. 그 집사를 따돌리는 데 제 지위와 성별을 이용하는 것을 창피해하지 마십시오. 대의를 위해서 제가 쓸모가 있다면 기꺼이 쓰이겠습니다."

우리를 놀리는 것 같진 않지만, 왜 이렇게 우리를 돕는 일에 적극적인지는 모르겠다. 아무튼 아저씨가 끼어드는 바람에 김이 다 빠지고 만다. 우리는 예의상 차를 마저 마신다. 그래도 몰리가 찻잔 너머로 나에게 윙크한다.

찻잔을 치우려고 흑인 하녀가 돌아오자 나는 그와 눈을 맞추려 한다.

"이름이 뭐야?" 내가 낸시에게 묻는다.

낸시가 손가락으로 이름을 철자한다. "시시."

내가 수어로 대꾸한다. "그건 제대로 된 이름이 아닌데. 예전에 노예들한테 붙이던 이름이잖아."

낸시가 어깨를 으쓱한다. 그리고 레드그레이브 부인이 우아한 마차에 올라타기 전 내 손을 잡을 때 다시 통역으로 나선다. "자네 같은 사람도 희망 잃은 아이를 도와주려고 하다니 참 대단하군." 나는 몸이 굳어지는 것을 느끼며 이를 악문다.

부인이 떠난 뒤 낸시가 수어로 말한다. "좋은 뜻으로 한 말일 거야. 수어로 말하는 사람은 처음 보는 거니까."

"귀가 안 들리는 사람이겠지."

낸시가 대꾸한다. "그렇게 표현할 수도 있겠네. 그게 무슨 차이가 있나?"

"너나 나한테는 거의 차이가 없지. 하지만 다른 사람들은 다르게 생각할걸."

"난 눈치채지 못했는데." 낸시가 대꾸한다.

"당연하지. 넌 눈치가 없잖아?" 우리는 웃음을 터뜨리며 긴장을 푼다.

내가 낸시를 안심시킨다. "몰리는 맘에 들어. 그리고 네 삼촌이 내 편인 것도 다행이고."

"우리 편." 낸시가 내 말을 고친다.

"그래, 우리 편. 무엇보다 비어트리스 편." 내가 수어로 대꾸한다.

문득 낸시의 삼촌이 왜 나를 도우려는지 이해된다. 빚을 갚으려는 것이다. 이 위험한 일이 성공적으로 마무리되기만 하면 나는 그가 우리 가족에게 진 빚은 다 갚았다고 생각할 것이다. 그는 마차 사고에 대해 아빠에게는 사죄했지만, 엄마와 나에게는 아무 말도 하지 않았다. 그가 나를 돕는 목적이 무엇이든, 나는 지금껏 비어트리스의 자유보다 더 간절히 바라는 건 없었던 것 같다. 내 가르침이 엉성했는데도 나는 간신히 비어트리스의 신뢰를 얻었다. 이제 내가 자기를 구하러 돌아올 거란 희망을 버리지 않기만 바랄 뿐이다.

21장

점심 식사를 마친 뒤, 우리는 응접실에 모여 작전을 짠다. "집, 그려." 제러마이아 아저씨가 수어로 지시한다. 맞는 비니어드 수어이긴 하지만, 낸시와 나의 유창함에 비하면 초급 실력에 불과하다. 나는 사각형을 그리고 그 안에 창문을 그려 넣다가 연필을 내려놓는다. "그림은 조지 오빠가 잘 그렸어요. 난 글쟁이고."

"그럼 묘사해 봐." 아저씨가 종이를 자기 앞으로 옮긴다. 그의 그림은 원시적이지만 그런대로 정확하다. "집으로 이어지는 진입로는 이거 하나뿐이라고?"

내가 고개를 끄덕인다. 설레는 마음으로 처음 베일에 도착했던 날을 떠올린다. 그때는 정말 아무것도 몰랐다.

"현관에 다다르기 전에 너희를 내려 주면 집이나 마구간에서 너희가 보이려나?" 아저씨가 묻는다.

"당연히 보이겠죠. 진입로에는 가로수가 없어서 몸을 숨길 만한 곳이 없어요." 내가 대답한다.

"비어트리스 감방 열쇠는 아직 가지고 있고?" 아저씨가 묻는다.

"트렁크에 숨겨서 몰래 가져왔어요."

나는 아저씨가 쉽게 이해할 수 있도록 반은 수어, 반은 몸짓으로 소통한다.

"컬퍼 씨는 떠났을까?" 낸시가 묻는다.

"벤이 아직 떠나지 않았기를 바라지만, 기대하면 안 될 것 같아." 내가 수어로 대꾸한다.

제러마이아 아저씨도 수어로 받아친다. "맞아. 우리 셋이랑 우리가 마주칠 만한 하인들을 중심으로 계획을 짜도록 하자. 컬퍼라고? 어디서 들어 본 것 같은데?" 그가 손바닥을 맞비비더니 각자 맡은 역할을 설명한다. 나는 삼촌과 조카의 과감함이 닮았다고 생각한다.

(그렇게 부르기 민망하지만) '시시'가 음식과 함께 여분의 담요를 싸 주는 동안, 마부가 마차와 말을 준비한다. 나는 담요를 두 드리고 음식 바구니 안을 들여다본 뒤 "고마워요."라고 수어로 인사한다. '시시'는 누군가 자기에게 직접 말을 거는 게 낯선 눈

치지만, 용기를 내서 나와 눈을 맞추고 고개를 끄덕인다.

우리가 탄 마차는 우아하지만 호사스럽지는 않다. 어떤 마차든 상관없다. 지금은 동화나 찾을 때가 아니니까. 우리는 적당한 속도로 달린다. 조바심을 내기보다는 자연스러워 보이는 게 우리 계획이다. 제러마이아 아저씨는 여름 별장을 물색하려고 혼자 월섬을 둘러보는 퀸시 출신 신사 역할을 맡았다.

낸시가 노래의 장단에 맞춰 쿠션을 손가락으로 두드린다. 노래의 가락을 흥얼거리느라 입술을 움직이는 게 보인다. 낸시의 삼촌은 은색 물통에 든 음료를 한 모금 마시더니 차창을 내다본다. 정말 유유자적하는 신사 같다. 그의 침착한 모습에 내 떨림도 잦아든다. 우리가 발각되기 전에 비어트리스를 구할 기회는 단 한 번뿐이다. 제러마이아 아저씨가 말한다. "그 집에 도착하면, 내가 이 근방이나 주변 땅과 집에 관해 이것저것 물으면서 노리치 집사를 붙잡아 둘게."

"가명 쓰는 게 좋을 거예요!" 내가 낸시의 도움을 받아 그에게 경고한다. "그자는 틀림없이 나랑 낸시가 주고받은 편지를 다 읽었을 테니까 스키프라는 이름을 알아볼지도 몰라요."

아저씨가 고개를 끄덕인다.

"우리 둘은 조용히 온실로 가서 벤을 찾아볼게요. 내가 있을 때는 주방 문을 잠가 두지 않았는데, 지금은 상황이 달라져서 집 안으로 들어가려면 벤의 도움이 필요할지도 몰라요. 게다가 내가 떠난 후로 비어트리스가 몸을 가누지 못할 만큼 약해졌다면 더더욱 벤의 도움을 받아야 해요."

"그리고 하인 전용 뒤쪽 계단으로 올라가 무당벌레를 풀어 주는 거야." 낸시가 마무리한다.

나는 고개를 끄덕이면서 열쇠가 든 외투 주머니를 두드린다.

계곡에 자리 잡은 저택이 시야에 들어오자 나는 숨이 턱 막힌다. 내가 베일을 가리키니 제러마이아 아저씨는 차분하게 고개를 끄덕이고 낸시는 목을 길게 빼고 창밖을 내다본다.

"몸 낮춰." 아저씨가 우리에게 담요를 건네며 수어로 지시한다. 낸시는 삼촌의 긴 다리를 피해 마차 바닥에 엎드리고, 나는 맞은편 의자에 엎드려 담요를 덮고 몸을 더 웅크린다. 사람들은 내가 주변 소리를 못 들으니까 무섭겠다고 생각할 수 있겠지만, 나는 귀가 안 들리기 때문에 오히려 고요함이 무엇인지 정확히 안다. 나는 지금 내가 바위라고 상상한다.

말들이 천천히 멈춰 선다. 제러마이아 아저씨가 내리자 마차가 살짝 들린다. 나는 그가 마차 지붕을 천천히 두 번 치는 것을 느낀다. 약속한 신호다. 콜린스 아주머니가 나와서 인사하고 있다는 뜻이다. 빠르게 세 번 치면 집 안을 둘러보도록 초대를 받았고 마부는 마구간으로 안내를 받았다는 뜻이다. 마부는 이

때 운전석에서 내려 말들을 살핀 다음에 다시 출발하라고 미리 지시를 받은 상태다.

낸시가 내 등을 두드린다. 이제 나와도 되나? 나는 담요 밑에서 고개를 빼꼼히 내민다. 낸시는 이미 일어나 앉아 있다. "지금이야." 낸시가 수어로 말한다. 내가 겁에 질린 표정을 지었는지 낸시가 다시 말한다. "가자고!" 나는 내 학생을 떠올리며 몸을 낮추고 마차에서 내릴 준비를 한다. 집이 아니라 진입로 쪽 문을 열고 조용히 기어서 내린다.

"앤드루 노블이 비니어드에서 농인과 관련된 표본 채집한다고 흙 모으는 거 우리 둘이 돌담 뒤에 숨어서 염탐하던 때랑 똑같네." 낸시가 수어로 말한다.

그 기억이 지금 임무의 긴박함을 상기시키면서 나는 정신을 바짝 차린다. "따라와." 내가 수어로 지시한다.

엘리가 제러마이아 아저씨에게 대접할 차를 준비하는 동안 콜린스 아주머니는 노리치 집사와 함께 집 안을 구경시켜 주고 있을 것이다. 그게 우리의 계획이었다. 하지만 누구든 창밖을 내다보기만 하면 낸시와 내가 보일 것이다. 그러니 빠르게 움직여야 한다.

동쪽 별관을 끼고 도는 내 뒤를 낸시가 바짝 쫓는다. 벤의 유리 궁전은 오늘따라 신비롭기보다는 날카롭고 위험해 보인다.

문은 잠겨 있다. 내가 계속 문을 두드리는 동안 낸시가 온실 주위를 돌며 창문으로 안을 들여다본다.

다시 내 곁으로 돌아온 낸시가 수어로 말한다. "이런 곳 태어나서 처음 봐. 식물이 건강해 보이는데? 돌보는 사람이 있는 게 분명해."

벤은 그만둔 건가? 벤이 보이지 않자 내가 수어로 말한다. "벤 없이 작전 실행해야겠다."

우리는 노리치 집사가 낯선 사내와 만나는 모습을 벤과 내가 지켜보던 산울타리 뒤로 가서 쪼그려 앉는다. 몸을 숨기기에 안성맞춤이다. 하지만 여기서부터 집까지는 뛰어가야 한다. "출발." 내가 낸시에게 수어로 지시한다.

나는 하인 전용 계단이 있는 뒷문이 열려 있기를, 나와 벤이 쫓겨난 이후에 널빤지로 막아 버리지 않았기를 마음속으로 빈다. 주여, 주님의 은혜 없이는 고통받는 아이를 도울 수 없나이다.

낸시가 뒷문을 밀어서 열고는 웃으며 나를 돌아본다. "위로." 내가 가리킨다. 제러마이아 아저씨가 언제까지 사람들을 붙잡아 둘 수는 없을 것이다. 나는 나선형 계단이 익숙하지만, 낸시는 두 번이나 넘어질 뻔한다. 그러면서 소리를 냈을까 봐 걱정이다. 우리는 마침내 비어트리스의 방문 앞에 도착한다.

"벽돌을 쌓아서 아이를 가두려는 거 맞네. 근데 아직 회반죽이 굳지 않았어. 저 송곳으로 벽돌 몇 장은 빼낼 수 있을 것 같아. 적어도 네가 기어서 들어갈 만큼은." 낸시가 수어로 말한다.

낸시가 벽돌을 한 장씩 빼서 나에게 준다. 벽돌 한 장이 바닥으로 떨어진다. 우리는 새파랗게 질려 서로를 바라본다. 낸시가 귀 옆으로 손을 올려 흔든다. 벽돌 떨어지는 소리가 계단실에 메아리쳤다는 뜻이다. 우리는 더 빠르게 움직인다. 나는 낸시가 낸 구멍을 통해 벽과 방문 사이의 비좁은 틈으로 몸을 밀어 넣는다. 그리고 열쇠로 문을 연다.

문이 확 열린다. 작은 창문은 이미 나무판으로 막은 상태다. 나는 손으로 더듬으며 어두운 방으로 들어간다. 움직임이 느껴지지 않는다. 비어트리스는 어디 있지? 여기서 굶어 죽게 버려진 건가?

나는 땀을 흘리며 방바닥을 기어다닌다. 마침내 무언가에 부딪힌다. 앙상한 팔이 만져진다. 팔에 온기가 돌고 손가락이 꼼지락거릴 때까지 문지르고 주무른다. 손등으로 숨결이 느껴진다. 비어트리스가 살아 있다!

나는 문이 있는 쪽으로 아이를 끌고 간다. 아이가 눈을 천천히 깜빡인다. 내가 나타난 게 꿈인지 생시인지 분간하려는 표정이다. 낸시가 벽돌벽 구멍을 통해 비어트리스가 빠져나갈 수 있도록 돕는다. 처음에는 힘없이 처져 있던 비어트리스가 저항하기 시작한다. 낸시를 보고 무슨 생각이 든 걸까? 우리가 자기를 해치리라고 생각하는 걸까? 지금 아이는 망상에 사로잡힌 것일지도 모른다. 아이가 공포에 질려 몸을 홱홱 돌리며 주위를 둘러보더니 마침내 내 얼굴을 빤히 들여다본다. 나는 눈으로 나를 믿어 달라고 애원하며 고개를 끄덕인다. 비어트리스도 여전히 눈은 휘둥그렇지만 나를 따라 고개를 끄덕인다.

우리는 비어트리스를 양옆에서 꼭 붙잡고 계단을 내려가기 시작한다. 아래층에서 문이 열리면서 빛 한 줄기가 들어온다. 제발 노라 언니이기를!

우리는 최대한 빨리 움직인다. 소리가 많이 났을 것이다. 계단 끝에는 누가 기다리고 있을까? 제러마이아 아저씨는 어디 있는 거지?

낸시가 나에게 멈추라고 손짓한다. 나는 지금은 스파이 놀이를 할 때가 아니라고 짜증을 낼 뻔한다. 그런데 낸시가 고개를 갸웃하는 걸 보니 무슨 소리를 들은 모양이다. 비어트리스가 신기하다는 듯이 낸시를 지켜본다. 낸시는 벽에 몸을 바짝 붙이고 계단을 내려가면서 나에게도 똑같이 하라고 손짓한다.

우리는 드디어 1층까지 내려온다. 자유를 눈앞에 둔 나는 비어트리스의 손을 잡고 냅다 뛰쳐나가고 싶은 충동을 느끼지만,

냅시가 팔로 우리를 막는 바람에 또다시 짜증이 치민다. 나는 방망이질하는 내 심장 말고는 진동이 느껴지지 않는다. 단 한 순간만이라도 냅시가 지금 듣는 소리를 듣고 싶어 미치겠다. 비어트리스도 답답함을 못 이기고 냅시의 팔을 찰싹 때린다. 냅시가 얼굴을 찌푸리면서 비어트리스에게 뭐라고 쏘아붙이려다가 간신히 참는다.

냅시가 문간에 조심스럽게 달라붙어서 식료품 저장실 너머 주방 안쪽을 주시한다. 그러더니 우리에게 정원으로 빨리 가라고 손짓한다.

하지만 내가 뒷문에 다다른 순간, 노리치 집사가 밖에서 들어온다. 내가 반응하기도 전에 집사가 내 팔을 움켜잡는다. 나는 비어트리스의 손을 놓고 냅시 쪽으로 떠밀며 도망치라고 수어로 말한다. 둘은 뛰기 시작한다. 냅시는 내가 본 것 중 가장 겁에 질린 표정으로 뒤를 돌아본다.

집사가 내 어깨를 잡고 마구 흔들면서 고래고래 악을 쓴다. 내 얼굴에 그의 침이 튄다. 나는 그의 손아귀에서 벗어나려고 몸부림치면서 그의 손가락을 떼어 내 물려고 하지만 소용이 없다. 손가락이 내 어깨를 얼마나 세게 움켜쥐고 있는지 자국이 생길 게 분명하다. 집사는 나를 주방으로 끌고 간다. 주방에 가둬 놓고 비어트리스를 잡으러 가려는 걸까?

바로 이때, 집사가 갑자기 이상한 자세로 얼어붙으면서 눈에 초점이 없어진다. 나는 뒤로 자빠지고, 집사는 의식을 잃은 채 무릎이 꺾이면서 내 다리 위로 고꾸라진다. 나는 화들짝 놀라서 집사를 보다가 고개를 든다. 노라 언니가 방금 집사를 내리친 작고 납작한 다리미를 들고 서 있다. 언니는 여전히 다리미를 중세의 기사처럼 휘두르고 있다. 불꽃 같은 빨간 머리카락 한 가닥을 이마에 늘어뜨린 채. 나는 그만 웃음보가 터져 버려 언니가 내 손을 잡을 때까지 미친 듯이 웃는다. 우리는 힘을 합쳐 내 다리에 엎어진 채 신음하는 집사를 밀어낸다. 나는 언니의 도움을 받아 일어난다. 우리는 짧은 포옹을 나눈다. 언니가 "뛰어!"라고 수어로 외친다.

나는 틀린 방향으로 뛰던 낸시와 비어트리스를 따라잡고 동쪽으로 방향을 틀어 온실을 향해 뛴다. 제러마이아 아저씨는 어디에도 보이지 않는다. 나는 제발 그가 마차를 대기해 놓고 기다리고 있기를 빈다.

산울타리에 도달하기 전에 뒤를 돌아보니 집사가 자기 뒤통수를 부여잡고 비틀거리며 우리를 쫓는 게 보인다. 소리를 지르는 것 같다. 스티븐을 부르는 거면 어떡하지? 그가 나타나면 큰일이다. 저번에도 그는 비어트리스를 단숨에 때려눕혔다. 낸시와 내가 그를 막을 수 있을까?

힘을 너무 많이 쓴 낸시의 뜀박질이 느려지는 순간, 우리는 집사에게 따라잡힌다. 낸시가 비명을 지르려고 입을 크게 벌린다. 삼촌을 부르는 건가? 누군가 우리 쪽으로 달려온다. 걸음걸이를 보니 벤이다! 우리는 벤을 향해 뛴다. 낸시의 시선을 따라가니 낸시는 집사를 바라보고 있고, 집사의 시선은 벤에게 꽂혀 있다.

두 남자가 우리 셋을 사이에 두고 말다툼을 벌인다. 낸시가 다시 뛸 힘을 내는 순간, 벤이 노련한 호랑이처럼 뛰어올라 집사를 덮친다. 두 사람은 젖은 풀밭 위를 뒹굴며 몸싸움을 벌인다. 나는 고갯짓으로 "움직여!"라고 지시한다.

동쪽 별관 모퉁이를 돌자 제러마이아 아저씨가 마차 앞에서 문을 열고 손을 흔드는 게 보인다. 우리가 가까이 가자 그는 뛰어와 비어트리스를 안아 올린다. 우리 모두 마차에 올라탄다. 차창으로 현관에 서 있는 콜린스 아주머니가 보인다. 아주머니는 충격받은 표정으로 입을 틀어막고 있다. 노라 언니를 두고 떠나는 게 너무 속상하다. 집사의 뒤통수를 갈겼으니 어떤 처분을 받게 될지 상상도 하기 싫다. 그래도 언니는 결연하게 행동하는 것 같았다. 주님이 언니를 지켜 주시고 우리가 다시 만날 날을 허락하시길 기도할 수밖에 없다.

제러마이아 아저씨는 베일에서 자기가 어떻게 활약했는지

자세히 말하지 않는다. 작전 성공으로 한껏 들뜬 표정이다. 그가 수어로 말한다. “지금은 다 같이 퀸시로 돌아가자. 아이가 건강을 회복할 때까지 우리 집에서 보살피다가 가족이 있는지 알아보는 게 좋겠다.”

낸시는 영웅적인 작전 수행으로 아직도 숨을 헐떡이다가 삼촌의 말에 나를 째려본다. 비어트리스를 자기 집에 재울 것을 예상했든 못했든, 이제는 돌이킬 수 없게 되었다.

비어트리스는 여러 해 동안 고초를 겪은 집이 점점 멀어지는 것을 차창으로 바라보고 있다. 우리의 시선은 온통 그런 비어트리스에게 쏠려 있다. 이제는 자유의 몸이 되었지만 아이 앞에 어떤 고통이 닥칠지 나는 겪어 봐서 안다. 발의 족쇄가 아닌 영혼에 남겨진 족쇄를 벗어던지는 건 어려운 일이다. 게다가 비어트리스는 감옥에서 벗어난 것만 알지, 어디로 가는지도 모르는 상태다. 내가 낸시와 삼촌을 가리킨 다음 벽과 지붕을 손으로 그린다. 누구나 알아볼 수 있는 ‘집’을 뜻하는 수어다. 비어트리스가 나를 바라보다가 고개를 젓더니 다시 창문으로 몸을 돌린다. 창문에 입김을 불고는 뿌예진 유리에 손가락으로 내 이름을 쓴다. ‘메리.’ 내가 지푸라기 인형을 건네자, 아이는 눈을 깜빡거리며 인형을 보다가 꼭 끌어안는다.

낸시의 손이 평소답지 않게 잠잠하다. 내 우정을 비어트리스와 나눠 갖는 게 싫은 걸까? 아니면 학대받던 자신의 어린 시절을 떠올리는 걸까? 낸시가 음식 바구니를 열어 내 무릎에 올려놓는다. 비어트리스가 내 옆에서 한 손으로는 내 손을 잡고 다른 손으로는 음식을 만지고 냄새를 맡다가 칠면조 다리를 한 입 베어 문다. 금광을 발견한 광부의 표정도 이보다 더 황홀하진 않을 것이다.

22장

제러마이아 아저씨의 집에 도착하자 비어트리스는 내가 그랬던 것처럼 온몸에서 힘이 빠지면서 쓰러진다. 아저씨가 아이를 안고 위층에 있는 내 방 옆 손님방으로 데려간다. 덩치 큰 낯선 남자에게 안긴 게 당연히 불편하겠지만, 아이는 떼쓸 힘도 없어 보인다.

나는 낸시의 잠옷을 아이에게 입힌다. 아이는 넉넉한 잠옷 자락을 손가락 사이에 비비고 냄새를 맡는다. 보드라운 천에 뺨을 대기도 한다.

이미 가정교사 직무에서 해고되었고 보수도 받았지만, 아이는 여전히 내 책임이다. 나는 부드럽게 아이의 손과 얼굴을 씻기며 흘러내린 머리카락을 귀 뒤로 넘긴다. 아이가 콧잔등을 찡그린다. 혹시 입꼬리도 살짝 올리면서 미소를 지을락 말락

한 건가?

비어트리스를 침대에 눕히자 아이는 이불을 걷어차고 옆으로 눕더니 다리를 가슴 쪽으로 올려 끌어안는다. 나는 이불을 다시 끌어다 아이 턱 밑까지 덮어 준다. 어릴 적 엄마가 잠자리에서 나에게 이불을 꼭꼭 덮어 주던 것처럼. 비어트리스의 눈은 이미 스르르 감기기 시작했다. 금세 잠들 것 같다. 나는 아이가 뒤척이지 않을 때까지 흔들의자에 앉아서 아이 곁을 지킨다.

비어트리스가 곤히 잠들자 나는 포르테피아노 앞에 앉은 낸시에게 간다. 낸시가 수어로 말한다. "신나는 모험이었어. 하지만 다시 내 세상으로 돌아오려면 음악이 필요해."

"너만의 멋진 삶을 찾았구나." 내가 수어로 말한다. 낸시는 혹시 내가 비아냥거리는 건 아닌지 살피려고 곁눈으로 나를 본다. 나는 온화하게 미소를 짓는다.

"맞아. 술에 취하면 나를 패는 아버지, 날 지켜 주지 않고 울기만 하는 엄마한테서 벗어날 수만 있다면 그 어떤 삶도 감지덕지했지." 낸시가 솔직하게 말한다.

"알아." 내가 수어로 대답한다.

"그 어떤 삶도……." 낸시가 다시 말한다.

"비어트리스는 아직 안전한 게 아니야." 내가 말한다.

"말이 나와서 말인데, 솔직히 처음에는 너랑 한 번 더 모험한다는 생각에 취했던 것 같아. 하지만 이건 너의 싸움이야. 그동안 내 음악이나 블루스타킹의 대의에 좀 소홀해진 것도 있고. 삼촌한테 무슨 계획이 있는지 모르겠지만, 난 더는 함께하지 못하겠다."

"이해해. 그렇다고 너한테 실망하지 않아." 내가 수어로 말한다.

"너도 고결한 마음 잃지 않길 바랄게, 메리."

낸시가 건반 위로 손을 움직인다. 나는 방으로 돌아가려다가 다시 뒤돌아본다. "아까 깜빡하고 못 물어봤는데, 노리치랑 벤이 다투는 거 넌 들었잖아? 근데 너 듣다가 웃는 것 같던데?"

"맞다! 그 배신자 얘기를 어떻게 잊고 있었지?" 낸시가 수어로 탄식한다.

"누구? 벤?"

"아니, 그 집사 자식. 들어 보니 전쟁 때 변절했대. 발각되거나 공개 형벌을 받진 않았는데, 정원사는 알고 있었나 봐. 오랫동안 그를 추적하다가 그 집에 고용되었고, 해고되고 나서도 안 떠나고 근처에 진을 치고 있었던 거야. 벤은 오래된 스파이 조직 컬퍼단의 일원이래. 영국이 뉴욕을 점령했을 때 창립된 조직이야. 삼촌이나 나나 네가 '컬퍼'라고 말했을 때 알아차려야 했는데. 아무튼 전설적인 조직이야."

"내가 실제 스파이를 만났다고? 변절자도!" 내가 수어로 감탄한다. 정말 놀랍다. 아무리 노리치가 주인 가족의 비밀을 지키는 충성스러운 하인이라고 해도, 내 눈에는 처음부터 범죄자 같았다. 하지만 살아 있는 변절자를 내가 만나게 될 줄이야.

"그 자식 수갑 차고 끌려가는 꼴을 봤어야 하는데……." 낸시가 키득거리며 수어로 말한다.

나도 웃으며 말한다. "그놈 밑에서 고생한 하인들이라도 그 꼴을 보고 고소해했으면 좋겠네."

"그리고 네가 정원에서 편지 주는 거 봤다는 그 공범 말이야. 둘이 암살을 공모하던 거 아닐까? 그 자식은 어떻게 될까?"

나는 목에 올가미를 매는 시늉을 하고는 눈을 감고 혀를 내민다.

우리는 조지 오빠가 죽고 세상이 뒤집히기 전에 그랬던 것처럼 배꼽을 잡고 웃는다. 그리고 나는 자러 들어간다. 내 임무가 끝나려면 아직 멀었음을 떠올리며.

나는 방금 함께 웃던 모습으로 내 친구를 기억할 수 있을 것 같다. 아빠는 자신의 우월함을 보여 주려고 남의 모자람을 들추지 말라고 가르쳤다. 내가 이 사회가 정한 한계에 도전하는 동안, 낸시 역시 나름의 속도로 계속 성장할 것이다. 나는 결국 에즈라 브루어 아저씨처럼 이탈자로 살아갈 운명일까?

23장

아침에 눈을 뜨자마자 보인 건 금갈색 눈을 동그랗게 뜨고 내 방 안을 들여다보는 비어트리스의 얼굴이다. 내가 깨서 자기를 봤다는 걸 인식하자 아이는 얼른 뒷걸음질하며 문을 닫는다. 이 집의 모든 방문을 열어 보면서 나를 찾아다닌 걸까? 아니면 그저 낯선 공간을 탐색하면서 새로 얻은 자유의 한계를 시험하는 걸까? 나는 아이와 마주치고 깜짝 놀랐을 제러마이아 아저씨의 모습을 상상하며 피식 웃는다.

나는 얼른 씻고 옷을 입은 다음 아래층으로 내려간다. 비어트리스가 현관문을 열어 보려고 낑낑대고 있다. 낸시에게 잠그라고 당부한 유일한 문이다. 내가 아이의 어깨에 가볍게 손을 얹자 아이가 몸을 홱 돌려 나를 본다. 안심하는 눈치다. 나는 열쇠 구멍을 새끼손가락으로 쑤셔 보는 아이에게 고개를 젓는다.

그런데도 아이는 문손잡이를 한 번 더 잡아당기더니 아랫입술을 삐죽 내민다. 자유의 한계를 인식한 것이다.

제러마이아 아저씨가 잠옷 차림으로 계단을 내려오자 비어트리스가 내 뒤에 숨는다. 그는 자신이 위험한 사람이 아님을 아이에게 보여 주려고 천천히 양손을 올린다. 당연하겠지만 비어트리스는 힘센 남자를 무서워한다.

"어제 집에 돌아와서 시시를 내보내 아이한테 맞을 만한 헌 옷을 구해 오라고 시켰다. 아이 방에 옷 보따리가 있을 거야."

나는 비어트리스에게 위층으로 따라오라고 손짓한다. 아이는 마치 자기가 탄 말의 고삐를 쥐듯 내 치맛자락을 꼭 붙잡는다.

방으로 올라가 내가 세면대에 깨끗한 물을 붓자 아이는 알아서 얼굴과 팔을 씻는다. 물이 차가울 텐데도 물놀이를 시작한다. 수건을 물에 담갔다가 짜서 천천히 피부를 쓸면서 한참을 세면대 앞에 머문다.

내가 옷 보따리를 찾아서 풀기 시작하자 아이가 다가와 마저 푼다. 내가 드레스와 스타킹을 가리킨 다음 아이를 가리키자 아이는 머뭇거리다가 코를 찡그리며 울상을 짓는다. 이런 옷을 베일과 연관 짓는 건가? 코드곶에 살 때는 어떤 옷을 입었을까? 야외 수업을 하던 날 벤이 아이의 부츠와 스타킹을 벗겨 주던 게 기억난다. 비어트리스는 어릴 적 나처럼 맨발로 모래 언덕을 마음껏 뛰어다녔을까?

나는 비어트리스에게 옷을 입힌다. 아이의 몸은 뼈와 가죽만 남았을 정도로 말랐고, 오래된 멍과 새로 생긴 멍으로 얼룩졌다. 나는 살며시 아이를 어루만진다. 아이는 흠칫하지 않는다. 사슴 공원에서 우리는 말 그대로 서로를 때려눕혔다. 그날을 떠올리며 내가 웃자 아이가 나를 바라본다. 나는 손가락을 사슴뿔처럼 벌려서 머리 위로 올린다. 아이가 킥킥 웃더니 미소를 머금은 채 시선을 떨군다. 나에게 진심으로 애착을 느끼는 걸까? 아니면 도망치기 위해 나를 이용하려는 걸까? 마이넛 박사의 집에 갇혀 있을 때 노라 언니에 대한 내 감정이 그랬다. 비어트리스의 감정은 그보다 깊으면 좋겠다.

식당으로 가 보니 낸시는 이미 식탁에 앉아 있다. 식탁 옆 긴 협탁에 풍성한 아침 식사와 식기가 놓여 있다. 나는 도자기 접시 두 개를 집어 들고 한 개를 비어트리스에게 건넨다. 아이는 접시에 음식을 담는 나를 지켜보더니 별다른 지시 없이도 나를 따라 한다. 내가 식탁에 앉아 냅킨을 펼쳐 무릎에 놓자 아이도 똑같이 한다. 내가 포크로 음식을 먹자 아이가 유심히 나를 관찰한다. 아직은 식사 도구를 쓰는 게 서툴다. 하지만 조금이라도 자유가 주어질 때마다 아이는 직접 선택하려고 한다. 우리가 이런 환경에서 수업을 시작할 수 있었다면 얼마나 많은 진전을 이루었을지 상상만으로도 벅차다.

비어트리스가 너무 많이 먹는 듯해서 걱정이다. 나는 납치되었다가 구출된 후 집으로 돌아와서 식욕을 되찾는 데 시간이 걸렸다. 옥수수빵과 달걀과 소시지를 먹어 치우는 아이에게 나는 중간중간 물도 마시라고 잔을 들어 보이며 지시한다. '시시'가 식사 도중 계속 들락거리며 식탁을 치우지만, 제러마이아 아저씨는 비어트리스가 식사를 마치자 '시시'를 다시 부른다. 아이는 집주인보다 하녀에게 더 관심을 보이며 눈으로 계속 '시시'를 따라다닌다.

낸시의 삼촌이 자신의 의견으로 말문을 연다. "굉장한 모험이었다." 그는 고맙게도 구어와 수어를 동시에 한다. "피니어스 허레이쇼 호브라는 가상 인물을 연기한 것도, 시력이 좋았다 나빴다 자기 편한 대로 오락가락해서 집사를 짜증스럽게 한 것도 다 재밌었지." 다들 한바탕 웃는다.

비어트리스도 듣기 싫은 소리로 따라 웃었는지 아저씨가 과장된 몸짓으로 귓구멍을 손가락으로 틀어막는다. 나는 이를 악문다. 청인들의 저 못된 버릇에 대해 아빠와 이야기를 나눈 적이 있다. 우리 농인들이 보기 싫은 사람이 나타나면 눈을 가리는 걸 보았는가? 얼마나 무례해 보이겠는가? 어째서 예의라는 건 누구에게는 있고 누구에게는 없을까?

식사를 마치자 비어트리스가 또 문이란 문은 다 열어 보려고 한다. 그러다 갑자기 우리에 갇힌 쥐처럼 도망치겠다는 일념으로 정신없이 집 안을 돌아다닌다. 지금 아이에게 가장 필요한 열쇠는 소통임을 인식시켜야 한다. 나는 아이가 글을 얼마나 깨쳤는지 알아보기로 한다.

나는 비어트리스가 집을 몇 바퀴 도는 동안 계속 쫓아다니다가 다시 식탁으로 아이를 데려와 나와 마주 보게 앉히고 종이, 펜, 잉크를 앞에 놓는다. 그리고 우리 둘을 차례로 가리키며 이름을 쓴다. 그리고 이렇게 종이에 쓴다. '넌 어디서 왔니?'

비어트리스가 내 글씨를 손가락으로 만지자 나는 기대감에 부푼다. 아이를 지켜보면서 점점 희망이 커진다. 아이는 내가 찾는 단서를 내놓을까? 하지만 녀석은 종이를 구겨서 바닥에 던져 버린다.

나는 포기하지 않고 이번에는 단순한 집을 그린다. 아이를 가리킨 다음 집을 가리킨다. 아이는 불안한 기색을 보이지만 자리를 뜨지는 않는다. 나는 계속 집을 그린다. 칠마크에 있는 우리 집이다. 집 앞에 엄마와 아빠, 샘과 옐로레그를 그린다. 나무와 울타리도 간단하게 그려 넣고 두 줄로 큰길을 그린 다음 검지와 중지를 다리처럼 세워서 큰길을 걷게 한다.

비어트리스가 내 손을 멈춰 세우면서 입을 움직인다. 나는 손으로 귀를 가리고 고개를 젓는다. 이번에는 아이의 귀를 가리려고 하자, 아이가 내 손을 피해 몸을 뒤로 확 빼다가 협탁에 부딪힌다. 아이의 눈이 휘둥그레진다. 주먹을 쥐었다 펴기를 반복하지만, 방어적인 자세로 보이지는 않는다. 이제야 우리 둘이 비슷하다는 걸 깨달았나? 청인의 세상에서 학대받는 농인이 자기와 비슷한 사람을 발견하는 건 늘 놀라운 순간이다.

나는 비어트리스를 다시 식탁으로 데려와 또 단순한 집을 그린다. 집 안에 '비어트리스'라고 쓰자 아이는 종이를 자기 쪽으로 끌어당기려 하지만 나는 손목으로 종이를 눌러 고정한다. 그리고 먼저 그린 집 옆에 집을 하나 더 그린다. 아이에게 도전장을 내미는 것이다.

비어트리스가 또 의자를 뒤로 밀다가 협탁에 부딪히자 제러마이아 아저씨가 식당으로 들어온다. 나는 그에게 물러나 있으라고 수어로 말하고 다시 내 이름을 쓰기 시작한다. 첫 두 글자 'M'과 'A'까지 썼는데 아이가 펜을 빼앗는 바람에 잉크병이 엎어진다.

나는 비어트리스가 쓰는 다음 글자가 'R'이 아닌 것 같아서 지적하려다가 본능적으로 잠자코 지켜보기로 한다. 아이가 쓴 글자는 'R'이 아니라 'S' 같다. 제러마이아 아저씨도 조용히 다가와 지켜보는 가운데 비어트리스가 단어를 완성한다.

'MASHPEE(매시피).'

나는 제러마이아 아저씨를 바라본다. "매시피! 코드곶에 있는 곳이잖아요. 왐파노아그족 공동체 중 몇 안 남은 큰 공동체."

아저씨도 충격받은 표정이다. 눈물까지 글썽이는 것 같다.

"그러게."

비어트리스가 종이에 다시 무언가 끄적이려고 한다. 하지만 다른 단어를 쓰지는 못한다. 단정한 글씨체로 알파벳을 늘어놓지만, 알아볼 만한 단어들은 없다. 조지 오빠의 책에서 그리스 문자를 본 적이 있는데, 비어트리스가 쓴 문자는 못 알아보겠다. 무슨 언어일까?

비어트리스는 자기 이름이 적힌 집을 가리키더니 배경을 그려 넣기 시작한다. 아이는 또래보다 미술 감각이 뛰어난 것 같다. 먼저 종이 한쪽 끝에 옹기종기 모여 있는 작은 집들을 그린다. 자기 집 뒤에는 흐릿하게 나무를 그리고 언덕 위에 눈에 잘 띄는 건물도 그린다. 끝으로 집 앞에 사람 네 명을 그린다. 키가 다 다른 세 명은 바지를 입은 것으로 봐서 남자 같다. 마지막으로 그린 사람은 헝클어진 긴 머리에 얼굴은 눈 코 입 대신 까만 동그라미들로 채워졌고, 헐렁한 셔츠 또는 드레스를 입었다. 이 사람이 정신병원으로 보내졌다는 엄마일까? 내가 본 초상화 속 모습과는 전혀 딴판이다.

우리가 말문이 막힐 정도로 놀라서 지켜보는 가운데, 비어트리스는 종이를 전부 쓸어 모으더니 벽난로에 던져 버린다. 그리고 벽난로 앞에 쪼그려 앉아 종이가 타는 것을 지켜본다. 몸을 앞뒤로 흔들고 비통한 표정을 지으며.

제러마이아 아저씨가 수어로 묻는다. "아이 가족에 얽힌 추문이 있다고 하지 않았나? 매시피로 아이를 데려가는 게 큰 실수일 수도 있지 않을까?"

"다른 계획 있어요? 아이가 지금보다 어떻게 더 불안정해질 수 있겠어요?" 내가 수어로 대꾸한다.

"네가 아직 어려서 모르나 본데……."

나는 아저씨의 말을 끊어 버린다. "나는 이 아이의 안녕을 책임져야 해요. 이대로 아이를 방치해서 계속 몸도 마음도 퇴화하면 좋겠어요? 분명 그렇게 될 거라니까요. 비어트리스의 과거를 나는 몰라요. 하지만 그 아픈 과거의 무게를 지금 아이는 혼자 짊어지면서 꼭꼭 숨기기까지 해요. 이런 상황에선 아무것도 안 하는 것보단 뭐라도 해 보는 게 낫죠."

방금 식당으로 들어온 낸시가 삼촌과 나를 번갈아 바라본다. 낸시답지 않게 말도 없고 움직임도 없다.

제러마이아 아저씨의 손이 말을 더듬는다. "아이가 그린 게 약도일지도 모르겠네. 그냥 아무 생각 없이 그린 걸 수도 있고.

어쨌든 내가 수소문은 해 보마. 베일은 이 지역에서 꽤 유명하고, 사람들은 남 얘기 하는 걸 좋아하니까."

제러마이아 아저씨가 방에서 나가자 나는 바닥에 쪼그려 앉은 비어트리스 옆에 주저앉는다. 아이가 살며시 내 머리를 쓰다듬는다. 나는 팔에 코를 닦으며 아이를 올려다본다. 아이는 내가 측은하다는 듯이 입을 오므리며 계속 내 머리를 쓰다듬는다.

'아이야, 널 다시 집으로 데려다줄게. 그게 네가 원하는 것이길 빌어.'

매시피를 찾을 수 있을지, 또 얼마나 오래 거기에 머무르게 될지 알 수 없는 상황에서 제러마이아 아저씨는 내 트렁크를 먼저 마서스비니어드로 부친다. 나는 엄마 아빠에게 편지를 써서 트렁크와 함께 보낸다. 더는 베일에서 일하지 않게 되었고, 곧 제러마이아 아저씨와 함께 코드곶으로 갈 거라는 말 외에는 자세한 이야기를 쓰지 않는다.

우리가 떠날 채비를 하는 동안, '시시'가 비어트리스의 코를 장난스럽게 잡아당기자 아이가 웃는다. 우리가 가는 곳에 '시시'를 닮았고 비어트리스를 아껴 주던 누군가가 있길 바란다. 내가 고맙다는 뜻으로 '시시'에게 고개를 끄덕여 인사하자 그도 똑같이 한다.

냅시를 언제 다시 만날지 모르겠다. 우리는 서로를 껴안고 얼굴을 찬찬히 들여다본다. 둘이 젖은 옷과 모래 묻은 발로 바닷가를 뛰놀며 그때만 해도 터무니없게 느껴지던 꿈을 꾸던 게 엊그제 같은데 벌써 이렇게 많은 세월이 흘렀나? 내가 낸시에게 수어로 말한다. "보고 싶을 거야. 보스턴에서 첫 연주회 하면 꼭 알려 줘. 참, 몰리에게 절묘한 시기에 만나게 되어 기뻤다고 전해 줘."

마차에 올라타기 직전, 나는 뒤를 돌아 친구에게 말한다. "여성 해방이라는 대의에 모든 여성이 동참한다면 더 큰 힘이 되지 않을까? '시시'한테 본명이 뭔지 물어보고 다음 모임에 초대해 봐." 그리고 낸시에게 도전하듯 눈을 찡긋한다.

낸시가 한숨을 내쉬며 눈알을 굴린다. 하지만 내 제안을 완전히 거절하는 게 아니라는 걸 나는 안다. 낸시는 천성이 고래 심줄이니까.

비어트리스는 마차에 올라타자 의자에 앉기 전에 일부러 바닥에 엎어진다. 나는 녀석의 장난스러운 맹랑함에 고개를 절레절레 흔든다. 녀석과 나는 닮은 점이 한둘이 아니다.

마차가 출발하고 차창 너머로 집이 멀어지는 동안, 낸시와 나는 서로에게 미친 듯이 손을 흔들고 키스를 날린다. 비어트리스도 재미있어하며 따라 한다.

마차의 덜컹거림이 마음을 가라앉혀 준다. 우리는 보스턴을 향하다가 코드곶이 있는 동쪽으로 방향을 튼다. 제러마이아 스키프는 자극적인 이야기가 한 보따리인 에즈라 브루어와 달리 재미있는 대화 상대는 못 된다. 요 며칠 나와 대화를 많이 하면서 수어가 늘긴 했다. 하지만 유령이 모는 마차 이야기 같은 재미난 이야기를 해 줄 정도는 아니다. 아침을 너무 배불리 먹어서 그런지 비어트리스는 기민함이 점점 떨어지더니 이내 깊은 잠에 빠진다. 마차는 군데군데 녹지 않은 눈, 팔을 흔드는 무용수를 닮은 잎 떨군 나무들을 지나치며 달린다. 나는 스치는 풍경을 내다보며 머릿속에 질문을 정리한다. 나를 돕기로 한 사람이 이미 자신의 편견을 드러냈으니 신중하게 질문해야 한다.

아빠가 예전에 얘기해 준 게 있어서 매시피 사람들에 관해 어느 정도는 안다. 1676년 필립 왕의 전쟁•에서 패배한 이후, 왐파노아그족은 인디언 구역에 수용되거나 기독교로 개종한 경우 기도촌을 구성했다. 그 구역들은 모두 원래 살던 마을 안 또는 근처에 만들어졌기 때문에 인디언들은 늘 살던 곳에 지금도 살고 있다. 보스턴의 매사추세츠만 정부는 매시피를 매사추세츠의 인디언 보호구역 네 곳 중 하나로 지정하고, 다른 왐파

• 북아메리카 뉴잉글랜드에서 토지 문제를 둘러싸고 왐파노아그족과 영국계 이주민들이 벌인 전쟁.

노아그족 공동체 주민들에게 모두 매시피, 아쿼나 또는 헤링못 중 한 곳으로 이주하라고 명령했다. 때로는 부족들에게 자치권을 허용했지만, 부족 행정을 지원한다는 명목으로 백인 감독관을 파견할 때도 있었다. 마서스비니어드섬의 왐파노아그족이 겪은 것과 똑같은 식민지 시대의 억압과 탐욕의 역사였다.

"퀸시에 비어트리스나 친모에 대해 뭐라도 아는 사람이 있던가요?"

"산책하면서 전략적으로 이웃을 골라 방문했다. 베일이 이 근방에서는 선망의 대상이란다. 너도 말했지만, 온실 같은 아주 진보적인 시도를 많이 하잖아. 그 집안도 덕망이 높고. 물론 상류사회에서는 안 좋은 소문도 돌지만. 예전에 그 집에서 일하던 하인들의 불평도 있고. 아이와 아이의 상태에 대해서는 내가 일부러 말하지 않았다. 네가 아이를 우리 집에 데려오기까지 어떤 일이 있었는지 정확히 모르니까 괜히 그 집의 명예를 실추시키고 싶지 않아서."

"명예라뇨?" 내가 수어로 따진다. "아이 상태를 직접 보셨잖아요."

"아이를 돌보는 건 하인들의 책임이었잖아."

제러마이아 아저씨와 설전을 벌이는 건 아무 의미가 없지만, 그래도 나는 신경이 곤두서기 시작한다. 나는 심호흡을 하면서 인내하라는 금언을 되새긴다.

“코드곶의 농부와 결혼한 그 집안 딸에 관한 이야기는 없던가요?” 내가 이어서 질문한다.

“아주 민감한 사안이긴 한데, 어느 집에서 여주인이 잠깐 자리를 비운 사이에 입이 가벼운 하녀가 얘기해 준 게 있다. 네 친구가 고용되기 전에 그 집에서 일했대. 그 집 장녀가 상류사회를 등지고 신분이 한참 낮은 남자와 결혼한 건 사실이라더구나. 그 딸은 그 전부터도 정신이 불안정하다는 말을 늘 들었고, 바른길로 인도하려는 가족의 노력을 거부했다더라.”

이 사연을 듣고 몰리라면 어떻게 반응했을까? 반골 기질이 있는 어린 아씨가 순응을 강요당했지만 복종을 거부한 사연으로 보지 않을까? 우리는 예의와 규범에 의지를 맡기기보다는 솔직해질 수 없는 걸까?

“아이에 관한 얘기는요?” 내가 수어로 묻는다.

“전혀 없었다.” 아저씨가 수어로 대답한다. “그래서 나도 생각을 좀 해 봤는데, 아이가 베일에 있었다는 건 아무리 불미스러운 일이 있었어도 가족이 관여했다는 확실한 증거가 아닐까 싶다.”

“저도 그렇게 생각해요.”

제러마이아 아저씨가 신이 나서 수어를 이어 간다. “아이가

'매시피'를 글로 썼고, 거의 짐승처럼 길러진 상태였잖아. 게다가 목을 졸린 상흔까지 종합해 보자. 글쎄, 난 어쩔 수 없이 그런 생각이 든다. 아이의 부모가 잔혹하게 공격당했고 아이는 인디언에게 생포되었던 게 아닌가 싶다."

나는 역겨운 표정을 억누르지 못하고 대꾸한다. "왐파노아그족이 정착민을 죽이고 백인 아이를 유괴한 사건은 알려진 바가 없는데요."

"공식적으로는 그렇지, 메리. 하지만 그런 일들은 우리가 강제로 가깝게 섞여 살다 보면 벌어질 수밖에 없다는 걸 너도 인정해야지."

"누가 누구를 강제해서 섞여 사는 건데요?" 내가 따진다. "우리가 그들의 땅을 침략한 거잖아요."

아저씨는 내 말을 무시한다. 스키프 집안은 대체 왜 이럴까? 형제 중 한 명이 시골을 떠나 세련된 도시인처럼 차려입어도 거짓과 증오로 가득한 사상은 여전하다. 나는 대화를 이어 가기 싫어서 멍하니 창밖을 내다본다. 우리 중 구어로 소통할 수 있는 사람은 아저씨밖에 없으니 코드곶에 도착하면 비어트리스를 대변해 줄 사람 역시 아저씨밖에 없다. 나는 비어트리스를 어떻게 지킬 수 있을까? 샐리처럼 담대해져야 한다.

24장

배가 살살 아파진다. 멀미나 긴장 때문만은 아닌 것 같다. 게다가 마차 안 분위기는 제러마이아 아저씨 때문에 망친 지 오래다. 낸시가 동행하기로 마음을 바꿨다면 얼마나 좋았을까? 창밖 풍경이 점점 시골로 바뀌면서 마차는 더 심하게 덜컹거린다. 비어트리스는 여전히 곤히 잔다. 길 한복판에 막무가내로 누워 버린 양 떼 때문에 마차가 멈춰 서자, 제러마이아 아저씨가 마부와 함께 양 떼를 길에서 쫓아 버리려고 내린다. 나는 그 틈을 타 비어트리스를 흔들어 깨워 보지만, 아이는 좀처럼 눈을 뜨지 않는다. 아이 가슴에 손을 대 보니 호흡은 깊고 안정적이다. 나는 손바닥에 입김을 불어 내 입 냄새를 맡아 보고, 아이의 입 냄새도 맡아 본다. 옅은 쉿내가 맡아진다.

제러마이아 아저씨가 다시 마차에 올라타자 마부가 주변 양 떼를 주시하며 천천히 마차를 몰기 시작한다.

제러마이아 아저씨가 고개를 들어 나를 보며 웃자 내가 묻는다. "우리 아침 식사에 뭘 탄 거죠?"

"무슨 말이냐?" 아저씨가 미덥지 못한 표정으로 대꾸한다.

"비어트리스가 이렇게 길게 자는 건 처음 봐요. 평소에는 호기심도 많고 계속 일을 만드는 앤데. 나도 살짝 졸리긴 한데, 난 얘보다 훨씬 적게 먹었어요. 사실대로 말하시죠."

"아, 시시한테 달걀에 약한 수면제를 타라고 시켰다. 너한테 따로 얘기하려고 했는데 기회가 없었네. 어차피 아침에 보니까 아이만 배 터질 듯 먹고 넌 별로 안 먹더라."

"제 허락 없이 그러신 게 문제죠. 용납할 수 없는 행동이었고, 제 부모님도 같은 생각일 거예요."

"네 부모님에겐 너까지 수면제를 먹게 된 건 실수였다고 말하면 그만이다. 얘한테 먹인 건 얘 상태를 설명하면 부모님도 이해할 거고." 아저씨가 대꾸한다.

"얘 이름은 비어트리스예요. 그리고 우리 부모님이 이해할 거라고 장담하지 마세요." 내가 수어로 받아친다.

"넌 참……." 아저씨가 수어를 기억해 내지 못하고 손가락으로 철자한다. "…… 성급하구나."

"저 지금 정신 아주 맑은데요." 내가 대꾸한다.

"네가 한 건 유괴야. 나와 내 조카는 그걸 방조했고."

"그럼 왜 같이하는 건데요?" 내가 묻는다. "우리한테서 손 씻으려고? 우리 오빠의 죽음에 대한 죄책감 때문에? 둘 다일 수도 있겠네요."

"참 잔인하구나, 메리. 난 지금 내 평판에 흠이 될 걸 감수하고 이 일에 관여하고 있는데. 코드곶까지 너와 비어트리스를 데려가고 있고. 도착하면 네가 찾는 진실을 알아내기 위해 최선을 다할 거고."

나는 말대꾸하지 않으려고 혀를 깨문다. 코드곶에 빨리 도착할수록 좋을 것 같다. 메리 울스턴크래프트의 글을 찾아서 숙독해야겠다. 울스턴크래프트는 여성의 대의를 지지한다고 선언해놓고 여전히 주도권을 놓지 않는 남성에 대해 뭐라고 할까?

소금기를 머금은 건조한 공기가 우리를 둘러싸는 게 느껴지기 시작한다. 고향이 그리워진다. 비어트리스를 도와야 한다는 목표가 없었으면 나는 이 모험을 포기했을 것이다. 이 모험에서 나는 무엇을 배웠을까? 사람은 온갖 형태로 추악해질 수 있다는 사실, 착하고 온순한 사람을 짓밟기도 한다는 사실을 배웠다. 부와 권력이 곧 인격은 아니다. 가족이나 지인들만 봐도 알 수 있는 사실이다. 그런데 익숙한 환경에서 벗어나야 비로소 이 사실을 뼈저리게 깨달은 것 같다.

창밖으로 사택과 공장이 보인다. 항구에 정박한 배도 보인다. 마부가 다시 마차를 세우더니 제러마이아 아저씨를 위해 문을 연다.

제러마이아 아저씨가 애원한다. "제발 여기서 기다려. 반스터블 주민을 만나서 수소문하는 건 내가 하는 게 나아. 매시피에 거의 다 왔지만, 들어가기 전에 더 정보를 알아내자고. 매시피에 도착해서 아녀자가 돌아다녀도 안전하다고 내가 확인하고 나면 너랑 비어트리스도 당연히 내리게 해 주마. 아이가 깨려고 하네. 아이 상태도 살피고 너도 볼일 보고 있어."

나는 고개를 끄덕인다. 아저씨가 떠난 뒤 나는 비어트리스의 손을 살살 주무른다. 아이가 의식이 돌아오며 눈을 깜빡거린다. 아이의 두 볼이 부풀어 오르자 나는 얼른 마차 문을 열어젖힌다. 아이는 부리나케 내려 모래밭에 구토한다. 하마터면 마차 안을 더럽힐 뻔했다. 아이와 내가 입을 헹굴 깨끗한 물이 있으면 좋았겠지만, 나는 아쉬운 대로 외투 소매로 아이의 입을 닦아 준다. 마차에 다시 올라탄 비어트리스는 주위를 둘러보며 숨을 깊게 들이마시고 창밖으로 손을 내밀기도 한다. 감각 네 개만으로도 오감만큼 많은 것을 인지할 수 있다. 자극에 예민해진 상태에서는 더더욱. 혹시 비어트리스의 마음속에 추억이 조금씩 되살아나고 있을까?

제러마이어 아저씨의 수법은 혐오스럽기 그지없지만, 지금은 비어트리스가 잠이 덜 깬 탓에 마차에서 뛰어내려 다시는 찾을 수 없게 멀리 도망치지 못하는 건 다행이다. 그가 돌아오길 기다리는 시간이 영원처럼 느껴진다.

마침내 돌아온 아저씨가 마부와 이야기를 나누더니 마차에 올라탄다. 마차는 다시 출발하지 않는다.

"비어트리스나 친인척을 아는 사람 만났어요?" 내가 묻는다.

제러마이어 아저씨가 고개를 끄덕인다. "그래, 만났다. 듣기 좋은 이야기는 아니야. 너한테 어디까지 얘기해도 될지 모르겠구나."

"제발 얘기해 주세요." 내가 수어로 말한다. "아까 제가 무례하거나 건방지게 굴었다면 사과할게요."

아저씨가 또 고개를 끄덕인다. "사과는 받으마. 이야기가 좀 복잡해. 아이 엄마가 가난한 농부와 결혼한 건 맞아. 성은 브라운이고, 이 지방에 있는 샌드위치라는 마을 출신이라고 들었다. 우리가 아까 지나친 곳이지. 그 여자가 정신이 온전치 못해 결혼이 파탄에 이르렀나 봐. 그렇다고 정식으로 이혼한 건 아니고. 둘 사이에 아이는 없었다더라. 그러다 여기서 다른 남자를 만났고……."

"아이를 낳았군요."

"그래. 너도 비니어드에서 비슷한 사연은 들어 봤겠지."

"그다음에는요?" 내가 다그친다. 비어트리스가 내 옆에서 점점 더 가만히 있지 못한다.

제러마이아 아저씨가 안타까운 표정으로 이야기를 이어 간다. "아이 엄마가 몹시 불안해하다가 결국 아이를 두고 혼자 남편에게 돌아갔다더라. 소용없었겠지만. 아이 친부는 아기를 혼자서 돌볼 처지가 아니었지. 신분이 낮은 사람은 아니었는데, 그의 아버지가 매시피 사람이어서 결국 매시피에 있는 자기 누이와 그 가족에게 아이를 키워 달라고 맡겼단다. 그 외에는 친부에 관해 알려진 바가 없고."

"비어트리스가 그린 남자 세 명은요? 왐파노아그족이 비어트리스를 해쳤을 리가 없어요. 그럴 이유가 없잖아요. 특히 아이를 식구로 받아들였다면. 이 퍼즐에는 아직 빠진 조각이 너무 많아요."

"네 말이 맞을지도 모르겠다. 어쨌든 달리 방법이 없으니까 얘랑, 아니 비어트리스랑 널 매시피로 데려가긴 하겠다만, 거기에선 내 말대로 해야 한다. 약속해, 메리."

나는 어쩔 수 없이 고개를 끄덕인다. 하지만 비어트리스를 지키기 위해서라면 언제든 약속을 어기겠다고 속으로 다짐한다.

나는 집중력이 흐트러지는 것을 막으려고 지금까지 알아낸 정보를 머릿속에 정리한다.

1. 비어트리스의 친모는 베일에서 태어났고, 브라운 씨라는 코드곶 샌드위치 출신의 가난한 농부와 결혼함.
2. 이후 반스터블 출신의 신원을 알 수 없는 남자와 밀회함.
3. 비어트리스의 친모는 정신이 이상해졌다는 소문이 있음. 아기를 친부에게 두고 브라운 씨에게 돌아감.
4. 아이 친부는 귀가 안 들리는 아이를 돌보지 못함. 아이를 거둬 줄 유일한 사람인 자기 아버지, 즉 비어트리스의 할아버지이자 매시피 사람에게 맡김.

내가 수어로 묻는다. "그럼 비어트리스가 약도에 그린 집은 누구 집일까요? 여기 반스터블에 있는 친부의 집?"

"흥미로운 질문이군." 아저씨가 인정한다. "그 약도가 정확하다면 말이야."

마차가 다시 출발해 매시피로 가는 동안 해가 저물기 시작한다. 해안을 따라가다 보면 저무는 해의 빛과 색이 만물을 물들이는 광경을 볼 수 있다. 나는 차창 너머 풍경을 가리키며 비어트리스에게 보라고 한다. 그리고 아이의 기뻐하는 반응에 기분이 좋아진다. 비어트리스는 되살아나고 있다. 내가 몰랐던, 하지만 알고 싶은 아이의 모습을 되찾고 있다.

제러마이아 아저씨가 수어로 말한다. "인디언이 사는 곳은 길이 험하단다. 마차가 다닐 수 있는 곳까지는 마차를 타고 간 다음엔 내려서 걸어야 한다. 나한테 총이 있으니 걱정하지 말고."

이건 내 예상에 없던 상황이다. 아저씨가 성급하게 행동할까 봐 두렵다. 하지만 정면 돌파밖에는 길이 없다.

아저씨가 밧줄로 비어트리스의 손목과 자기 손목을 연결하자고 제안한다. 나는 그가 무엇을 걱정하는지 알면서도 속이 거북해진다. 차라리 아이와 나를 묶자고 제안하자 그가 마지못해 동의한다. 내가 아마를 꼬아 만든 끈을 보여 주자 비어트리스는 당연히 질색한다. 야윈 얼굴이 하얗게 질리더니 내가 손을 붙잡자 몸부림치기 시작한다. 나는 아이의 주의를 끌기 위해 팔을 과장해서 흔든 다음 밧줄 끝을 내 손목에 묶는 것을 보여 준다. 숨을 헐떡이느라 콧구멍이 크게 벌어진 아이를 보며 나도 심장이 쿵쾅거리고 선을 넘은 게 아닌가 싶어 조마조마해진다.

비어트리스는 입을 삐죽거리며 불쾌감을 표현하면서도 나에게 자기 팔을 내민다. 내가 그 가느다란 손목에 밧줄을 묶자, 아이는 자기도 모르게 움찔한다. 아이를 다시 결박한다는 죄책감에 마음이 무겁지만, 나는 아이가 이 상황을 놀이처럼 느끼게 하려고 묶인 팔을 애써 더 크게 흔들며 걷는다.

저 앞에 반스터블에서 본 것보다 작은 집 몇 채가 모여 있는 게 보인다. 나는 비어트리스가 그린 약도를 다시 떠올린다. 아이는 자기 이름이 쓰인 집과 떨어진 곳에 다른 집들을 그렸다. 혹시 반스터블과 매시피 사이의 거리를 나타내려는 거였을까?

인가를 향해 걸어가는데, 비어트리스가 나와 연결된 밧줄을 잡아당기기 시작한다. 그러다 아예 걸음을 멈추더니 마차가 있는 곳으로 나를 끌고 가려고 한다. 제러마이아 아저씨가 아이의 행동을 보더니 우리 둘을 마을 쪽으로 몰고 가려고 한다. 비어트리스는 발꿈치를 땅에 딛고 움직이길 거부한다. 입을 벌리고 밧줄에 묶이지 않은 손으로 자기 목을 조른다. 아이의 공포심이 느껴지면서 나는 갑자기 내가 한 모든 선택을 후회한다. 내 마음은 온통 아이를 놔주고 싶은 생각뿐이지만, 그럴 수 없다.

바로 이때, 키 큰 왐파노아그족 여인이 집에서 나온다. 주름진 갈색 얼굴은 친절해 보이고, 희끗희끗한 머리는 쪽진 상태다. 양동이를 들고 있는 걸 보니 우물에 물을 길으러 집을 나선 모양이다. 아주머니는 우리를 보자마자 걸음을 멈추고 얼어붙는다. 우리가 무슨 목적으로 찾아왔는지 모르는 사람의 눈에 우리가 어떻게 보일지 잘 상상이 안 된다. 한눈에도 외지인임을 알아볼 수 있는 성인 남자와 밧줄로 묶인 두 소녀를 보면 무슨 생각이 들까? 제러마이아 아저씨가 손을 들고 말을 건네려고 한다. 하지만 그가 입을 열기도 전에 나는 웃음이 터져 버린다. 어떤 상황에서도 자신감이 넘치는 저 모습이 너무 웃긴다. 그는 아주머니도 따라 웃기 전까지 짜증 난 표정을 짓는다.

아주머니가 먼저 말을 건네자 제러마이아 아저씨는 상대가 영어를 할 줄 안다는 사실에 안도하며 아주머니의 질문을 수어로 통역해 준다. "어떻게 도와드릴까요?"

아저씨가 대답한다. "이 아이의 할아버지를 찾고 있습니다."

아주머니가 또 묻는다. "할아버지가 여기 있다고 누구한테 들었는데요?"

아저씨가 구어와 수어로 대답한다. "반스터블에서 만난 사람이요. 얘기하자면 길어요."

아주머니가 허리를 굽혀 비어트리스의 야윈 얼굴을 살핀다. 비어트리스는 아주머니와 눈을 맞춘다. 아주머니가 확신이 서지 않는다는 표정으로 고개를 흔든다. 비어트리스가 아기였을 때 알던 사람일까? 아주머니는 '시시'가 그랬던 것처럼 아이의 코를 잡아당기려고 손을 내민다. 비어트리스가 조심스럽게 뒤로 한걸음 물러서자 아주머니는 손을 내린다.

아주머니가 살짝 넋이 나간 표정으로 말한다. "전 식사 준비를 해야 해서요. 하지만 곧 마을 회의가 열릴 거예요. 회의에 오셔도 돼요."

"감사합니다. 회의는 어디서 하나요?"

나는 비어트리스가 그린 언덕 위의 건물을 떠올리며 아주머니가 가리키는 쪽을 바라본다.

"그럼 저기서 기다리겠습니다." 아저씨가 걸음을 옮기는 아주머니에게 말한다.

우리는 언덕을 올라 건물 앞으로 간다. 건물 외벽은 하얗고 정면에 문과 창이 두 개씩 달렸다. 옆면에 검은 덧문이 달린 창이 두 개 더 있다. 칠마크의 마을회관 겸 예배당과 비슷하지만, 더 소박하다. 아저씨가 문손잡이를 돌리자 문이 열린다. 우리가 건물 안으로 들어서자마자 비어트리스가 쓰러지면서 발작을 일으킨다.

25장

비어트리스가 이러는 모습은 한 번도 본 적이 없다. 심지어 베일에서도. 그저 아이가 발길질하고 악쓰는 정도가 아니다. 거의 경기를 일으키는 것 같다.

"대체 수면제에 뭘 넣은 거예요?" 내가 따진다.

"이건 수면제 때문이 아니야." 제러마이아 아저씨가 우긴다. 당황해서 어쩔 줄 모르는 그의 눈빛에 나도 주춤한다.

"밧줄 좀 풀어 줘요! 우리 둘 중 하나 팔 부러지기 전에!"

아저씨가 밧줄을 풀지만 비어트리스는 여전히 나무 바닥을 뒹굴며 온몸을 비튼다. 나는 무릎을 꿇고 앉아 아이 곁을 지키지만, 감히 가까이 다가가 달래 주지는 못한다.

"사람들이 오면 이상하게 생각하는 거 아니야?" 아저씨가 묻는다. 비어트리스가 아니라 자신이 걱정되는 모양이다.

"아이가 누군지, 우리가 아이한테 무슨 짓을 했는지 묻겠죠. 어떻게 대답할 거예요?" 내가 대꾸한다.

"아이가 엄마를 닮아 정신이 온전하지 않다고." 아저씨가 수어로 대답한다.

"그런 말 안 통할 걸요. 딱 봐도 때리고 굶긴 티가 나는데," 내가 수어로 말한다.

문이 열리고 적어도 스물다섯 명 정도의 성인 남녀가 줄지어 들어온다. 나는 비어트리스가 걱정되지만, 이 사람들이 무섭지는 않다. 그런데 아저씨가 어리석게도 총을 꺼내 휘두른다면 어떤 사태가 벌어질지 모른다.

왐파노아그족 남자가 앞으로 나서서 말한다. 아저씨는 모자를 벗어 손에 들고 서서는 나를 위해 수어로 통역해 줄 생각은 전혀 못 하고 있다. 아까 만난 아주머니가 비어트리스에게 다가오더니 몸을 숙여 아이의 얼굴을 자기 손으로 감싼다. 비어트리스가 진정하고 일어나 앉아 안개처럼 눈을 가리던 눈물을 닦는다. 아주머니는 입을 움직이지만 수어는 하지 않는다. 왐파노아그족의 말인 워파나크를 하는 건가? 비어트리스가 반응하는 건가? 귀가 안 들리는데 어떻게 가능하지? 나는 워파나크 문자를 본 적이 없다. 그래서 제러마이아 아저씨의 집에서 비어트리스가 쓴 문자를 못 알아본 것일 수도 있겠다. 왜 이 생각을 못 했지?

사람들이 의자를 둥그렇게 놓자 제러마이아 아저씨가 내게 앉으라고 손짓한다.

내가 따지듯 묻는다. “이 사람들한테 무슨 얘길 할 건데요? 제발 통역 좀 해주세요. 비어트리스의 상황에 내가 제일 깊이 관여하고 있잖아요. 아이에 관해선 내가 책임자예요.”

아저씨가 구어 없이 수어로만 말한다. “메리, 이 사람들은 내가 상대하는 게 좋겠다.”

나는 아저씨를 발로 차고 싶은 충동을 간신히 참는다. 게다가 장담과 달리 그는 이 사람들을 제대로 상대하는 것 같지 않다. 분위기가 점점 더 냉랭해진다. 이 사람들에게 비어트리스의 목을 졸랐다고 벌써 비난한 건가? 어떻게 하면 매시피 사람들이 내 이야기를 듣게 할 수 있을까? 내가 할 수 있는 유일한 방식으로 이야기를 전해야겠다. 이 사람들 가운데 한 명이라도 그 뜻을 직감적으로 이해하길 기도하면서.

나는 파이 선생님의 과감한 교육법을 따라 하기 위해 의자 위에 올라선다. 일단 관중의 이목을 끄는 데는 성공한다. 관중은 내가 비니어드 수어로 칠마크에서 처음 노라 언니의 편지를 받은 날부터 이곳 매시피의 마을회관에 도착할 때까지 있었던 사건들을 이야기하는 동안 나에게서 눈을 떼지 않는다. 나는 수어만큼 내 표정과 몸짓에도 명료함과 열정을 불어넣으려고 온 힘을 다한다.

중간에 제러마이아 아저씨가 내 오른손을 잡으려 한다. 내 이야기를 막으려는 건지, 나를 의자에서 끌어 내리려는 건지 모르겠다. 나는 그의 손을 뿌리친다. 관중이 비어트리스에게 시선을 옮긴다. 아이는 진심 어린 눈으로 나를 바라보고 있다. 이 마을로 들어왔을 때 우리를 맞아 준 아주머니를 비롯한 남자 다섯 명과 여자 두 명이 우리에게 등을 돌리고 자기들끼리 대화하기 시작한다.

"여보시오!" 아저씨가 구어와 수어로 외친다. 다시 주도권을 잡으려는 그를 아무도 신경 쓰지 않는다. 나는 그가 손을 주머니에 넣으려는 것을 보고 얼른 의자에서 뛰어내린다.

"총 꺼내기만 해요!" 내가 '총'을 뜻하는 게 뻔한 수어를 최대한 작게 하면서 아저씨에게 경고한다.

표정에 짜증과 두려움이 뒤섞인 아저씨가 수어로 말한다. "저것들이 우릴 해칠 음모를 꾸미고 있다고!"

"잠깐만 기다려 보자고요." 내가 호소한다. 그러면서 생각한다. '이렇게 일이 벌어지는 거구나. 이런 식으로 무고한 왐파노아그족은 뒤에서 총을 맞고, 우리는 정당방위를 주장해서 면죄받는 거구나.'

다행히 사람들이 다시 우리 쪽으로 몸을 돌리더니 그중 한 남자가 손을 들고 천천히 말한다.

"뭐라고 했어요?"

제러마이아 아저씨는 여전히 경계심을 늦추지 않고 수어로 말한다. "우리를 도와줄 만한 사람을 부르겠대. 메리, 이쯤에서 도망가는 게 좋을 것 같다."

"내가 도망을 왜 가요? 여긴 기독교화된 구역의 예배당이고, 이 사람들은 우리한테 친절하기만 했어요. 난 비어트리스 곁을 지킬 거예요. 가고 싶으면 가세요. 의무는 다했으니."

말은 그렇게 했지만 아저씨가 정말 가려고 하자 나는 기가 막힌다. 그는 총을 꺼내 허리춤에 차고 뒷걸음질로 마을회관을 빠져나간다. 한 남자가 그 뒤를 재빨리 쫓아간다. 나는 창문을 통해 남자가 아저씨를 따라가는 것을 지켜본다. 아저씨가 총을 올리자 나는 심장이 멎는다. 하지만 따라가던 남자가 쓰러지지 않은 걸로 보아 총을 허공에 쏜 모양이다. 그래도 나머지 사람들이 우르르 밖으로 나가 남자를 살핀다. 제러마이아 아저씨는 뛰어가고 있다. 아마 마차가 있는 곳으로 가는 듯하다. 아무도 그를 뒤쫓지 않는다. 이 사람들은 문제 될 게 없다. 문제를 일으킨 건 우리다.

나는 비어트리스에게 다가가 무릎을 꿇고 앉아 아이 어깨에 팔을 두른다. 침착함을 유지하지만, 이제 다른 사람들과 소통할 방법도 집으로 돌아갈 방법도 없이 홀로 버려졌다는 당혹감을 감추려고 애써 미소를 짓는다. 일 초가 한 시간처럼 흐른다. 비어트리스가 내 손등을 토닥인다. 경계를 늦추지 않고 주위를 살피고는 있지만, 비어트리스야말로 내가 본 모습 중 제일 평온해 보인다. 아이와 대화를 나누던 아주머니가 우리 옆에 서 있다.

마을회관 문이 열리고 남자들이 다시 들어온다. 정말 도움이 될 만한 사람을 데려왔다. 다름 아닌 샐리의 아빠이자 내 오랜 친구 토머스 리처즈다!

지금 이보다 반가운 사람은 없을 것 같다. 매끄러운 검은 얼굴은 하나도 늙지 않았지만, 짧게 깎은 머리에는 흰머리가 섞였고 손에는 동상과 중노동의 흔적이 쌓였다. 토머스는 영리한 데다 우리 섬에서 백인 농인과 왐파노아그족 사이의 가교 구실을 해온 사람이다. 전혀 뜻밖의 장소에서 나와 마주친 그가 환하게 웃는다.

"정말 반갑구나, 메리." 토머스가 능숙하게 수어로 말한다.

"데려온 친구는 누굴까?" 내가 말해 주자 토머스는 여덟 살보다 더 큰 아이처럼 보이게 하는 비어트리스의 상처 자국과 야윈 얼굴을 찬찬히 살펴본다. 나도 가끔 비어트리스가 내 나이의 절반보다 겨우 한 살 더 많다는 사실을 잊게 된다. 아이는 마땅히 아이답게 뛰어놀고 장난치는 시절로 돌아가야 한다. 쉽지 않으리란 건 안다. 비어트리스는 유년기를 잃어버린 게 아니라 도둑맞았다. 그 어떤 아이도 보고 겪어서는 안 될 일들 때문에.

나는 비어트리스를 놓고 얼른 일어나 토머스를 껴안는다. 눈물로 목이 메는 것 같다.

"괜찮아, 괜찮아. 같이 해결하면 돼." 토머스가 나를 달랜다.

나는 그동안의 여정과 비어트리스의 과거에 대해 내가 아는 것을 전부 털어놓는다. 토머스는 내 이야기 중간중간 고개를 절레절레 흔든다. 내 이야기의 진위를 의심해서가 아니다. 토머스가 다른 사람들에게 내 이야기를 전하자, 몇몇 사람이 알겠다는 표정을 짓는다. 우리를 처음 맞이한 아주머니는 울기 시작한다. 아주머니가 비어트리스를 향해 팔을 벌리자 아이는 스스럼없이 아주머니의 품에 안긴다. 아주머니는 입을 움직이는 비어트리스를 바라보다가 마치 다 알아들은 것처럼 고개를 끄덕인다.

나는 보고도 믿어지지 않는다. "아이가 구어를 어떻게 배운 거죠?"

토머스가 사람들의 설명을 나에게 통역한다. "비어트리스는 아기였을 때 이 마을에 왔는데, 그때는 수어를 할 줄 아는 사람이 없었대. 비어트리스는 너처럼 청각이 아예 없는 건 아니야. 고모의 목을 만지고 입술 모양을 보면서 고모가 하는 말을 알아들었대. 정말 똑똑하지 않니? 그리고 고모가 내는 소리를 자기 방식으로 따라 했대. 고모와 할아버지는 아이의 말을 알아들었고."

"이상한 딸깍 소리를 낸다고 하던데, 아이가 쓰는 언어에 그런 발음이 있어요?"

"아니, 그건 아이가 당한…… 부상 때문이야. 그래도 아이는 계속 말하려고 했고 가족은 알아들었대. 네가 손이 잘려도 수어를 하려고 했을 것처럼 말이야. 절대 그런 일이 일어나면 안 되겠지만."

비어트리스가 가족의 손에 이끌려 마을회관을 나서기 전에 나에게 다가온다. 나는 아이 앞으로 한 걸음 다가가 주머니에서 지푸라기 인형을 꺼내 아이의 손에 들려 준다. 비어트리스는 한참 동안 인형을 바라본다. 눈 앞을 가리는 눈물을 떨치려고 눈을 깜빡이는 듯하다. 그러다가 나를 올려다본다. 그리고 내가 가르쳐 준 수어로 말한다. "소녀." 나는 무릎이 꺾일 뻔한다. 비어트리스가 인형을 품에 꼭 끌어안고 나간다.

나는 아이를 쫓아가려 하지만, 토머스가 나를 붙잡는다. "이제 놔둬야지. 아이의 상처는 아물게 될 거야. 성에 때문에 얼어

버린 봉오리도 정성을 다해 보살피면 다른 꽃들 못지않게 활짝 피어나듯 말이야." 토머스가 놓아주는 게 얼마나 중요한지를 강조하며 큼직한 손을 살며시 오므렸다가 편다.

"비어트리스의 할아버지도 여기 사세요?" 내가 묻는다.

"돌아가셨어." 토머스가 대답한다. "하지만 네가 여기서 처음 만난 사람이 아이의 고모야. 마을 사람들도 아이를 아끼고. 집으로 데려와 줘서 고맙다."

"토머스, 정확히 어떻게 된 거예요? 참견하고 싶진 않지만, 그래도 비어트리스는 지금까진 내 책임이었으니까……."

"넌 아주 잘했어. 비니어드로 가는 배편을 알아본 다음에 내가 들은 얘기 다 해 줄게. 그런데 이것부터 확인해야겠다. 제러마이아 스키프나 그 조카가 다른 정착민한테 아이가 매시피로 돌아왔다는 걸 말할 가능성이 있는지. 그러면 마을 사람들이 위험해질 수 있거든." 토머스가 수어로 묻는다.

"제러마이아 아저씨는 우리가 아이를 유괴했다고 생각해요." 내가 수어로 대답한다. "그 사람은 틀림없이 자기 사회적 지위나 사업적 이해 때문에라도 이 일에서 완전히 손을 씻고, 낸시한테도 그러라고 할 거예요."

"네가 그렇게 말하니 마음이 놓이네. 아이가 유괴되었다는 그 사람 말은 맞아." 토머스가 수어로 대화를 이어 간다.

사람들이 마을회관에서 나가고 있는데 나보다 키가 조금 더 큰 젊은 남자가 웃으며 나에게 따라오라고 손짓한다. 토머스가 그래도 된다는 뜻으로 고개를 끄덕이더니 나를 집으로 데려다 줄 배를 찾으러 부두로 떠난다.

우리는 마을에서 가장 큰 집으로 들어간다. 사람들이 나를 씻을 곳으로 안내한 뒤 식사도 차려 준다. 나는 둥글고 울퉁불퉁하고 짭조름한 빵으로 주린 배를 채운다. 칠마크에서 베일로, 베일에서 퀸시로, 나는 활처럼 둥근 모양의 경로를 그리다가 마침내 나를 환대해 주는 이곳에 이르렀다. 그리고 정말로 빛이 어둠을 물리칠 수 있다는 진리를 배웠다. 식사를 마치고 나는 식탁을 치우는 일을 돕겠다고 한다. 사람들은 어색해하지도 민망해하지도 않고 손짓과 몸짓으로 나와 소통한다. 나는 고마움에 웃는다. 다음에는 내 앞에 어떤 일들이 펼쳐질까?

나는 비어트리스를 한 번 더 보고 싶다는 뜻을 전하는 데 성공한다. 작별 인사를 할 수 있도록 아이의 고모가 내게 아이를 데려온다. 비어트리스는 파란색 치마와 어린 사촌한테 빌린 블라우스를 입고, 단순한 가죽 신발을 신고, 어깨에 양털 숄을 두르고 있다. 짧아진 머리를 땋아 놓으니 더 짧아 보인다. 나는 아이의 변신이 경이롭게 느껴진다. 비어트리스는 나를 보자마자 표정이 밝아진다. 그리고 내가 본 것 중에 제일 환한 미소를 만면에 띠고 내게 다가와 내 손을 잡는다. 나에 대한 믿음을 자기 방식으로 표현하는 것이다.

비어트리스가 자기 귀와 입을 손으로 가리는 동작으로 내 청각장애의 정도를 확인한다. 내가 고개를 끄덕인다. 아이가 베일에서 나에게 배운 수어를 몇 개 더 한다. 이제는 아이가 교사다. 이제 비어트리스는 비니어드 수어를 섞어 자기만의 수어로 소통 수단을 만들어 낼까? 생각만 해도 신난다! 나는 우리의 대화를 도울 만한 사람을 찾아 주위를 둘러본다. 하지만 누군가 와서 비어트리스를 서둘러 데려간다. 아마 쉬게 하려는 모양이다.

어쩌면 나는 내 첫 교사직에 완전히 실패한 건 아닐지도 모르겠다. 되돌아보니 내가 한 실수가 모두 처참한 결과를 낳은 건 아닌 것 같다. 다시 시도할 기회가 주어지길 희망해 본다. 내 수중에 약간의 돈이 있다. 언젠가는 다른 곳으로 일하러 떠날 수 있으면 좋겠다.

토머스가 돌아와서 나를 비니어드로 데려다줄 배가 한 시간 후에 떠날 거라고 알려 준다. "부두에서 너랑 같이 기다릴게." 토머스와 이야기를 나눌 시간이 있어서 다행이다. 비어트리스의 과거에 대해 아직 궁금한 게 너무 많다. 이를테면 아이가 왜 여자의 얼굴을 그리면서 눈 코 입 대신 까만 동그라미를 그렸는지도 궁금하다. 하지만 먼저 토머스에게 할 말이 있다.

"토머스는 어쩌다 여기까지 온 거예요?" 내가 묻는다. "샐리 말로는 토머스가 또 고래잡이배를 타기로 계약했다던데. 아내 일은 너무 안타까워요. 헬렌을 강인하고 선한 사람으로 기억해요."

토머스가 캄캄한 바다를 말없이 응시한다.

"친척을 보러 왔어. 노예였을 때 만난 첫 아내가 이 지역으로 팔려 왔었거든. 다시는 내 마음을 다 줄 사람을 만나지 않을 거라 맹세했는데, 헬렌처럼 매혹적인 여인을 외면할 수 없었지. 병마는 정말 잔인하게 사람을 골라서 데려가더구나."

토머스는 주먹을 꽉 쥐고 있다. 나는 손을 뻗어 그의 손을 쓰다듬으려다가 참는다. 그의 분노를 잠재울 자격이 내게 없다.

나는 토머스를 바라보며 그의 과거를 생각한다. 샐리 덕분에 나는 그의 가족이 얼마나 다른지 이해하게 되었다. 샐리네 가족은 백인 정착민과 다를 뿐만 아니라 아프리카 뿌리가 없는 왐파노아그족과도 다르다. 혹시 토머스도 다른 고래잡이 동료들보다 열등한 대우를 받는 걸까? 생각이 여기에 이르자 마음이 불편해진다.

"샐리가 아빠를 많이 보고 싶어 해요. 아빠가 돌아오길 바라는 것 같아요." 내가 수어로 말한다.

토머스가 수어로 대꾸한다. "우리 딸은 독립심이 아주 강한 녀석이지."

내가 토머스와 눈을 맞추며 웃는다. "그래도 아직은 아빠가 필요하죠."

토머스가 말한다. "아퀴나에 만나는 청년이 있대."

내가 씩 웃는다. "그런 말은 안 해 주던데."

"아빠가 엄마 때문에 슬퍼하는 모습을 보여 주고 싶지 않아. 난 그저 고집불통 늙은이야. 딸의 발목을 잡게 될 거야."

"절대 그렇지 않아요." 내가 반박한다. "게다가 내가 샐리한테 빚진 게 있거든요."

토머스가 껄껄 웃는다. "너 또 무슨 사고를 쳤니?"

"그건 토머스가 알 거 없고요." 내가 부끄러워하며 수어로 대꾸한다. "그런데 토머스가 나랑 같이 돌아가면 난 빚을 갚을 수 있어요. 잠깐만 들렀다가 가요."

"내가 타기로 했던 포경선이 물이 새는 바람에 계약이 없어지긴 했어." 토머스가 실토한다. "그래서 그냥 여기 머물면서 잡일이나 하려고 했는데."

"불쌍한 농인 소녀 둘이나 가족의 품으로 돌려보내는 게 잡일인가요? 그나저나 비어트리스는 정말 어떻게 된 거예요?" 내가 묻는다.

"그 얘기는 사람마다 다르게 말하겠지. 나는 여기 사람들한테 들은 이야기를 믿지만. 아이 엄마가 불륜으로 아이를 가졌는데 낳고 보니 농아였던 거지. 가족을 배신해서 벌을 받았다고 생각했나 봐. 그래서 아기를 버리고 남편에게 돌아갔대. 비어트리스의 친부는 갓난아기를 돌볼 능력이 없으니 자기 아버지에게 맡겼고. 아이는 결국 친부의 누나와 그 가족이 키웠대. 어느 날 친모가 아이를 만나겠다는 핑계로 찾아왔어. 비어트리스는 마을회관 근처에서 놀고 있었는데, 친모가 자기 딸을 끈으로 목을 졸라 죽이려고 했다는 거야. 비어트리스의 사촌 언니가 우리 샐리처럼 치유자인데, 때마침 모녀를 발견해서 아이를 구했대."

"어쩐지 마을회관으로 들어가자마자 비어트리스가 발작을 일으키더라고요. 엄마라는 사람이 하나밖에 없는 딸한테 어떻게 그런 짓을 할 수 있죠?"

"귀가 안 들리는 게 얼마나 많은 오해를 받는지 너도 알잖니. 질병이나 고통으로 여겨지고. 어쩌면 친모는 죄책감에 시달려서 그랬거나 아니면 영혼이 병들어서 그랬는지도 모르지. 아무튼 그 여자도 큰 대가를 치렀다더라."

"비어트리스가 유괴되었다고 했죠?" 내가 기억해 낸다.

"친모의 가족이 그 여자를 베일로 다시 데려가려고 사람을 보냈어. 매시피의 모든 주민은 자기 딸을 죽이려던 그 여자가 법적으로 처벌받길 원했지. 하지만 여자를 가족이 다시 거둔데다 비어트리스가 큰 외상은 입었지만 살았다는 이유로 인디언 보호구역 감독관이 마을 사람들의 탄원을 무시했어. 마을 사람들은 사건의 경위가 다 밝혀지면 아이를 데려갈까 봐 걱정했는데, 결국 걱정대로 되고 말았지."

"그건 너무 부당하잖아요!" 내가 수어로 외친다.

"그래, 부당하지. 어쨌든 식민지 제도에 따라 백인 가족은 인디언 아이를 계약 하인으로 데려갈 권리가 있어. 왐파노아그족 아이가 그런 상황에 놓인 거 너도 여러 번 봤잖니. 왐파노아그족에게는 그걸 막을 실질적인 방법이 없어. 비어트리스의 경우에는 외가에서 아무리 미워도 자기 핏줄이 섞인 아이를 '스쿼'로 자라게 둘 순 없었나 봐. 알지? 백인이 우리 인디언 여자를 얕잡아 부를 때 쓰는 말?"

"그래서 비어트리스를 계약 하인으로 데려가는 것처럼 꾸며서 베일에 죄수처럼 가뒀던 거예요?" 내가 믿을 수 없다는 듯이 반문한다. "그리고 친모는 정신병원에 가두고."

"존재하지도 않는 혈통의 순수성을 추구하다가 나누면서 살아야 할 민족과 땅에 독만 퍼지는 거지." 토머스가 수어로 말한다.

"그건 나도 많이 겪었어요. 토머스나 샐리, 또 여기 비어트리스의 가족은 더하겠지만." 내가 수어로 말한다.

"우리 모두 겪는 문제지만 정도의 차이는 있겠지. 이 땅의 소유자이자 지배자를 자칭하는 사람들이 마음을 바꾸지 않는 한 우리 모두 안전하지 못할 거야." 토머스가 말한다.

우리는 잠시 침묵한다. 나는 이 땅에 퍼지는 독을 막을 가장 좋은 방법을 어떻게 찾을 것인가?

"나 태워 줄 배가 왔네요. 선장에게 나 귀 안 들린다고 말했죠? 내 목적지도?"

"그럼. 그런데 혹시 모르니까 내가 같이 가는 게 좋겠다는 생각이 드네. 우리 딸 잘 있는지 확인도 할 겸."

아무리 녹초가 되었어도 나는 토머스의 말에 활짝 웃을 수밖에 없다. 달빛도 별빛도 없는 밤하늘은 검은 벨벳 망토 같다. 그래도 우린 집으로 간다!

26장

우리의 상륙을 기다리는 사람은 없다. 퀸시에서 부친 내 짐과 편지보다 내가 먼저 도착했으니 엄마 아빠는 얼마나 깜짝 놀랄까? 토머스가 선장에게 감사 인사를 한 뒤, 우리는 해안에서 큰길로 올라가 섬 서쪽을 향해 걷는다. 실내에 불이 켜진 집들이 길을 밝혀 준다. 예전에는 늘 으리으리해 보였던 힐먼네 집이 이제는 예스러워 보인다. 세라한테 존 애덤스 전 대통령을 만난 얘기 꼭 해 줘야지!

토머스가 길가로 나를 끌고 간다. 달구지가 오는 소리를 들었나 보다. 아빠의 목장 끄트머리에 도착하기 직전이다. 달구지가 우리 곁을 지나면서 속도를 늦춘다. 파이 부부다. 앞을 밝히기 위해 들고 있던 등불이 내 얼굴을 비추자 두 사람은 깜짝 놀란다.

파이 선생님이 수어로 말한다. "메리! 너일 리가 없는데? 어떻게 이렇게 빨리 왔어? 어머니는 어제 편지 보냈다고 하시던데."

나는 선생님의 말이 이해되지 않아 고개를 젓는다. "저 리처즈 씨랑 코드곶에서 출발해 방금 도착했어요."

매슈 아저씨가 등불을 위로 올리더니 입을 연다. "토머스! 정말 자넨가?"

"네, 접니다. 우리가 모르는 상황이 발생했나 보네요."

상황? 엄마가 나에게 돌아오라는 편지를 보냈다고? 무슨 일이지?

매슈 아저씨가 내 손을 잡아 운전석으로 끌어올려 자기와 아내 사이에 앉게 한다.

"리 목사님 댁까지 타고 가겠나?" 매슈 아저씨가 토머스에게 묻는다.

"고맙습니다만 아퀴나까지 걸어갈게요. 할 말을 좀 연습해야 해서." 토머스가 수어로 대답한다.

"농장에 들러서 에이먼 보고 가면 좋을 텐데. 근데 빨강 머리 악동들 조심하세요!" 내가 수어로 일러 준다.

"다음에." 토머스가 미소를 짓고는 어두운 길을 계속 걸어간다. 부녀가 상봉하는 장면을 직접 본다면 좋을 텐데.

매슈 아저씨가 등불의 빛을 받으며 수어로 말한다. "우리도 빨리 가야지. 지체할 시간이 없어."

"리 목사님이 편찮으신가요?" 내가 묻는다. 이런 귀향 분위기가 너무 낯설다. "엄마 아빠부터 보고 가는 게 좋지 않을까요?"

"네 부모님도 거기 계실 거야." 매슈 아저씨가 나를 안심시킨다. "그리고 리 목사님은 아주 건강하셔."

파이 부부가 서로 눈빛을 교환하더니 달구지를 출발시킨다. 시간은 자정을 넘긴 듯하다. 이 밤에 왜 길을 나선 걸까? 엄마 아빠는 왜 리 목사님 댁에 있는 걸까? 밤공기가 아까 뭍으로 접근하던 배 위에서 느꼈을 때보다 쌀쌀하다. 주변이 너무 깜깜해 마치 동굴 속을 달리는 것 같다.

목사관에 도착하자 다른 달구지들이 집 밖에 세워진 게 보인다. 내가 정신이 없었다면, 퀸시에 있는 낸시의 삼촌 집에 도착하자마자 쓰러져서 아직도 깨지 못했다고 착각했을 것 같다. 그런데 지금 눈앞의 광경은 꿈보다 더 이상하고 생생하다.

목사관에 들어서니 불이 환하게 밝혀져 있어서 드디어 모두의 얼굴을 제대로 볼 수 있다. 매슈 아저씨나 파이 선생님이 내가 왔다고 알린 모양이다. 엄마가 뒤를 돌아 나에게 온다.

"메리, 정말 너야?" 엄마가 나를 위아래로 살피며 묻는다.

"왜 다들 그렇게 묻는 거야?" 내가 수어로 대꾸한다. "얘기하자면 긴데, 토머스 리처즈랑 배를 타고 코드곶에서 출발해서 방금 도착했어."

"잠깐 들른 거야?" 엄마가 한 손으로 내 손을 꼭 붙잡고 다른 손으로 묻는다.

"나 베일에서 하던 일 그만뒀어." 내가 엄마 아빠에게 말한다. 마침 아빠가 뒤에서 다가와 따뜻하게 나를 껴안는다.

리 목사님의 가정부 틸턴 할머니가 음식을 한 접시 가져오지만, 나는 정중히 사양한다.

"혹한기 한밤중에 대체 왜 목사관에서 파티하는 건지 누가 말 좀 해 줄래요?"

"파티 아니야. 너 시간 잘 맞춰 온 거야." 아빠가 수어로 대답한다.

"무슨 일 있어요?" 내가 묻는다.

"에즈라 브루어." 아빠가 아저씨의 수어 이름을 말한다. 양손으로 만든 대문자 'E'가 파도처럼 출렁인다.

"엄마가 지난번 편지에 아저씨가 아프다는 얘긴 했어요. 아저씨 여기 목사관에 있는 거예요?" 내가 묻는다.

아빠가 한숨을 내쉰다. 엄마가 대신 대답한다. "바닷가에 오두막 같은 그 집에서 안 나오겠다고 고집을 피웠어. 의사 왕진도 거부하고. 상한 굴을 먹어서 그렇다느니, 북풍을 맞고 감기에 걸렸을 뿐이라느니 우기면서."

"어디가 아픈데요?" 내가 묻는다.

"심장 마비가 왔었는데 가만히 있지 않은 거라고 짐작만 한다." 엄마가 눈물을 닦는 동안 아빠가 설명을 이어 간다. "가재 덫도 점검해야 하고 블랙도그호도 수리해야 하는데 자기 말고는 제대로 할 사람이 없다고 자꾸 고집을 피우는 거야. 배 위에서 망치질하고 톱질하다가 결국 쓰러졌다."

매슈 아저씨가 끼어든다. "에즈라의 검은 고양이를 큰길에서 보고 뭔가 일이 났다는 걸 알았지. 그냥 길에 앉아 털을 핥고 있다가 내가 달구지를 멈추니까 잽싸게 자기 주인이 있는 배로 뛰어 내려가더라니까. 가 보니 에즈라가 자기 몸을 가누지도 못하고 쓰러져 있는 거야. 그래서 달구지에 눕혀서 이리로 곧장 데려왔지."

파이 선생님이 설명을 이어 간다. "리 목사님 댁에서도 얌전한 손님은 아니었대. 오죽하면 에즈라 때문에 틸턴 할머니가 몇 번을 그만두겠다고 협박하셨다니까."

아빠가 차분하게 수어로 말한다. "계속 널 찾았어, 메리. 네가 돌아올 거라고 믿었나 봐. 너한테 꼭 사과해야 한다더라."

"에이……." 나는 에즈라 아저씨의 말투로 대답한다. "그냥 살짝 말다툼이 있었어요. 헤어지기 전에 아저씨가 자꾸 나한테 겁을 주려고 해서."

"너랑 얘기할 수 있는 상태인지 보고 올게." 아빠가 수어로 말하고 자리를 뜬다.

"아저씨는 내일 보면 안 될까?" 내가 엄마에게 묻는다. "이제야 피로가 확 몰려오네. 지금 내 침대에 누워 푹 자고 싶단 생각밖에 없는데."

"메리, 내일 되면 아저씨 여기 없을 거야." 엄마가 수어로 말한다.

"바닷가 오두막으로 돌아간다고?" 내가 묻는다. "아저씨답네. 사람들이 자기 때문에 호들갑 떠는 거 싫어하잖아."

"아니, 이 세상에 없을 거라고." 엄마가 말한다.

나는 매슈 아저씨가 붙잡아 주지 않았으면 뒤로 자빠졌을 만큼 휘청한다. "엄마가 잘못 알고 있는 거야." 내가 말한다. "아저씨는 백두 살까지 살 거라고 했어. 그럼 아직 한참 남았잖아."

리 목사님이 우리 쪽으로 다가오신다. "때는 주님이 정하시는 거란다. 에즈라의 때가 임박했고."

나는 나를 바라보는 슬픈 얼굴들을 살핀다. 누군가 웃음을 터뜨리며 농담이라고 말해 주길 기다린다.

아빠가 돌아온다. "에즈라가 너 보겠대."

엄마가 손님방 문 앞까지 나와 같이 간다. "나. 같이. 들어가?"

"아니." 내가 대답한다. "우리. 둘만."

방으로 들어가 문을 닫으며 둘러보니 예전에 앤드루 노블이 잠깐 머물렀던 그 방이다. 이 방에 몰래 들어와 그의 짐을 뒤지던 기억이 난다. 지금은 온통 꽃과 촛불로 뒤덮여 있다. 볼썽사납다고 느끼는 건 나만이 아닐 것이다.

"메리." 아저씨가 여든 해의 이야기와 미움이 맺혀 옹이 진 손을 들어 내 수어 이름을 부른다. 내가 아는 최고의 표현력을 자랑하는 수어 이야기꾼. "내 장례식에 온 걸 환영한다."

"그렇게 말하지 말아요." 내가 아저씨에게 다가가며 말한다.

"그럼 뭐라고 할까? 세례식이랑 정반댄데 기도는 어찌나 많이들 하는지 원. 저놈의 꺾은 꽃과 향초는 또 어떻고. 이 동네 할망구들이 나한테 복수하는 게 틀림없어." 아저씨가 수어로 대꾸한다.

"날 왜 보자고 했어요?" 내가 묻는다. "사과하고 싶었단 말은 하지 말고."

"본토에서 하려던 일 어떻게 됐는지 궁금해서."

"농담이죠?" 나는 내 코를 살짝 문질러 묻는다.

"내가 농담하는 것처럼 보이냐?"

"엉망진창이었어요. 내가 상상했던 것보다 더." 내가 실토한다. "아이가 말 그대로 사슬에 묶여서 자기 배설물에 뒹굴고 있었어요. 집사란 작자는 우리 같은 사람을 싸잡아 무시하는 나쁜 사람인 데다 조국을 배신한 변절자였고요."

"아주 좋은 인연을 만났군. 애는 어디 있어?"

"가족 찾아 줬어요."

"그래, 네가 해낼 줄 알았다."

"모르는 것 같던데?" 내가 수어로 대꾸한다.

"나 비꼬고 비아냥대는 거 하루 이틀 봤냐?" 아저씨도 수어로 대꾸한다. "무시했어야지. 난 경주에서 늘 널 응원했어."

"내가 어떻게 아저씨를 무시해요." 내가 울먹이며 수어로 말한다. "무슨 경주를 말하는 거예요?"

"중요한 경주는 단 하나야." 아저씨가 말한다.

아저씨가 팔을 있는 힘껏 뻗어 자기 옆의 이불을 더듬는다. 그러자 근처 의자에 앉아 있던 스미시가 침대로 뛰어올라 나를 깜짝 놀라게 한다. 스미시가 아저씨 옆구리에 몸을 웅크리고 눕는다.

아저씨가 다시 수어로 말하기 시작한다. "나 에즈라 브루어는 제일 좋아하는 고리버들 의자를 네 아버지에게 물려주겠다. 내 낚시 도구와 가재 덫은 뱃사람 누구든 먼저 잡는 사람이 임자다. 네 허름한 궁전에 들어가 살고 싶은 사람은 아무도 없겠지만, 넌 아무 때나 써도 된다. 이 마을이 정한 예의범절에 순응하지 않는 사람한텐 좋은 쉼터가 되겠지. 그리고 블랙도그호는 갑판 잘 닦고 돛 달고 우리 둘 다 선실에 눕힌 다음 닻 올려서 바다로 보내 줘."

"죽으면 안 돼요." 내가 떼쓰듯 말한다.

"네가 날 말릴 수 있을 것 같으냐?" 아저씨가 머리를 홱 젖히며 수어로 대꾸한다. 그리고 수어로 몇 마디 더 하다가 갑자기 미동조차 없어진다. 나는 문 쪽으로 뛰어가 엄마를 부른다. 엄마가 남자들을 방으로 들어오게 한다. 내가 옆으로 비켜서서 지켜보는 가운데, 사람들이 아저씨를 소생시키려 하지만 소용없다.

리 목사님이 축도하고 눈을 감겨 주실 때까지 아저씨는 한쪽 눈을 끝까지 뜨고 날 바라보았다. 그 모습을 본 사람이 또 있을까? 사람들이 우리가 무슨 이야기를 나눴는지 알고 싶어 한다. 나는 대화 내용 대부분을 말하지 않고 나 혼자 간직하기로 한다. 스미시가 아저씨와 동시에 숨을 거둔 것이 발견되자, 나는 방에서 나간다.

나는 응접실로 가서 붉은색 소파에 앉는다. 파이 선생님만 내 옆에 앉아 있고, 다른 사람은 모두 분주하게 움직인다.

파이 선생님이 수어로 말한다. "친한 친구를 떠나보냈으니 얼마나 속상할까. 메리가 슬픈 일을 너무 많이 당하는구나. 그런데 이런 일은 우리가 어찌할 수 없는 법이지."

나는 이 상황을 이해하려고 애쓰며 천천히 고개를 끄덕인다.

"네 제자는?" 선생님이 묻는다.

"비어트리스." 내가 수어로 아이 이름을 알려 준다. "그 아이에게 내가 필요한 줄 알았어요. 그런데 아이를 놔주고 나니까, 아이 없이 나는 어떻게 살아야 할지 모르겠어요."

"그러게 말이야. 나도 늘 그랬어. 하지만 다른 제자가 생길 거고, 계속 생길 거야. 어떤 제자는 영원히 기억될 거고." 선생님이 부드럽게 내 볼을 꼬집는다. "앞날에 대한 기대를 멈추면 안 돼."

파이 선생님의 두 번째 원칙이 대부분은 맞는 것 같다. '네가 어디 출신인지보다 무엇을 이뤄내는지가 더 중요하다.' 하지만 비어트리스의 경우, 자신을 온전하게 받아 준 유일한 가족인 매시피 부족의 일원이라는 사실은 그 아이가 앞으로 무엇을 이뤄내는지에 커다란 영향을 미칠 것이다. 내가 마서스비니어드 출신이라는 것이 나에게 언제까지나 영향을 미치는 것처럼. 언젠가는 이런 깨달음을 내 스승과도 나눌 생각이다.

나는 목사관을 나선다. 하늘이 깜깜하다. 온 마을을 덮은 수의처럼.

집으로 돌아간 나는 자다가 일어나서 먹고 또 잔다. 그 지루한 일상이 조금도 위로가 되지 않는다.

에즈라 아저씨가 떠난 지 엿새가 되는 날, 산책하러 나갔다가 돌아오면서 수평선을 바라보니 블랙도그호가 더는 보이지 않는다. 내 손이 수많은 생각과 감정으로 쉴 새 없이 움직인다.

아저씨의 마지막 한 마디는 "in excelsis(최고로 높은)"였다. 사람들은 아저씨가 그 뒤에 "Deo(하나님께)"를 미처 못 붙이고 눈을 감았다고 생각한다. 그러니까 에즈라 브루어가 "Gloria in excelsis Deo(최고로 높으신 하나님께 영광을)"라고 말했다고 넘겨짚고 그 사람도 알고 보면 좋은 사람이었다는 증거라며 그를 추모하는 것이다. 아저씨가 알았다면 주먹을 불끈 쥐고 휘둘렀을 것이다. 아저씨는 기독교인을 자처한 적이 없다. 나는 아저씨의 그 말이 나에게 보낸 메시지였다고 믿는다. 'in excelsis'만 직역하면 '최고로 높은'이다. 모든 일에 그렇게 임하라고 아저씨가 유언을 남긴 게 아닐까? 풍랑이 덮쳐도 꺾이지 말고, 눈에 보이지 않는 적과 싸울 때도 경계를 늦추지 말라고.

나는 스스로 많은 역할을 감당해야 한다고 늘 생각해 왔다. 착한 딸, 헌신적인 동생, 이야기를 짓는 작가. 우리 섬의 농인 역사에 관한 책은 끝까지 쓸 생각이다. 하지만 용감한 행동 없이 글쓰기만으로 충분할까? 나는 엄마의 기대에 반드시 부응해야 할까? 아니면 사회의 편견에? 많은 사람의 눈에 나는 늘 결함투성이로 보일 것이다. 내가 왜 그 사람들을 만족시켜야 하지?

나는 나와 비슷하지만 훨씬 더 불행했던 아이를 도와주었다. 피해자와 생존자의 차이는 얼마나 빨리 발견되느냐에 달렸다. 우리는 다른 사람이 물에 빠져 죽어 가는데 혼자서 헤엄칠 수 없다. 외롭고 버려진 영혼들이 파도에 떠다니는 모습을 상상해 본다. 뭍으로 쓸려 오거나 먼바다로 끌려 나가길 기다리는 존재들을. 알려지지 않은 이름들과 잊힌 꿈들을.

나를 억누르던 족쇄는 깨졌다. 소싯적 소꿉놀이와도 이별했다. 이 섬은 이제 나를 붙잡아 두지 못할 것이다.

책을 옮기며

영화 〈미나리〉로 아카데미 여우조연상을 수상한 윤여정 배우가 이듬해에 남우조연상 시상자로 나서며 한국에서 화제가 된 영화가 있습니다. 농인 부모 밑에서 자란 청인 자녀를 뜻하는 CODA(Children Of Deaf Adults)를 제목으로 한 〈코다〉입니다. 영화에서 주인공의 아빠 역을 맡아 남우조연상을 받은 트로이 코처는 농인입니다. 농인 엄마로 분한 말리 매틀린 역시 유명한 농인 배우입니다. 매틀린은 자신이 이 영화에 가장 먼저 캐스팅되자 투자자들의 반대를 무릅쓰고 영화에 등장하는 모든 농인 인물에 실제 농인 배우를 캐스팅하는 것을 출연 조건으로 걸었다고 합니다. 덕분에 매틀린은 본인에 이어 아카데미 역사상 두 번째 농인 수상자가 탄생하는 길을 열어 주었습니다.

한국에서도 얼마 전 코다가 주인공인 드라마가 방영되었습니다. 농인 역할을 청인 배우가 맡았다는 아쉬움은 있지만, 농인 인물과 한국수어가 입체감 있게 그려진 것도 의미가 있다고 생각합니다. 장애인을 동정심을 유발하거나 비장애인을 돋보이게 하는 장치로 이용하면서 그것이 차별이라는 인식조차 없던 때가 그리 오래전은 아니니까요.

물론 대중문화에서 다름을 차별의 이유가 아닌 다양성의 씨앗으로 받아들이려면 아직 갈 길이 멉니다. 장애인이든 동성애자든 이민자든, 소수자를 의미 있게 다루는 문화가 싹트려면 더 많은 소수자가 작가로, 배우로, 감독으로, 제작자로 나서야겠지요. 그런 의미에서《너의 목소리를 보여 줘》시리즈는 더욱 소중합니다. 농인 작가가 농인 청소년을 위해 농인 소녀를 주인공으로 쓴 이야기이기 때문입니다.

앞서 언급한 영화와 드라마 그리고 이 소설의 주요한 공통점은 농인이 등장한다는 점도 있지만, 그보다는 성장 이야기라는 점이 아닐까 싶습니다. 주인공 메리가 고향을 떠나 새로운 세상에서 마주치는 일과 인연은 특별하지만, 그 과정에서 겪는 성장통은 보편적입니다. 자신과 세상을 알아 가고 가치와 신념이 형성되기 시작하는 청소년의 성장기는 그 자체로 흥미진진한 이야기입니다. 그리고 그 성장 이야기는 절대적이던 부모의 영향력에서 조금씩 벗어나 인간관계가 넓어지면서부터 본격적으로 펼쳐지는 경우가 많습니다. 메리 역시 부모의 그늘을 떠나 다양한 사람들과 크고 작은 영향을 주고받으며 그 인연들 덕에 성장합니다. 우리식으로 표현하자면 여러 귀인을 만난 셈이죠.

귀인이 꼭 좋은 어른이나 우러러볼 만한 사람일 필요는 없다고 생각합니다. 메리가 존경하는 파이 선생님이나 리 목사님도 분명 귀인이지만, 사악한 노리치 집사나 비겁한 제러마이아 스키프도 메리에게 성장의 계기가 되었다는 면에서 귀인일 수 있습니다. 조언이든 조력이든 심지어 훼방이든, 누군가가 나에게 주는 영향을 받아들여 성장하려면 무엇보다 내 마음의 밭을 잘 가꾸는 일이 중요합니다. 메리도 끊임없이 자신을 들여다보며 신념을 행동으로 옮기고 교훈을 얻으려고 합니다. 그렇게 마음 밭을 잘 간 덕에 사람은 서로에게 귀인이 되어 주어야 한다는 깨달음을 얻고 마지막 장면에서 "우리는 다른 사람이 물에 빠져 죽어 가는데 혼자서 헤엄칠 수 없다"라고 말합니다.

마음 밭을 가꾸는 데는 독서만 한 게 없다고 믿습니다. 이 책을 읽을 청소년들도 마음 밭을 잘 가꿔 여러 귀인을 만나고 또 서로에게 귀인이 되어 주며 자기 삶의 주인공으로 성장하길 바랍니다. 저자 앤 클레어 르조트도 그런 바람으로 《너의 목소리를 보여 줘》를 썼을 겁니다. 그래서 청소년 독자에게 전할 메시지가 있냐는 인터뷰 질문에 이렇게 답한 게 아닐까요? "1권에서 만났던 인물들을 2권에서 다시 만나고 새로운 인물들을 알아 가는 즐거움을 느꼈으면 좋겠어요. 저는 어릴 적 제 또래의 다른 청각장애 소녀들은 어떤 모습일지 상상하곤 했어요. 걔들도 나랑 같을까? 우리는 청인들의 세상을 헤쳐 나갈 수 있도록 서로를 도울 수 있을까? 만난다면 사이좋게 지낼 수 있을까? 네, 저는 우리가 친구가 되었을 거라고 믿어요. 메리와 비어트리스가 독자들의 책 친구가 되길, 그래서 자신과 다른 사람들을 만나 서로에게서 배우고 싶은 마음이 커지길 바랍니다."

저 역시《너의 목소리를 보여 줘》1권에 이어 바로 2권을 번역하면서 저자의 바람대로 메리의 성장을 지켜볼 수 있어 흐뭇했습니다. 무엇보다 메리와 비어트리스가 한국 독자에게도 책 친구가 되는 길에 보탬이 될 수 있어서 영광이었습니다. 이 땅의 모든 청소년이 자기만의 성장 이야기를 써 나가길 기도하며, 이들과 이들을 사랑하시는 하나님께 한국어판을 바칩니다.

조응주

부록

왐파노아그 민족

매사추세츠에는 연방정부가 인정한 두 개의 선주민 부족이 있습니다. 노에페 또는 마서스비니어드에 사는 게이헤드(아퀴나) 왐파노아그족과 코드곶에 사는 매시피 왐파노아그족입니다. 이 두 부족 외에도 채퍼퀴딕섬의 채퍼퀴딕 왐파노아그족과 사우스플리머스의 헤링못 왐파노아그족도 왐파노아그 민족에 속합니다.

'첫 번째 빛의 민족'으로도 알려진 왐파노아그 민족은 현대의 매사추세츠 동부와 로드아일랜드 동부에 1만 2000년 이상 거주해 왔습니다. 매시피 왐파노아그족은 2007년에 연방정부가 인정하는 주권 부족의 지위를 획득했습니다. 또한 연방정부는 2015년에 매시피의 토지 0.6제곱킬로미터와 톤턴의 토지 0.7제곱킬로미터를 매시피 왐파노아그족의 보호구역으로 지정한다고 발표했습니다. 이 글을 쓰는 현재, 매시피 왐파노아그족으로 등록된 시민은 약 2,600명입니다.

2020년 3월 27일, 트럼프 행정부 하에 코로나19 팬데믹이 지

속되는 가운데, 인디언사무국은 보호구역 지정을 철회하고 내무부의 동의를 얻어 1.2제곱킬로미터가 넘는 토지를 연방 신탁에서 해제하겠다고 부족 의회에 통보했습니다. 이에 대한 대응으로 해시태그 '#IStandWithMashpee'와 평화적인 시위가 널리 퍼졌습니다. 2020년 6월 6일, 미국의 한 지방법원은 내무부의 판결을 뒤집고 부족의 주장을 재검토할 것과 검토가 끝날 때까지는 보호구역 지정을 유지하라고 명했습니다. 내무부는 이 판결에 항소했습니다. 2021년 2월, 바이든 행정부의 내무부가 항소를 취하하면서 매시피 왐파노아그족은 부족의 주권을 회복하게 되었습니다.

인디언아동복지법(ICWA)

미국의 백인 정착민과 선주민이 처음 접촉한 이후, 미국 전역의 선주민 아이들은 강제로 가정과 부족으로부터 떼어 내져 노예로 팔리거나 계약 하인이 되거나 주류 사회에 동화시킨다는 명목으로 원생을 가혹하게 다루는 기숙학원에 보내졌습니다. 그리고 대부분은 가족과 다시 만나지 못했습니다.

1978년 제정된 인디언아동복지법은 미국 선주민 아동을 가족으로부터 떼어 내는 구금, 위탁 보호 및 입양에 관한 법정 사건에서 관할권을 규정한 연방법입니다. 본래 이 법은 가정과 가족, 미국 인디언 문화로부터 강제 분리되는 아동의 수가 지나치게 많아지는 현상에 따른 대응책으로 제정되었습니다. 이 법이 만들어지기 전에는 전체 인디언 아동의 25~35퍼센트가 대체로 결손이 없고 대가족 관계망이 형성되어 있던 미국 인디언 가정에서 강제로 분리되어 주로 인디언 문화와 관련이 없는 비인디언 가정에 보내졌습니다. 이 법은 현재 미국의 여러 주에서 공격받고 있습니다.

베일 저택

라이먼 에스테이트('더 베일'이라고도 부름)는 매사추세츠주 월섬에 있는 유서 깊은 저택입니다. 150년 넘게 라이먼 가문의 여름 별장으로 사용되었습니다. 세일럼의 건축가 새뮤얼 매킨타이어가 설계하여 1798년에 완공된 이 연방 양식의 저택은 원래 집, 잔디밭, 정원, 숲, 사슴 공원으로 구성되었습니다. 높은 천장과 커다란 창문, 대리석 벽난로가 있는 대형 무도회장에서 많은 공식 모임이 열렸다고 합니다. 온실은 1700년대 후반에 지어졌으며, 미국에서 가장 오래된 온실로 추정됩니다.

영화감독 그레타 거위그는 루이자 메이 올컷의 《작은 아씨들》을 각색한 같은 제목의 영화를 촬영할 때 극 중 가드너 부인의 저택으로 이 집을 사용했습니다. 오늘날에는 집이 많이 개조되었지만, 영화에서는 무도회장의 원래 모습을 볼 수 있습니다. 《너의 목소리를 보여 줘》 2권에서 이 저택을 배경으로 벌어지는 사건들은 사실이 아니며, 라이먼 가문과도 무관합니다.

앤 설리번과 헬렌 켈러

앤 설리번(1866~1936)은 청각 및 시각 장애가 있는 헬렌 켈러(1880~1968)의 스승으로 잘 알려져 있습니다. 설리번은 겨우 스무 살의 나이에 뛰어난 지혜와 수완으로 헬렌 켈러가 남들과 의사소통할 수 있도록 가르쳤고, 덕분에 스승과 제자 둘 다 큰 명성과 찬사를 얻게 되었습니다.

설리번이 1886년부터 1933년 사이에 켈러를 가르친 자신의 경험에 관해서 쓰고 주로 퍼킨스 맹인학교 책임자인 마이클 아나그노스에게 보냈던 편지들이 지금까지 보존되어 있습니다. 저는 메리와 비어트리스가 교감하는 장면을 그릴 때 그 편지들을 많이 참고했습니다. 파이 선생님이 메리를 격려하며 했던 말처럼, 설리번도 늘 신중하되 가끔은 운에 맡기는 용기도 발휘했습니다. 규격화된 교육법에 얽매이지 않고 주변의 모든 사물을 교구로 사용했고, 익숙하지만 답답한 환경에서 켈러를 떼어 내야 할 때를 알아차렸다고 합니다. 또한 세상과 소통할 수 없다는 사실에 분노한 어린 켈러로부터 신체적 공격을 받기도 했지만, 꿋꿋하게 견뎌냈습니다. 또 한 가지 주목할 만한 점은 설리번이 흑인 아이가 포함된 켈러 집안 하인들을 향한 인종차별적 시선을 편지에 내비쳤다는 것입니다.

감사 인사

이 책은 전작《너의 목소리를 보여 줘》1권보다 더 빠르게 완성되었습니다. 힘들 때일수록 제 동료와 친구에게 더욱 고마움을 느끼게 됩니다.

우선 스콜라스틱 출판사의 명불허전 편집팀에 감사합니다. 저를 작가로서 믿어 보기로 결심한 트레이시 맥 편집장님, 첫 만남 이후 우리는 참 먼 길을 함께 걸어왔네요! 제 존재 방식을 존중하고, 제 본능을 믿어 주고, 제 약점을 보완해 주고, 놀라운 실력으로 모든 과정을 멋지게 총괄해 주셔서 감사합니다. 트레이시의 예술적인 솜씨와 세심한 배려가 이 책의 페이지마다 빛납니다. 벤저민 가턴버그 부편집장님, 이 이야기를 구성하는 데 많은 의견을 제시하고, 제 모든 질문에 즉각적으로 답변해 주고, 진정성 검토자들•과 능숙하게 소통해 주셔서 감사합니다. 이 책의 내지 디자인을 맡은 마리카 코스티프의 전문적인 솜씨 덕에 활자가 더욱 돋보이게 나왔습니다. 홍보 담당자 엘리자베스 페라리는 제가 필요할 때마다 좋은 소식을 전해 주고 다시

다난했던 한 해 동안 제 거처를 기꺼이 해결해 줬습니다. 이 책을 위해 꼭 필요한 작업을 마다하지 않은 에린 버거, 리젯 세라노, 에밀리 헤들슨, 레이첼 펠드, 줄리아 아이슬러, 조디 스티글리아노, 엘리자베스 화이팅, 재클린 루빈, 댄 모서, 니키 머치에게도 감사의 마음을 전합니다. 니키, 당신이 마법 같은 시간으로 만들어 준 덕에 2019년 뉴잉글랜드 독립출판협회(NEIBA)에 참가한 추억을 영원히 간직할 겁니다.

이 책은 제 에이전트인 더넘 문학사의 레슬리 잠페티의 노력과 지원 덕분에 세상에 나올 수 있었습니다. 레슬리는 좋을 때나 나쁠 때나, 퇴근 후에나 주말에나 늘 저와 함께해 주고 제가 무엇이 필요한지 충분히 이해하고 배려해 줬습니다. 당신은 의리와 열정과 유머가 넘치는 사람입니다. 우리가 해 냈어요! 앞으로도 더 많은 일을 해 낼 거고요! 제니 더넘에게도 감사드립니다.

바비 벤서, 제가 일하는 도서관에서 B&T 타이틀 토크 북 버즈를 진행했을 때 만나서 반가웠어요. 일찍부터 열성적인 팬이

● authenticity reader. 소수 문화, 인종, 성 정체성, 성적 지향, 장애 등의 민감한 주제를 다루는 작품을 이러한 주제에 대한 전문성을 토대로 원고를 검토하여 편견, 과장, 모순, 오류 등 문제가 되는 언어나 표현은 없는지 확인하고 의견을 제시하는 사람. '민감도 검토자(sensitivity reader)'라고도 하나, 실제 이들이 하는 일과 달리 작가의 작품을 검열하는 것으로 오해되는 경우가 많아 '진정성 검토'라는 용어가 대안적으로 사용되고 있다.

되어 주셔서 감사합니다.

줄리 모스태드, 대담하고 탁월한 표지 작업에 감사드립니다. 말 그대로 메리의 또 다른 면모를 보여 주고 이야기의 중심이 되는 관계성과 모든 농인 및 청각장애 아동과 보호자 사이의 소통이 얼마나 중요한지 그림으로 표현해 주었어요. 왐파노아그 민족의 채퍼퀴딕 부족 활동가이자 영적 지도자인 페니 갬블 윌리엄스, 또 한 번 제 책의 진정성 검토자가 되어 주셔서 감사합니다. 당신의 진중한 조언과 예리한 통찰력은 늘 제게 도전이 되었고, 저는 그 도전에 부응하려고 열심히 노력했습니다. 이 책의 인디언 관련 내용에 대해 철저하고 구체적인 의견을 제시해 준 아퀴나 왐파노아그 역사가이자 재야 학자인 린다 쿰스에게도 감사드립니다. 농인과 청각장애인을 묘사하는 표현에 대해 좋은 제안과 의견을 제시해 준 앤드리아 셰틀에게도 고마움을 전합니다. 롱보-맥헨리 가문은 아프리카계 선주민의 정체성과 역사에 관한 저의 이해를 끊임없이 풍부하게 해 주는 소중한 조언자입니다. 무릎 아래 다리를 절단한 사람으로서 자기 경험을 공유해 준 카밀에게도 감사드립니다. 그리고 구순구개열에 관해 이야기해 준 어린 리즈에게도 고마움을 전합니다. 소설 속 엘리를 리즈처럼 춤을 좋아하는 아이로 그렸어요.

《너의 목소리를 보여 줘》 1권에 호응해 주시고 홍보에 힘써

주신 모든 평론가, 블로거, 동료 동화 작가에게 감사드립니다. 일일이 열거할 수 없을 정도로 많지만, 베치 버드, 앨릭스 지노, 루이자 허프스태더, 마이크 정, 에린 엔트라다 켈리, 시슬리 루이스, 시나 맥필리, 앤지 맨프레디, 메그 머디나, 린 밀러-라흐만, 기미코 페티스, 데비 리스, 알리 슐립, 리사 이, 크리스티나 순톤밧, 앤 E. 버그, 아이다 살라사르, 미스터 슈, '인디고스 북셸프', '위 니드 다이버스 북스'는 언급하지 않으면 후회할 것 같습니다.

그리고 변함없는 제 친구들 이디스 캠벨, 알리아 존스, 데비 루이스, 가비 셰러메트, 로스 우드브리지에게 고마움을 전합니다. 제 인생에서 가장 훌륭한 조언자이자 자원이며 늘 저를 믿어 주는 여동생 진에게도 사랑과 고마움을 전합니다.

끝으로 2020년 모든 농인 및 청각장애 어린이와 10대 청소년에게 하고 싶은 말이 있습니다. 디지털 화면과 마스크라는 보호막 뒤에 가려졌던, 개별화교육계획(IEP)에 따라 의무적으로 제공되어야 할 서비스를 받지 못했던, 통역이나 자막 없이 온라인 과제를 받았던, 가족 중 수어를 쓰는 사람이 자기 혼자였던, 한마디로 '뒤처졌던' 여러분, 저는 그 격차를 줄이려고 노력했습니다. 그리고 여러분을 위해 이 책을 썼습니다. 여러분은 늘 누군가에게 소중한 존재니까요.

너의 목소리를 보여 줘 2 **베일 저택의 비밀**

1판 1쇄 발행일 2023년 12월 18일

지은이 앤 클레어 르조트
옮긴이 조응주

발행인 김학원
발행처 (주)휴머니스트출판그룹
출판등록 제313-2007-000007호(2007년 1월 5일)
주소 (03991) 서울시 마포구 동교로23길 76(연남동)
전화 02-335-4422 **팩스** 02-334-3427
저자·독자 서비스 humanist@humanistbooks.com
홈페이지 www.humanistbooks.com
유튜브 youtube.com/user/humanistma **포스트** post.naver.com/hmcv
페이스북 facebook.com/hmcv2001 **인스타그램** @humanist_insta

편집주간 황서현 **편집** 이여경 김선경 **디자인** 유주현
조판 아틀리에 **용지** 화인페이퍼 **인쇄·제본** 정민문화사

ISBN 979-11-7087-089-0 44840
979-11-7087-041-8 44840(세트)